Olaf R. Dahlmann

Fillingers Erbe

Kriminalroman

W0383398

grafit

Der Autor

Olaf R. Dahlmann lebt in Großhansdorf, ist seit über fünfundzwanzig Jahren als freiberuflicher Rechtsanwalt tätig und Seniorpartner einer Rechtsanwalts- und Steuerberatungsgesellschaft. Aufgrund seiner frühzeitigen Spezialisierung auf das Steuerstrafrecht ist er mittlerweile einer der erfahrensten Hamburger Anwälte auf diesem Gebiet. Als Kriminalschriftsteller debütierte er 2016 mit dem ersten Fall für Katharina Tenzer *Das Recht des Geldes*.

grafit

© 2018 by GRAFIT Verlag GmbH
Chemnitzer Str. 31, D-44139 Dortmund
Internet: http://www.grafit.de
E-Mail: info@grafit.de
Alle Rechte vorbehalten.
Umschlaggestaltung: Nele Schütz Design
unter Verwendung von shutterstock/Microgen (Frau),
endlesssea2011 (Speicherstadt)
Druck und Bindearbeiten: GGP Media GmbH, Pößneck
ISBN 978-3-89425-592-3
1. 2. 3. / 2020 19 18

Gegen das Vergessen

Für Gabriele

Wenn du das Leben begreifen willst, glaube nicht, was man sagt und was man schreibt, sondern beobachte selbst und denke nach.

Anton Tschechow (1860–1904), russischer Schriftsteller

Die handelnden Personen dieses Romans sind frei erfunden. Etwaige Ähnlichkeiten mit lebenden oder verstorbenen Personen sind daher rein zufällig.

Die Handlung dagegen beruht teilweise auf wahren Begebenheiten.

Prolog

Hamburg-Rahlstedt, September 1991

Der rostrote VW-Transporter bog in die Remstedtstraße ein und nach wenigen Metern erlosch das Abblendlicht. Der klapprige Wagen holperte im Schritttempo über das altehrwürdige Kopfsteinpflaster, auf dem das Regenwasser im fahlen Licht der Straßenlaternen glänzte. Nach etwa dreihundert Metern hielt der Wagen vor einer Kreuzung und die Innenbeleuchtung nahm flackernd ihre Arbeit auf. Ein flüchtiger Blick auf den Stadtplan verriet dem Fahrer, dass er sein Ziel erreicht hatte. Er nahm einen tiefen Zug seiner *Camel ohne* und knipste das funzelige Lämpchen über dem Innenspiegel aus, schnappte sich die schwarze Sporttasche vom Beifahrersitz und stieg aus dem Bulli. Neben dem Fußweg nahm er eine kniehohe Buchsbaumhecke wahr, hinter der sich ein kleiner Park erstreckte. Aus dessen Mitte ragte schemenhaft ein monumentales Kriegerdenkmal in den Nachthimmel.

Jetzt, um zwei Uhr morgens, war die Straße menschenleer. Nicht einmal ein parkendes Auto war in der näheren Umgebung zu erkennen. Ohne den Transporter abzuschließen, überquerte der Mann die Straße und blieb vor einer Grundstückseinfahrt stehen. Er trat die Kippe aus und im Lichtkegel seiner Stablampe konnte er über dem unteren Briefkasten den Namen lesen, den er in den vergangenen Monaten so oft verflucht hatte. *Maria Sagowski.* Selbst im dämmrigen Mondlicht glänzte das neuwertige Namensschild bedrohlich.

Maria Sagowski war gerade erst eingezogen und es hatte überhaupt einige Zeit gedauert, bis sie herausgefunden hatten, dass es sie nach Hamburg verschlagen hatte. Dann war alles sehr schnell gegangen. Einer seiner ehemaligen Genossen war seit Anfang des Jahres beim Einwohnermeldeamt eines Hamburger Bezirksamtes beschäftigt und saß jetzt sozusagen an der Quelle. Und weil die gemeinsamen Jahre beim Ministerium für Staatssicherheit auch nach der Wende quasi wie eine Zwangsbruderschaft wirkten, erhielt er fast jede gewünschte Information aus erster Hand.

Der warme Spätsommertag war schuld, dass Maria Sagowski ihre Terrassentür auf Kipp gestellt hatte, um die stickige Luft mit nächtlicher Frische zu vertreiben. Nach wenigen geübten Handgriffen schwang die Tür nach innen und der Mann betrat das mondhelle Wohnzimmer. Lautlos huschte der Eindringling quer durch den Raum. Er stellte die Sporttasche ab, lauschte in den Flur hinein und bewegte sich dann langsam in Richtung Küche. Nach wenigen Metern öffnete er die Tür zu einer kleinen Abstellkammer und klappte leise den Sicherungskasten auf. Vorsichtig drehte er die veraltete Hauptsicherung heraus und legte sie in ein Regal. Jetzt schlich er zurück ins Wohnzimmer und verbarg sich hinter der Zimmertür. Der Genosse aus der Hauptverwaltung Aufklärung hatte mit seiner Beschreibung der Räumlichkeiten ganze Arbeit geleistet. Aber eigentlich hatte er nichts anderes erwartet, denn schließlich war das Ausforschen von fremden Wohnungen in den vergangenen Jahrzehnten eine ihrer Hauptaufgaben gewesen.

Rücklings an die Wand gelehnt, zog er sein Todeswerkzeug aus der Sporttasche. Dann hob er langsam die Tasche an und ließ sie aus Brusthöhe einfach auf das blanke Steineichenparkett fallen. Das klatschende Geräusch wirkte in der Stille irgendwie gnadenlos. Er lauschte. Ganz wie er gehofft hatte, hörte er nach einem kurzen Moment eine entfernte verschlafene Stimme.

»Hallo? ... Ist da jemand?«

Der Mann schloss die Augen, er musste unweigerlich an den 25. März 1986 denken. Den hässlichen Ausdruck auf dem Gesicht des toten Ehemannes von Maria Sagowski hatte er nie so ganz vergessen können. Sie hatten den schweren Leichnam vom Gitter der Zelle 118 im Stasi-Sonderknast in Bautzen nur mit Mühe losbekommen. Bei manchen Häftlingen waren sie mit ihren Verhörmethoden leider etwas zu weit gegangen. Besser gesagt, selbst die weiße Folter hinterließ eben manchmal dunkle Flecken. Aber hatte dieser Idiot deswegen gleich so weit gehen müssen?

»Ist da wer?«, ertönte es jetzt energischer durch den dunklen Flur. Begleitet wurde die Frage von einem Fluch über die unterbrochene Stromversorgung.

Die Stimme der ehemaligen Tippse bei der KoKo hatte er sofort wiedererkannt. Ja, die KoKo. Die liebevolle Kurzbezeichnung für die Abteilung *Kommerzielle Koordinierung des Ministeriums für Außenhandel* im ehemaligen Arbeiter- und Bauernstaat hatte ihn schon immer amüsiert.

Weniger witzig fand er hingegen, dass diese Mistmade kurz nach dem Mauerfall seine Rettungsbemühungen um das sozialistische Volkseigentum heimlich dokumentiert hatte.

Aber was war anderes von einer Ehefrau eines Republikflüchtlings zu erwarten gewesen? Hatte dieser Verräter doch wirklich mit einem selbst gebauten Kleinflugzeug alleine von einem Kaff in der Altmark aus nach Niedersachsen rübermachen wollen. Zum Glück hatten die Mitarbeiter einer landwirtschaftlichen Brigade rechtzeitig Wind von der Sache bekommen und gleich die Staatssicherheit informiert. Die Informationsschleife hatte ja zu dieser Zeit noch funktioniert.

Sie hätten Maria Sagowski natürlich lieber auch gleich inhaftieren sollen, anstatt die ehemalige Chefbuchhalterin der Staatsbank als einfache Schreibkraft in die KoKo abzuschieben und weiter zu überwachen. Die Hoffnung, vielleicht noch andere Beteiligte entlarven zu können, hatte sich nämlich schnell als völlig illusorisch herausgestellt. Trotz ihrer damaligen Schwangerschaft hätte Maria Sagowski besser eine der Zellen im Neubau von Hohenschönhausen beziehen sollen, dann wäre er jedenfalls jetzt nicht hier und müsste sich nicht die Hände schmutzig machen.

Nach einem kurzen Moment vernahm er das leise Ratschen eines Feuerzeuges und anschließend schlurften langsame Schritte über das abgetretene Berberimitat. Der Mann hinter der Tür war jetzt bis aufs Äußerste gespannt und genoss den Moment, als das Adrenalin in seine Adern schoss und seine Muskeln straffte. Selbst in den Handschuhen spürte er die feinen Erhebungen der handgeschnitzten Griffe seiner alten spanischen Garotte, die er vor vielen Jahren einem kubanischen Ex-General in Havanna beim *Black Jack* abgenommen hatte. Er spannte den silbrigen Draht.

Als Maria Sagowski mit dem brennenden Feuerzeug an der Wohnzimmertür vorbeiging, legte sich blitzschnell etwas Dünnes, Kaltes um ihren Hals und sie wurde mit der Brust gegen die Wand gedrückt. Die verzweifelten Versuche, ihren Angreifer mit dem Feuerzeug zu beeindrucken, wurden mit jeder Sekunde des Todeskampfes schwächer und nach weniger als einer Minute hatte die hässliche Schlinge ihr Werk vollendet. Der Mann ließ sein Opfer unsanft auf den Boden sinken, zog den toten Körper in das Wohnzimmer. Dann lauschte er in den Flur. Wieder war alles still. Totenstill.

Bernhard, der kleine Sohn von Maria Sagowski, war anscheinend nicht aufgewacht. Das Kinderzimmer befand sich nach der Beschreibung des Genossen am Ende des Flures. Der Mann legte das Ohr an die Zimmertür, aber es war kein Laut zu hören. Der Junge schlief wohl. Es wäre für ihn das Beste, wenn es dabei bleiben würde.

Zielgerichtet durchsuchte der Mann jetzt zunächst die kleine Küche und anschließend das Schlafzimmer. Er musste die Papiere finden. Um jeden Preis. Es könnte ihn Kopf und Kragen kosten, wenn sie in die falschen Hände fielen. Zuletzt war das Wohnzimmer an der Reihe. Möbelstück für Möbelstück. Die Inhalte der Schubladen, Schränke und Kommoden verteilten sich ziemlich schnell wahllos im ganzen Raum. Die aufgeschlitzten Kissen setzten dem Chaos die Krone auf.

Aber die Suche blieb erfolglos. Mit Ausnahme des Kinderzimmers hatte er die Wohnung komplett auf den Kopf gestellt. Dann musste er diesen Schritt eben auch noch gehen. Er lief den Flur hinunter und öffnete leise die Tür. Instinktiv.

Warum eigentlich?

Der Lichtkegel tastete sich durch das Reich des Jungen und verharrte auf dem kleinen Bett an der gegenüberliegenden Wand.

Es war leer.

Auch Bettzeug und Kopfkissen waren weg. Der Junge

schien aushäusig zu nächtigen. Die anschließende Durchsuchung des Kinderzimmers brachte nicht den erhofften Erfolg.

Hatte Maria Sagowski die Papiere gar außerhalb ihrer Wohnung versteckt? Er spürte, wie die Wut in ihm anschwoll.

1

Die schlichte Todesanzeige weckte tief vergrabene Erinnerungen an ihr erstes Plädoyer, das sie mit brüchiger Stimme vor dem ergrauten Richter heruntergestammelt hatte. Dem anschließenden ›letzten Wort‹ des Angeklagten folgte das letzte Urteil von ›Richter Eisenherz‹, bevor er die Hamburger Anwaltschaft endlich mit seinem Ruhestand erlösen sollte. Wie so viele seiner überraschenden Urteile, war auch dieses in seinem Kopf schon gefällt, noch bevor der Saaldiener die Sache zur Verhandlung aufgerufen hatte.

Es war jetzt fast genau auf den Tag fünf Jahre her, dass Katharina Tenzer ihre erste Strafverteidigung übernommen hatte. Die Geschäftsverteilung des Gerichtes war nicht gerade gnädig mit der jungen Anwältin umgegangen. Ausgerechnet den dienstältesten Amtsrichter Hamburgs hatten sie und ihr Mandant erwischt. Während der noch nicht einmal zwei Stunden dauernden Sitzung hatte Richter Eisenherz ein paar Urkunden verlesen und einen von Katharina geladenen Entlastungszeugen nach der Vernehmung ziemlich unfreundlich aus dem Saal gewiesen. Ohne sich lange im Beratungszimmer herumzudrücken, hatte er unmittelbar nach den letzten Unschuldsbeteuerungen des Angeklagten den jungen Tischlermeister wegen vorsätzlicher Insolvenzverschleppung zu einer knackigen Bewährungsstrafe mit zusätzlicher Zahlungsauflage verurteilt und damit selbst die Staatsanwaltschaft in Erstaunen versetzt. Das Urteil war zwar nur wenige Monate später in der nächsten Instanz aufgehoben worden, die Erinnerungen an jene schon so viele Jahre zurückliegende Gerichtsverhandlung riefen seltsamerweise aber immer noch Schuldgefühle bei der jungen Anwältin hervor.

Jetzt saß sie in ihrem Büro in bester Hamburger Innenstadtlage und blätterte mit einem Joghurtbecher in der Hand die Hamburger Lokalpresse durch. Dabei war ihr die Todesanzeige ins Auge gefallen. Deren Layout war so traurig wie ihr Anlass. Das einzig Überraschende war für Katharina die Anzahl der erwähnten Kinder, denn sie ließ vermuten, dass der Amtsrichter a. D. in jungen Jahren neben der Juristerei hauptsächlich mit der Zeugung von Nachkommen beschäftigt gewesen war. Mit achtundsechzig Jahren abzutreten, wünscht man aber natürlich niemandem, egal, ob er menschlich ein Ekel gewesen ist oder nicht, dachte Katharina. Sie schlug die Zeitung zusammen und stopfte sie mit einem ärgerlichen Kopfschütteln in den Papierkorb.

Plötzlich flog ihre Zimmertür auf und Wolf von Behringer, Mittvierziger und einer ihrer drei Kanzleipartner, platzte herein. Er kam von einer ausgedehnten Vertragsverhandlung mit einer Bank zurück und warf sich mit einem unverschämten Grinsen in den Besucherstuhl vor ihrem Schreibtisch. Seiner Laune nach zu urteilen, würde ihr Kanzleikonto am Monatsende eine deutliche Entspannung erfahren. Einen sprichwörtlichen ›warmen Regen‹ konnten sie momentan auch gut gebrauchen. Nicht, dass die Kanzlei schlecht laufen würde, aber im letzten Monat waren zwei Mandanten wirtschaftlich in die Knie gegangen und hatten Insolvenz angemeldet. Die Außenstände von rund fünfunddreißigtausend Euro konnten sie demzufolge in den Wind schreiben.

Wolf von Behringer war spezialisiert auf Bankrecht. Ein

schlaues Kerlchen, manchmal sogar ein wenig verschlagen, wie Katharina fand. Und da er zudem hartnäckig wie ein Terrier war, hatte er schon so manche Großbank das Fürchten gelehrt. Er kam ursprünglich aus einer der ganz großen Kanzleien der Stadt, was er gelegentlich bewusst heraushängen ließ.

»Die Sache ist gigantisch gelaufen, wir haben uns mit den Bankern nach fünf Stunden Verhandlungsmarathon auf 1,8 Millionen geeinigt. Siebenstern ist natürlich happy.«

Heinrich Siebenstern war Inhaber einer adretten kleinen Immobilienfirma, hatte aber leider mit der Frau des Filialleiters seiner Hausbank eine heftige Affäre angefangen. Der Banker hatte irgendwie davon erfahren und Siebenstern mit fadenscheiniger Begründung plötzlich sämtliche Kredite gekündigt. Wolf von Behringer hatte die Gunst der Stunde genutzt und war mit einer satten Schadenersatzklage über 2,5 Millionen Euro gleich richtig in die Vollen gegangen.

»Mensch Kathi, Siebensterns Honorar von dreißigtausend kommt doch wie gerufen. Lass uns heute Abend ein bisschen feiern gehen.« Er beugte sich nach vorn und sah sie herausfordernd an. »So wie früher. Vergessen wir einfach, was war«, setzte er nach einer kurzen Pause süffisant hinzu.

Es ärgerte Katharina, dass er anscheinend immer noch nicht begriffen hatte, dass zwischen ihnen ein für alle Mal nichts mehr lief. Noch mehr ärgerte sie sich aber über sich selbst, dass sie vor einem halben Jahr überhaupt eine Liaison mit ihm angefangen hatte. Er war über zehn Jahre älter als sie, geschieden und hatte eine pubertierende Tochter, die ständig in der Kanzlei alle verrückt machte, wenn sie mit ihrer Mutter mal wieder Zoff hatte, was eigentlich ständig vorkam.

Katharina hatte allerdings eine Schwäche für Männer vom Schlage eines Wolf von Behringer. Ihre Favoriten mussten nicht unbedingt Modellathleten verkörpern, aber mit Witz, schneller Auffassungsgabe und einem gesunden Selbstbewusstsein punktete Mann bei ihr ziemlich schnell. Und immer war unterschwellig die Hoffnung im Spiel, vielleicht doch endlich einen wirklichen Glücksgriff gelandet zu haben. Bei von Behringer hatte sie nach wenigen Wochen gewusst, dass sich die Sache nicht dauerhaft entwickeln würde. Von der anfänglichen körperlichen Erregung in seiner unmittelbaren Nähe war zwar immer noch etwas übrig geblieben, aber ein festes Zusammenleben mit ihm war für sie undenkbar. So tough er im beruflichen Umfeld war, wenn seine Tochter oder Ex-Frau mit den Fingern schnippte, ließ er widerstandslos alles andere stehen und liegen. Für einen wirklichen Neuanfang fehlte es ihm entweder an Mut oder an Rückgrat. Oder an beidem. Und eine reine nach körperlichen Bedürfnissen ausgerichtete Zweckbeziehung kam für Katharina nicht infrage. Jedenfalls noch nicht.

Als dann wieder einmal wegen seiner Tochter eine Verabredung mit Freunden zu platzen drohte, war es zu einer kurzen, aber wortreichen Auseinandersetzung gekommen, in der Katharina sich wohl etwas im Ton vergriffen und ihm einige unschöne Attribute an den Kopf geworfen hatte. Er war daraufhin Hals über Kopf mit seinem spärlichen Hab und Gut aus ihrer Wohnung getobt. Sie hatte sich zwar noch am Abend bei ihm telefonisch für ihre Verbalattacke entschuldigt, ihm in diesem Gespräch aber auch deutlich gemacht, dass ihre Beziehung keine Zukunft hatte.

Seit dieser Zeit war ihr Umgang im Büro miteinander zwar nicht gänzlich entspannt, dennoch respektvoll … um nicht zu sagen: professionell. Hin und wieder konnte er es jedoch nicht lassen, Spitzen wie eben von sich zu geben, auf die er lieber verzichten sollte, wie Katharina fand.

»Wolf, was soll das jetzt schon wieder? Es gibt kein ›wie früher‹, das weißt du ganz genau.«

Noch bevor sie zu Ende gesprochen hatte, nahm er beschwichtigend beide Hände in die Höhe. »Schon gut, schon gut, reg dich nicht gleich wieder auf. Man wird doch noch einen Scherz machen dürfen«, gab er zurück.

»Im Übrigen bekomme ich heute Abend noch ein neues Mandat. Ich habe keine Ahnung, wie lange die Besprechung dauert. Nach dem kurzen Telefonat vorgestern scheint das eine ganz abstruse Haftsache zu sein. Immerhin soll es einen ordentlichen Vorschuss geben. Der, um den es eigentlich geht, ist wohl ins Ausland geflüchtet«, erzählte Katharina.

In diesem Moment ging die Zimmertür auf und Gudrun Peters, eine der beiden Sekretärinnen der Kanzlei, brachte die Tagespost. Sie erfasste die Situation mit einem Blick und schob den Aktenstapel demonstrativ zwischen die beiden Anwälte, direkt unter die Nase von Wolf von Behringer.

»Herr von Behringer, ich sollte Sie doch an den Aktenvermerk für Frau Dr. Dressler erinnern«, flötete sie übertrieben freundlich, woraufhin Katharina sich ein Lächeln nicht verkneifen konnte.

Von Behringer blickte auf seine Uhr und sprang aus dem Sessel. »So ein Mist, das hatte ich ganz vergessen vor lauter Euphorie in der Sache Siebenstern«, entfuhr es ihm, bevor er, nun doch etwas beschämt, aus dem Zimmer eilte.

Gudrun Peters stand wenige Monate vor der Rente und war schon die Seele der Kanzlei gewesen, als Katharina hier als Referendarin angefangen hatte. Schnell hatte sich die burschikose Sekretärin damals der jungen Juristin angenommen, die völlig fremd in Hamburg war.

Das waren turbulente Wochen gewesen und Friedemann Hausner, der Kanzleigründer, hatte Katharina nach ihrer Anwaltszulassung sogleich als vollwertige Partnerin in die Kanzlei aufgenommen. Die Sekretärin fand zwar, dass der Seniorchef damit etwas übertrieben hatte, aber er würde schon seinen Grund gehabt haben, da war sie sich sicher. Und niemals hätte sie es gewagt, ihm gegenüber ein Sterbenswörtchen von Kritik zu äußern. Als Friedemann Hausner sich dann immer mehr zurückgezogen und zusätzlich ältere und erfahrenere Anwälte aufgenommen hatte, war es schließlich ihre gottverdammte Pflicht gewesen, mehr als nur ein Auge auf die junge Frau zu werfen. Und wie sie wieder einmal recht gehabt hatte! Ausgerechnet dieser schnöselige Kerl musste Katharina dann auch prompt den Kopf verdrehen. Aber Gudrun Peters hatte am Ende wohlwollend zur Kenntnis genommen, dass die in ihren Augen unmögliche Beziehung bereits nach kurzer Zeit wieder Geschichte war.

»Vielen Dank für die Post, Frau Peters. Ist Frau Dr. Dressler inzwischen da?«, wollte Katharina wissen.

»Ja, soeben eingetroffen, aber wie immer … na ja … Sie wissen schon, etwas hektisch unterwegs, weil sie gleich wieder ihren Sohn abholen muss«, antwortete die Sekretärin und verschwand aus dem Zimmer.

Frau Dr. Sophia Dressler war Hanseatin durch und durch. Sie stammte aus einer alten Hamburger Kaufmannsfamilie und war zwischen englischem Internat und familieneigenem Gestüt aufgewachsen. Sie hatte allerdings nicht im Sinne des Familienunternehmens gehandelt, als sie Hals über Kopf einen jungen Piloten geheiratet hatte, der für Familie und

Firma nur wenig Interesse zeigte. Mit Anfang vierzig war sie zwar mittlerweile eine gestandene Scheidungsanwältin, aber immer gefangen in dem Zwang, die Erziehung ihrer beiden Kinder mit den Bedürfnissen ihrer Mandanten und nicht zuletzt auch denen ihrer eigenen Eltern in Einklang zu bringen. Ihr schneidiger Pilot verabschiedete sich auch an den Tagen, an denen er nicht in der Luft unterwegs war, von jeglichen familiären Aufgaben und verbrachte seine Zeit fast ausschließlich auf den umliegenden Golfplätzen, um sein Handicap zu verbessern.

Katharina konnte nicht verstehen, dass Sophia sich so etwas gefallen ließ. Und da Sophia mit ihrem schlechten Gewissen trotzdem so gut wie auf jegliche Kinderbetreuung durch Dritte verzichten wollte, hinterließ sie überall den gehetzten Eindruck einer ständig Getriebenen, sodass sich Katharina immer öfter fragte, wie lange ihre Kollegin diesem Druck wohl noch standhalten konnte. Leider verstärkte Wolf von Behringer diesen Druck noch mehr, indem er Sophia ständig ihre privaten Eskapaden, wie er den Spagat zwischen Büro und der Versorgung der Kinder nannte, vorwarf.

Trotz ihres Altersunterschiedes von zehn Jahren und dem Kontrast zwischen ihren Lebensumständen verstanden sich die beiden Frauen aber hervorragend, nicht zuletzt auch deswegen, weil sie sich beruflich erfolgreich ergänzten. Sophias gut betuchte Privatklientel der Hamburger Gesellschaft nahm immer häufiger auch die von Katharina aufgebaute kleine Steuerberatung innerhalb des Kanzleibetriebes in Anspruch.

Es war eigentlich an der Zeit, mit dem Tagesgeschäft anzufangen, aber Katharina ertappte sich dabei, dass sie an den neuen Fall denken musste, der ihr für den späten Nachmittag angekündigt worden war. Angeblich war es eine Haftsache. Und die waren regelmäßig zeitintensiv. Andererseits schien der Fall wegen des angekündigten Geständnisses überschaubar.

Sie seufzte einmal tief, zog den Stapel mit der Tagespost zu sich heran und schlug die erste Akte auf.

2

Pünktlich um halb sechs begrüßte Katharina im Wartezimmer einen tiefgebräunten, hageren Mann. Sie schätzte ihn auf etwa siebzig Jahre. Unter einem etwas speckigen, marineblauen Janker trug er ein grob kariertes Hemd mit Hirschhornknöpfen und eine schwarze Trachtenkrawatte.

»Willemsen ... Sigurd. Guten Abend, Frau Tenzer«, grüßte ihr Besucher mit leichtem süddeutschem oder alpenländischem Akzent zurück. Sein Händedruck war kräftig.

Katharina führte ihren Gast in ihr Büro. Während der Kaffee serviert wurde, musterte sie den ungepflegt erscheinenden Mann und bemerkte, dass dieser sich umgekehrt auffällig neugierig in ihrem Büro umschaute. Der dunkle Teint und die ledrige Haut ließen Katharina auf einen Menschen schließen, der viel Zeit seines Lebens im Freien verbrachte.

»Herr Willemsen, wie kann ich Ihnen helfen? Unser Telefonat vorgestern hat mich neugierig gemacht«, wandte sich Katharina an ihren Besucher, um dessen Interesse auf sie zu lenken.

Willemsen lehnte sich zurück. »Tja, wo fange ich am besten an? Ich bin hier im Auftrag eines Mannes mit Namen Bernhard Fillinger. Herr Fillinger kann aus guten Gründen nicht persönlich bei Ihnen erscheinen, da er per Haftbefehl gesucht wird.« Er machte einen Gesichtsausdruck, als wollte er sich für eine Beleidigung entschuldigen.

»Woher wissen Sie denn, dass ein Haftbefehl erlassen wurde? ... Was wirft man Herrn Fillinger vor?«, fragte Katharina.

»Steuerhinterziehung. So ungefähr sieben bis acht Millionen Euro. Und Herr Fillinger hat in Deutschland seit einem Jahr keinen Wohnsitz mehr. Er sagte mir, diese Umstände dürften einen Haftbefehl mehr als wahrscheinlich machen, oder etwa nicht?«, antwortete Willemsen. »Und um es gleich vorwegzunehmen, Frau Tenzer, Herr Fillinger ist geständig«, ergänzte er lapidar.

Katharina atmete einmal tief durch und versuchte gleichzeitig, den Eindruck zu hinterlassen, dass ein Fall derartiger Größenordnung für sie etwas ganz Normales war. »Aber Herrn Fillinger ist schon bewusst, dass ihm selbst bei einem Geständnis eine mehrjährige Haftstrafe droht?«

Willemsen nickte kurz und erwiderte: »Sehen Sie und jetzt kommen Sie ins Spiel, Frau Tenzer. Herr Fillinger lebt zurzeit in Costa Rica und ist unheilbar krank.«

»Costa Rica, Mittelamerika, das ist nicht eben um die Ecke«, stellte Katharina fest.

Willemsen runzelte die Stirn und fuhr fort: »Er leidet unter einer seltenen Prionenkrankheit, einer Unterart von Creutzfeld-Jakob, wenn Sie verstehen? Die Krankheit ist seit einigen Wochen virulent geworden und normalerweise hätte er wohl nur noch sechs bis acht Monate, sagen seine Ärzte. Aber hier am Hamburger Universitätskrankenhaus soll es seit Kurzem eine ganz neue, vielversprechende Behandlung geben ...« Willemsen hüstelte kurz und fuhr dann leise und betreten fort: »... die sein Leben zumindest etwas verlängern könnte.«

»Und ich soll für das Geständnis jetzt eine Aufhebung des Haftbefehls aushandeln, damit Herr Fillinger sich hier in Hamburg behandeln lassen kann, das wollen Sie doch sagen, oder?«

»Sie haben es erfasst, Frau Tenzer. Aber bleiben Sie ganz ruhig, es kommt noch besser. Herr Fillinger ist im Besitz von beweiskräftigen Dokumenten, die belegen, wie und wohin Anfang 1990 kurz vor der Wiedervereinigung einige hundert Millionen Deutsche Mark des früheren Partei- und Staatsvermögen der DDR verschoben wurden. Ich habe diese Papiere mit eigenen Augen gesehen. Ihre Regierung läuft diesem Geld doch schon seit über zwei Jahrzehnten größtenteils erfolglos hinterher«, sagte Willemsen mit einem Anflug von Überheblichkeit.

Katharina versuchte erst gar nicht, ihr Erstaunen zu verbergen. Wenn das stimmte, dann war dieser Fall der absolute Hammer. Sie würde Geschichte schreiben.

Und ausgerechnet ihr als relativem Frischling im Anwaltsgeschäft servierte man dieses Filetstück mundgerecht auf einem Silbertablett. Irgendetwas stimmte doch an der Sache nicht! Wo war der Haken?

Alle ihre Sensoren liefen jetzt auf Hochtouren. Mit ihrer Herkunft aus der ehemaligen DDR konnte das Ansinnen nichts zu tun haben. Zum Zeitpunkt der Wiedervereinigung war sie gerade mal sechs Jahre alt gewesen. Sie stammte aus Mecklenburg-Vorpommern und ihre Eltern hatten beide im Arbeiter- und Bauernstaat als Ärzte gearbeitet. Sie gehörten damals zu der absoluten Oberschicht, wenn man diesen Begriff überhaupt verwenden konnte.

Natürlich hatte sie viel später von den riesigen Schweinereien gelesen, die während der Zeit um die Wende begangen worden waren. Vereinigungskriminalität war damals das Stichwort, wenn sie sich richtig erinnerte. Ohne Rücksicht auf Verluste hatte Kanzler Kohl kurz nach Abschluss des Einigungsvertrages die spärlichen Reste der brachliegenden ostdeutschen Wirtschaft verscherbelt wie Ware auf dem Hamburger Fischmarkt und anschließend versucht, mit immensen Subventionen westliches Know-how und privates Kapital gen Osten wandern zu lassen. Viele hatten die mit brandheißer Nadel gestrickten Gesetze aber als pure Einladung aufgefasst, auch einmal in den Vereinigungskuchen hineinzubeißen und sich hemmungslos zu bereichern. Wenn sich Katharina richtig erinnerte, hatte es damals in Berlin sogar eine besondere SoKo bei der Staatsanwaltschaft gegeben, die nur für solche Delikte zuständig gewesen war. Aber das war es dann eigentlich auch schon mit ihren Kenntnissen über die damalige Zeit, wenn sie ehrlich war.

»Darf ich mal fragen, wieso Herr Fillinger von mir vertreten werden möchte? Ich meine, nur so interessehalber.«

»Das kann ich Ihnen nicht sagen. Da müssen Sie Herrn Fillinger selbst fragen. Er bat mich lediglich, den Kontakt herzustellen. Und um es kurz zu machen, Frau Tenzer, ich habe zehntausend Euro mitgebracht als Anzahlung. Und das hier ist das Aktenzeichen der Staatsanwaltschaft Hamburg und die E-Mail-Adresse von Herrn Fillinger«, sagte Willemsen und schob einen gefüllten Briefumschlag und einen speckigen Zettel über den Schreibtisch.

Katharina öffnete den Umschlag bedächtig und entnahm

ihm fünfzig nagelneue Zweihunderter, die von einer knallroten Heftklammer zusammengehalten wurden. Die völlig knitterfreien Geldscheine machten den Eindruck, als ob sie frisch aus der Presse kamen. Während sie nach dem weniger sauberen Zettel griff, erhob sich Willemsen plötzlich und streckte ihr die Hand über den Schreibtisch entgegen.

»Frau Tenzer, es hat mich sehr gefreut, Sie kennengelernt zu haben, aber mein Auftrag ist jetzt beendet. Alles Weitere müssen Sie mit Herrn Fillinger direkt bereden. Eine Rufnummer, unter der Sie ihn telefonisch erreichen können, habe ich allerdings nicht für Sie.«

Katharina erhob sich leicht verdutzt und ergriff kopfschüttelnd seine Hand. So eine Mandatsbeauftragung wie diese hatte sie noch nie erlebt.

»Ich habe doch eigentlich noch gar nicht wirklich eingewilligt«, sagte sie zögerlich. »Und was mache ich mit der Anzahlung, wenn ich mit Herrn Fillinger über die weiteren Schritte nicht einig werde? Wie kann ich Sie denn erreichen?«, fragte sie pflichtschuldig, während Willemsen aus dem Zimmer marschierte und sie ihm hinterherlief.

Willemsen wackelte mit dem Kopf und hob beide Hände in die Höhe. »Mich können Sie gar nicht erreichen, Frau Tenzer. Ich möchte mit der ganzen Angelegenheit nichts mehr zu tun haben. Die Sache ist mir zu heiß. Mit dieser Gefälligkeit gegenüber Herrn Fillinger hier bei Ihnen habe ich meine Schuldigkeit getan.«

Sie waren jetzt wieder im Wartezimmer angekommen und Willemsen schnappte sich seinen abgewetzten Lodenmantel.

»Eine Frage bitte noch, Herr Willemsen. Woher haben Sie das Aktenzeichen der Hamburger Staatsanwaltschaft?«

»Gute Frage«, antwortete Willemsen grinsend. »Es hat bei

Herrn Fillinger und in seiner Firma Durchsuchungen gegeben und auf den entsprechenden Gerichtsbeschlüssen, von denen Herr Fillinger übrigens auch Kopien hat, steht das doch drauf.« Sigurd Willemsen nickte kurz und war dann im Treppenhaus verschwunden.

Katharina ging nachdenklich in ihr Zimmer zurück und nahm erneut den speckigen Zettel in die Hand. Die Schrift war irgendwie komisch, ja krakelig. Überhaupt war ihr die ganze schmuddelige Erscheinung von Sigurd Willemsen etwas hinterwäldlerisch vorgekommen.

Jetzt wanderte ihr Blick auf die druckfrischen Geldscheine, die in ihrem Äußeren so gar nicht zu ihrem Überbringer passten. Hoffentlich waren das keine waschechten Blüten.

Sie hatte von Willemsen weder Anschrift, Telefonnummer noch sonst irgendetwas. Jetzt ärgerte sie sich, dass sie seinen Personalausweis oder Reisepass nicht kopiert hatte. Sie wusste nicht einmal, ob er überhaupt seinen richtigen Namen angegeben hatte, geschweige denn, ob er in Deutschland wohnte. Sie wusste nichts von ihm.

Wenn sich morgen früh bei der Bank herausstellen sollte, dass hier ein kleiner Künstler am Werk gewesen war und die Europäische Zentralbank mit den hübschen Scheinchen aber auch gar nichts zu tun hatte, käme Katharina der Polizei gegenüber in Erklärungsnot. Aber sie wollte nicht gleich das Schlimmste annehmen, denn welchen Grund hätte ihr Besucher haben sollen, ihr gegenüber eine solche Geschichte vorzutäuschen?

Sie füllte am Computer eine Strafprozessvollmacht für Bernhard Fillinger aus und hängte sie an die E-Mail, die sie an die Adresse schickte, die auf dem speckigen Zettel stand. Sie ging kurz auf das Gespräch mit Willemsen ein und bat ihren künftigen Mandanten um Unterzeichnung und Rücksendung der Vollmacht, damit sie als Erstes die Ermittlungsakten anfordern konnte.

Dann klickte sie sich im Internet durch verschiedene Seiten über Costa Rica und entdeckte, dass das Land in Mittelamerika zwischen Karibik und Pazifischem Ozean ein geografisches Kleinod war. Wenn ich vor der Hamburger Justiz flüchten müsste, dachte Katharina, käme dieses Land wohl auch für mich in die engere Wahl.

Sie griff zum Hörer und wählte die Privatnummer ihres Seniorpartners. Heute Abend brauchte sie eine Nachhilfestunde in jüngerer Geschichte.

Friedemann Hausner wohnte in Duvenstedt, einem noblen Hamburger Wohnviertel in den ehemaligen Walddörfern am nordöstlichen Rande der Stadt.

Jetzt zur Rushhour brauchte sie von der Innenstadt über eine Dreiviertelstunde, bis ihr Wagen die Auffahrt zu dem herrschaftlichen Anwesen hinaufrollte. Während der Fahrt kamen ihr die Geschehnisse vor vielen Jahren wieder in den Sinn. Damals war Friedemann Hausner durch einen Autounfall mehrere Wochen außer Gefecht gesetzt gewesen und sie als unerfahrene Referendarin musste plötzlich alleine im kalten Wasser schwimmen. Es kam ziemlich dick für sie in jenem Sommer, ihre Eltern trennten sich und zwei Menschen aus ihrem unmittelbaren Umfeld waren kaltblütig ermordet worden. Schließlich war sie mit einer Portion Glück nicht nur selbst mit heiler Haut davongekommen, sondern hatte auch ihrem Chef den Arsch gerettet, denn der hatte es mit seinen Steuertricksereien allzu bunt getrieben.

Von diesem Schlag hatte sich das Selbstbewusstsein von

Friedemann Hausner nie wieder richtig erholt und er kam selbst nur noch sporadisch ins Büro. Ansonsten widmete er sich der Jägerei und ausgedehnten Wanderungen, was seiner Figur auch zuträglicher war als Schreibtischarbeit.

Eigentlich bedauerte Katharina es, dass er mit Mitte sechzig schon fast ein Rentnerleben zelebrierte, denn um seinen reichen Erfahrungsschatz war es während der täglichen Kanzleiarbeit schade.

Sie war schon einige Male bei Friedemann Hausner privat gewesen und immer wieder über die verschwenderische Großzügigkeit seiner Wohnsituation erstaunt. Der mit weißem Rauputz verkleidete Winkelbungalow aus den Sechzigerjahren stand auf einer kleinen Anhöhe und verbarg unter einem elegant geschwungenen Reetdach eine Wohnfläche von über dreihundertfünfzig Quadratmetern. Ihr Seniorpartner lebte allein und besaß nach Katharinas Wissen keine Familienangehörigen. Neben einer Haushälterin sorgte ein ehemaliger Mandant, Lasse Hamran, für die Instandhaltung des Gebäudes und die Pflege des riesigen Grundstückes.

Lasse Hamran war ein wortkarger, mürrischer Mann Ende sechzig, von mittlerer Größe, aber muskulös und durchtrainiert. Locker konnte er es kräftemäßig mit zwanzig Jahre Jüngeren aufnehmen, was er des Öfteren unter Beweis gestellt hatte. Neben seiner Tätigkeit für Friedemann Hausners Anwesen führte er nämlich noch eine kleine Detektei und hatte auch für Katharina schon die eine oder andere Ermittlung diskret und erfolgreich erledigt. Hausner hatte ihr irgendwann einmal erzählt, dass Hamran ganz früher Beamter beim Landeskriminalamt gewesen war und er ihn in einem großen Prozess sehr erfolgreich verteidigt hatte. Genauere Einzelheiten, worum es in dem Verfahren gegangen war und warum Lasse Hamran statt von einer Beamtenpension jetzt überwiegend von der Entlohnung als Hausmeister lebte, hatte sie aber nie erfahren.

Friedemann Hausner erwartete sie schon im Hauseingang. Es hatte leicht angefangen zu regnen und Katharina fürchtete, sein mächtiger Bauch würde trotz des Dachüberstandes vor der Haustür nicht ganz trocken bleiben.

Sie parkte, ließ ihren Mantel im Wagen und schnappte sich nur ihre Handtasche. Sie rannte auf den Eingang zu und hoffte, dass der Anwalt rechtzeitig Platz machen würde. Tatsächlich zog der sich in den Flur zurück und begrüßte sie freundlich.

»Frau Tenzer, schön dass Sie mal vorbeischauen. Ich habe Frau Patzke schon Anweisung gegeben, dass heute später gegessen wird.«

Katharina wurde klar, dass sie einen großen Fehler gemacht hatte, indem sie nicht gleich bei der Ankündigung ihres Besuchs auf das Abendessen verzichtet hatte. Sie hatte schon einmal eine derartig prompte Einladung abgeschlagen, woraufhin Hausner mehrere Tage beleidigt gewesen war. Heute werde ich diese Kröte im wahrsten Sinne des Wortes schlucken müssen, dachte sie.

»Ich habe extra für Sie etwas Leichtes geordert. Die Medaillons vom Rehrücken mit Feigensoße sind eine Spezialität von Frau Patzke.« Er verdrehte leicht die Augen und blickte dabei lächelnd an die Decke. Dann wurde er schlagartig ernst. »Mein Gaumen und ich können es zwar kaum erwarten, aber ich weiß ja, Sie sind hier, damit wir Ihren neuen Fall besprechen. Und der geht vor. Immer.«

Er trat durch eine doppelseitige Flügeltür und Katharina folgte ihm in den Wohnbereich des Hauses. Nach zwei

Treppenstufen öffnete sich ein riesiger Raum, der nicht zuletzt durch die geschmackvolle Einrichtung sinnvoll in verschiedene Bereiche unterteilt war.

Gleich rechts empfing den Besucher eine halbrunde Sitzecke um einen großen Kamin, in dem grobe Holzscheite knisterten und den Raum mit angenehmer Wärme füllten. Rechts hinter dem Kaminbereich geleitete eine prächtige, über zwei Meter hohe barocke *Hermle*-Standuhr den Gast in den Essbereich, wo an einer Ecke des Tisches für zwei Personen eingedeckt war. Hinter dem lang gestreckten Esstisch ging es dann zwei Treppenstufen nach unten und vor der bodentiefen Fensterfront lud eine kuschelige Wohnlandschaft zum Betrachten des Gartens ein. Obwohl die Dämmerung schon aufzog, konnte Katharina weit hinten am Ende der Rasenflächen die Duvenstedter Schleuse erkennen, an die unmittelbar der Brook grenzte, ein bekanntes und gut besuchtes Naturschutzgebiet.

Der Anwalt hatte vor dem Kamin neben einem kleinen Tischchen Platz genommen und ergriff eine zur Hälfte gefüllte Rotweinkaraffe. »Ein 2010er Château de Beaucastel von der Rhone, passt hervorragend zum Reh. Lassen Sie uns schon mal kosten, ob er auch was taugt«, schlug er scheinheilig vor, denn eine solche Qualitätsprüfung hatte er natürlich bereits ausgiebig hinter sich.

»Herr Hausner, für mich bitte nur einen ganz kleinen Schluck, ich muss noch fahren«, bremste Katharina seine Gastfreundschaft.

Sie nahm ihm das Glas ab, das in etwa die Größe eines kleinen Eimers besaß. Das kraftvolle, fruchtige Bukett des edlen Rotweins vermischte sich mit der Würze des brennenden Buchenholzes und die junge Anwältin lehnte sich wohlig zurück und berichtete, was ihr Sigurd Willemsen vor gut einer Stunde im Büro erzählt hatte.

»Die verschwundenen DDR-Millionen?« Hausner beugte sich vor und legte dabei seine fleischigen Hände auf die Oberschenkel. »Das wäre eine Sensation, Frau Tenzer, wenn Ihr neuer Mandant Beweise hätte, wohin die Millionen der ehemaligen DDR tatsächlich geflossen sind«, sagte er mit nicht gespielter Erregung. Er ergriff sein Rotweinglas. »Ja, die Zeiten um die Wende waren wirklich turbulent. Ich war damals, glaube ich, genauso lange Anwalt, wie Sie jetzt im Geschäft sind. Die KoKo, das sagt Ihnen doch was? Sie sind aus dem Osten, wenn ich mich recht entsinne? Das war eine Abteilung des Ministeriums für Außenhandel und insbesondere für die legale und illegale Devisenbeschaffung in der DDR zuständig. Die DDR war ja immer chronisch pleite, was aber keiner der Arbeiter und Bauern gewusst hat, und im Nachhinein, wenn man es bedenkt, auch niemanden wirklich zu interessieren schien. Die KoKo war zum Schluss direkt dem Honecker unterstellt und wurde natürlich von der Stasi kontrolliert. Im Frühjahr 1990 wurde die Abteilung aufgelöst, nachdem der Chef, Stasi-Oberst Schalck-Golodkowski, der Erste gewesen war, der sich Anfang Dezember 1989, nur wenige Tage nach der Grenzöffnung, aus dem Staub gemacht und bei uns im Westen angeheuert hat. Und da der Chef ausgeflogen war, haben die kleinen Stasi-Mäuse in Ost-Berlin alle auf dem Tisch getanzt und sich die Taschen vollgestopft. Und zwar kräftig. In der Zeit von Oktober 1989 bis Mitte 1990 sollen ein paar Hundert Millionen Mark in dunkle Kanäle geflossen und nie wieder aufgetaucht sein. Deutsche Mark wohlgemerkt, nicht die Alugroschen von drüben.«

Hausner stoppte seine Rede und schmiss zwei weitere Holzscheite ins Feuer. »Ich empfehle Ihnen den Bericht des Stasi-Untersuchungsausschusses von 1994. Ist zwar ein dickes Brett von ungefähr tausendfünfhundert Seiten, aber ich fürchte, wenn Ihr neuer Fall tatsächlich so brisant ist, dann werden Sie dieses Brett bohren müssen.« Er grinste und fuhr fort: »Diese Untersuchungskommission hat wirklich akribisch gearbeitet und herausgefunden, dass die KoKo viele wertvolle Firmenbeteiligungen über Briefkastengesellschaften in Liechtenstein und der Schweiz besessen hat.«

In diesem Moment meldete sich die *Hermle*-Standuhr mit einem melodischen Dreiklang. Es war zwanzig Uhr und Hausner schien gegen seine Hungerkrämpfe nun endgültig nicht mehr ankämpfen zu können. Er erhob sich und gab Frau Patzke zu verstehen, dass jetzt der Ernstfall eingetreten war.

Katharina und Hausner wechselten beide an den Esstisch und es wurde prompt serviert.

Der Anwältin hatte es lange nicht mehr so vorzüglich geschmeckt und sie langte deswegen trotz der späten Stunde ordentlich zu. Hausner erzählte weiter anschaulich Anekdoten aus den Wendejahren und die Zeit verging wie im Flug. Nach dem Essen verabschiedete sich Katharina, sie musste noch nach Hamburg-Rotherbaum, wo sie eine schnuckelige Zweizimmerwohnung bewohnte.

Gerade als sie ihren Wagen starten wollte, meldete sich ihr Handy mit einem nervigen »Pling«.

Eine Mail von Bernhard Fillinger, der ihr mitteilte, dass er die unterzeichnete Strafprozessvollmacht soeben per Telefax zurückgesandt hatte. Im Übrigen bedanke er sich für die Annahme des Auftrages.

Sie schaute auf die Uhr. Es war kurz nach zweiundzwanzig Uhr. In Costa Rica hielten sie wahrscheinlich noch Siesta.

3

Die Kassiererin legte die Zweihunderter in den Zählautomaten und drückte auf die Eingabetaste. Katharina war gespannt, ob die nagelneuen Geldscheine hielten, wonach sie aussahen.

Das Gerät nahm die Scheine widerstandslos in sich auf und der Honorarvorschuss, den Willemsen ihr gestern Abend übergeben hatte, wanderte aufs Kanzleikonto. Jetzt konnte sie mit ihrer Arbeit richtig beginnen.

Noch bevor die Bank geöffnet hatte, war sie ins Büro gefahren, denn sie hatte wissen wollen, ob die angekündigte Strafprozessvollmacht auch wirklich eingegangen war. Und tatsächlich lag im Ausgabefach des Faxgeräts das von ihr vorbereitete Schriftstück mit einer unleserlichen Unterschrift. Die Ländervorwahl oben auf dem Schriftstück betrug 506, ihr Mandant hielt sich allem Anschein nach also immer noch in Costa Rica auf. Sie fertigte eine Kopie für die Staatsanwaltschaft an und deckte dabei die Zeile mit der Faxkennung ab. Gegen Mittag würde sie telefonisch nachfassen.

Dann recherchierte sie im Internet die bisher bekannten Fakten über das angeblich verschwundene DDR-Vermögen, um das, was ihr Hausner gestern Abend erzählt hatte, untermauern zu können. Während der Lektüre fiel ihr ein, dass sie eigentlich ihre Mutter anrufen könnte, die als Ärztin bei einem Pharmaunternehmen in Rostock arbeitete und kurz vor der Rente stand. Sie würde ihr vielleicht hilfreiche Informationen geben können.

»Kathi, mein liebes Kind. Schön, dass du anrufst, ich hätte mich in den nächsten Tagen auch bei dir gemeldet. Wir haben ja lange nicht miteinander gesprochen«, meldete sich Katharinas Mutter hörbar erfreut am Handy.

Warum erzählt sie immer nur so etwas, dachte Katharina. Sie rief immer nur von selbst an, wenn es irgendwo lichterloh brannte.

Seit der Trennung von ihrem Vater vor über sechs Jahren litt ihre Mutter unter einem extremen Kontaktdefizit, das sich bei ihren Treffen oder Telefonaten am Anfang immer sehr wortgewaltig entlud. Ihr Vater war von einem Tag auf den anderen ausgezogen und hatte seine Beziehung zu einer blutjungen Laborantin mit zwei kleinen Kindern gestanden. Katharina hatte sich ohne Wenn und Aber auf die Seite ihrer Mutter geschlagen. Dann plötzlich, vor über drei Jahren, erschienen zwei Polizeibeamte eine Woche vor Heiligabend bei ihrer Mutter in der Firma und informierten sie über den Unfalltod des Vaters. Ein plötzlich einsetzender Eisregen hatte seinen Wagen auf der Autobahn zwischen Rostock und Berlin zwischen zwei Lkw schlittern lassen und der kleine Polo war zu einem Drittel zusammengeschoben worden. Die Feuerwehr brauchte fast vier Stunden, um den leblosen Körper aus dem Wrack herauszuschneiden.

Heute schien der Mitteilungsdrang ihrer Mutter mal wieder besonders ausgeprägt zu sein. Katharina fiel nach einigen Minuten tapferen Zuhörens der Katastrophenthriller *Unstoppable* mit Denzel Washington ein, den sie vor einigen

Wochen im TV gesehen hatte. Der Titel bekam plötzlich eine ganz neue Bedeutung.

»Mama, hör doch mal zu«, unterbrach sie ihre Mutter, als diese zu einem ausführlichen Bericht über den Korruptionsskandal in der Chefetage ihrer Firma ansetzen wollte. »Ich habe einen neuen Fall übernommen und ich brauche Informationen über Behandlungsmethoden bei der Creutzfeld-Jakob-Krankheit. Hier in Hamburg soll am UKE eine neuartige Therapie entwickelt worden sein. Weißt du was darüber?«

Nach einem kurzen Moment antwortete ihre Mutter zögerlich: »Da muss ich mich erst einmal umhören, Kathi. Aus dem Stehgreif kann ich dir dazu nichts sagen. Hast du etwa einen dieser hässlichen Arzneimittelfälle, die in letzter Zeit immer häufiger aufgedeckt werden?«

»Nein, es geht um eine spannende Steuersache, aber mehr kann ich dir nicht sagen«, antwortete Katharina einsilbig.

Leider konnte ihre Mutter auch über die wirtschaftlichen Turbulenzen zu Wendezeiten keine neuen Erkenntnisse beisteuern, so endete das Telefonat mit dem beiderseitigen Versprechen, sich an einem der nächsten Wochenenden zu treffen. Irgendwie hatte Katharina einmal mehr das Gefühl gehabt, dass ihre Mutter über die DDR-Vergangenheit ihrer Familie nur sehr ungern sprach und bewusst oder unbewusst große Erinnerungslücken zeigte.

Sie wollte sich wieder ihrer Internetrecherche widmen, da trat Sophia Dressler in ihr Zimmer.

»Katharina, hast du einen Moment, ich müsste mal mit dir über Wolf reden. So geht das nicht weiter.«

Katharina schwante Ungemach.

»Seit zwischen euch nichts mehr läuft, ist er mir gegenüber unausstehlich. Ich weiß gar nicht, warum ich seit Wochen seinen Frust abbekomme! Und dann ewig diese blöden Sprüche, dass ich angeblich zu selten im Büro bin … und mein Privatleben nicht im Griff habe. Du weißt, dass ich mich zwischen dem Büro und zu Hause zerreibe, aber Sebastian und ich wollen unsere Kinder eben nicht ständig von anderen Menschen erziehen lassen.«

Auch Katharina fand zwar, dass Sophia für ihre Gewinnbeteiligung etwas mehr Arbeitseinsatz an den Tag legen könnte, aber die Kollegin tat ihr irgendwie leid.

»Ich weiß, Sophia, Wolf kann manchmal ein ausgesprochenes Ekel sein, aber du darfst das nicht persönlich nehmen. Was war denn der Anlass für eure Auseinandersetzung?«, wollte sie wissen.

»Ich sollte bis übermorgen für einen seiner Mandanten einen Ehevertrag entwerfen, aber ich habe morgen einen Kindergeburtstag auszurichten. Ich bin überhaupt froh, wenn ich so nebenbei gerade meine Tagespost erledigt bekomme«, sagte Sophia.

»Und wo ist das Problem? Dann kriegt er den Vertragsentwurf eben erst einen oder zwei Tage später«, antwortete Katharina.

»Da hättest du ihn aber mal hören müssen. Ich solle doch lieber eine Bettkantenkanzlei von zu Hause aus betreiben, hat er mich angeschrien. Und er würde sich das nicht länger anschauen. Dann ist er aus dem Zimmer getobt.« Sophia kämpfte sichtlich mit den Tränen, fasste sich aber nach einigen Sekunden wieder.

Katharina schaute in den Terminkalender und wandte sich dann an ihre Kollegin. »Lass uns doch alle am Montagabend mal zusammensetzten. Bei euch beiden ist dann auch nichts eingetragen. Ist das in Ordnung?«

Sophia nickte erleichtert und Katharina schickte eine entsprechende E-Mail an ihren Partner.

Um zwölf Uhr ließ sich Katharina von Gudrun Peters mit dem sachbearbeitenden Beamten der Staatsanwaltschaft verbinden. Nach wenigen Augenblicken vernahm sie eine altbekannte Stimme.

»Guten Tag, Frau Tenzer, das war ja heute Morgen eine Überraschung, als ich im Fall Fillinger Ihre Vollmacht auf dem Tisch hatte«, begrüßte sie Oberstaatsanwalt Mankowsky fast herzlich.

Auch Mankowsky war in die Geschichte ihrer turbulenten Anfangszeit in der Kanzlei Hausner involviert gewesen. Seit dieser Zeit hatten sich ihre Wege erst einmal wieder gekreuzt. In einem kleineren Fall von Steuerhinterziehung hatten sie sich letztes Jahr auf eine Geldbuße von zehntausend Euro geeinigt. Die Mandantin, eine junge Gastwirtin, hatte freudestrahlend bezahlt und Mankowsky das Verfahren eingestellt.

»Herr Mankowsky, ja, das ist wirklich nett, dass wir wieder einen Fall zusammen haben«, antwortete Katharina ebenfalls freundlich. Aber ihr war natürlich bewusst, dass im weiteren Verlauf des Falles die Rollen klar verteilt waren. Sie hatte ausschließlich die Interessen ihres Mandanten zu vertreten und er war ein ausgebuffter Ermittler, dessen einzige Aufgabe es war, Bernhard Fillinger in Hamburg vor Gericht und mit einer wasserdichten Anklage für viele Jahre hinter Gitter zu bringen.

Sie erzählte ihm frei heraus von der seltenen Krankheit, mit welcher ihr Mandant seine letzten Monate oder vielleicht Jahre fristen musste.

»Nach den Informationen, die ich bisher erhalten habe,

Herr Mankowsky, dürfte gegen Herrn Fillinger ein Haftbefehl existieren, über dessen Außervollzugsetzung wir als Erstes reden müssten«, kam sie dann zur Sache.

Am anderen Ende der Leitung schien Mankowsky ein wenig überrascht. »Na ja, angesichts der Höhe der hinterzogenen Steuern und einem fehlenden Wohnsitz Ihres Mandanten in Deutschland dürfte die Tatsache, dass es einen Haftbefehl gibt, doch naheliegend sein, oder?«, erwiderte er.

Nachdem Katharina die beabsichtigte neue Therapie am Hamburger UKE erwähnt hatte, signalisierte Mankowsky trotzdem Gesprächsbereitschaft. Ganz bewusst hatte sie ein mögliches Geständnis noch nicht ins Spiel gebracht. Und erst recht nicht die angeblichen Beweise über das verschwundene DDR-Vermögen, die Sigurd Willemsen gestern angesprochen hatte. Bevor sie dieses Fass aufmachen würde, benötigte sie in jedem Fall genauere Informationen.

»Ich schlage vor, Frau Tenzer, Sie reichen als Erstes einmal entsprechende Krankenberichte ein. Ihr Mandant wird ja mit Sicherheit schon einige Ärzte bemüht haben. Die vier Bände Ermittlungsakten schicke ich Ihnen heute Nachmittag per Gerichtsboten rüber, und wenn Sie die durchgearbeitet haben, telefonieren wir wieder.«

Katharina stimmte zu und sie verabschiedeten sich.

Nach einer kurzen Mittagspause informierte sie Bernhard Fillinger per E-Mail über das Gespräch mit Mankowsky und bat ihn, ihr seine entsprechenden Krankenberichte sowie Informationen über diese neue Therapie in Hamburg zu übersenden. Sie kündigte an, dass sie heute Nacht die Ermittlungsakten durcharbeiten und sich morgen früh wieder bei ihm melden würde. Zum Schluss forderte sie ihn auf, ihr doch auch eine Telefonnummer mitzuteilen, was die Kommunikation wesentlich vereinfachen würde. Anschließend rief sie Lasse Hamran an und fragte, ob er am nächsten Tag so um die Mittagszeit in die Kanzlei kommen könne. Auf ihn würde Arbeit warten.

Um halb fünf knallte endlich ein mürrischer Kurier der Staatsanwaltschaft vier dicke Bände Strafakten mit über zweitausend Seiten bei Frau Peters auf den Empfangstresen.

An diesem Abend brannte in der Anwaltskanzlei *Hausner & Kollegen* in den Alsterarkaden am Jungfernstieg das Licht noch bis tief in die Nacht.

4

Der nächste Morgen hatte es in sich. Nach nur viereinhalb Stunden Schlaf musste Katharina um neun Uhr mit einer Mandantin beim Finanzamt erscheinen, um die letzte Chance auf eine außergerichtliche Einigung zu wahren. Ausgestattet mit einem Croissant und einem *Coffee to go* saß sie bereits um halb neun in ihrem Auto auf dem Parkplatz vor dem Amt und blätterte noch einmal durch ihre letzten Notizen. Was für eine stiefmütterliche Vorbereitung, dachte sie im Stillen.

Der Fiskus wollte mal wieder so richtig zugreifen: Die Geschäftsführerin einer Edelboutique am Neuen Wall sollte über neunzigtausend Euro nachzahlen für angebliche Umsätze, die das Unternehmen tatsächlich jedoch niemals erzielt hatte. Nach den Kassenaufzeichnungen hatte die Geschäftsführerin an manchen Tagen mehr aus der Ladenkasse herausgenommen, als je drin gewesen war.

Der Klassiker, hatte Katharina gedacht, als sie den Fall vor einigen Monaten übernommen hatte. Das geschätzte Zahlenwerk des Finanzbeamten war geradezu abenteuerlich und zum Glück hatte Katharina auch schnell einige Ansatzpunkte gefunden, um es zumindest teilweise in das Reich der Fantasie zu verweisen.

Sie klappte ihre Mappe zu und wollte aussteigen, da klopfte es an ihrer Scheibe. Die Mandantin hatte Katharinas Wagen auf dem Parkplatz wiedererkannt und war sogleich herbeigeeilt. Auch der etwa fünfzigjährigen, ehemals schwarzhaarigen Frau sah man an, dass sie die letzte Nacht nicht in einem Wellnesstempel verbracht hatte. Die tiefen Ränder unter den leicht geröteten Augen ließen eher auf eine heftige, emotionale Auseinandersetzung unter dem üblichen Begleitschutz von Alkohol und Zigaretten schließen. Trotzdem versuchte die Boutiquebesitzerin, Zuversicht auszustrahlen, und quälte sich ein Lächeln ab.

»Guten Morgen, Frau Tenzer, ich hoffe so sehr, dass wir gleich einigermaßen die Kurve kriegen, sonst kann ich anschließend zum Insolvenzgericht gehen«, sagte sie mit brüchiger Stimme und nestelte eine Zigarette aus der Schachtel. »Und zu allem Überfluss hat sich gestern Abend auch noch mein Lebensgefährte von mir getrennt. Ich bin völlig fertig.« Die letzten Worte kamen schon fast weinerlich. Sie schien kurz vor einem Zusammenbruch zu stehen.

Katharina packte die Frau kurzerhand unter dem Arm und sprach tröstend auf sie ein, während sie gemeinsam in Richtung Eingang marschierten. Eingehakt eroberten die beiden Frauen den Empfangsbereich in der übergroßen Eingangshalle des Finanzamtes Hamburg-Ost, einem der größten neueren Behördenbauten der letzten Jahre.

Zwei Stunden später standen sie wieder auf dem Parkplatz. Die Boutiquebesitzerin machte einen erleichterten Eindruck, lehnte an ihrem Porsche Carrera und zog kräftig an einer überaus schlanken Zigarette. Der Gang zum Insolvenzgericht war abgewendet, denn man hatte sich letztendlich nach zähem Ringen auf zwanzigtausend Euro Steuernachzahlung geeinigt. Die beiden Frauen verabschiedeten sich und Katharina fuhr auf direktem Wege zu ihrem Büro.

Lasse Hamran wartete schon in ihrem Zimmer und war intensiv mit seinem iPad beschäftigt, als Katharina eintrat.

»Hallo Lasse, schön, dass du es einrichten konntest. Es wird mal wieder spannend, das kann ich dir versprechen. Gleich erfährst du mehr«, begann die junge Anwältin euphorisch das Gespräch.

»Bevor du anfängst, solltest du wissen, dass Herr Hausner auch gleich noch aufläuft«, erwiderte Hamran ernst. »Den hast du vorgestern Abend richtig heiß gemacht.«

Er erhob sich und stapfte aus dem Zimmer in Richtung Küche, um sich seinem Lieblingsgetränk zu widmen. Schwarzer, heißer Kaffee, und zwar nicht zu dünn und rund um die Uhr.

Nachdem auch Friedemann Hausner endlich im Büro erschienen war und alle Mitarbeiter ausgiebig begrüßt hatte, blockierten die drei das Besprechungszimmer.

»Bernhard Fillinger, achtunddreißig Jahre alt, hat unter anderem hier in Hamburg die Firma *TICO FRUIT* betrieben. Einen internationalen Fruchtgroßhandel, den er vor Jahren von seinem Vater übernommen hatte. Zuletzt schien der Laden nicht mehr so gelaufen zu sein, denn Fillinger muss nebenbei noch andere Geschäfte gemacht haben«, begann Katharina zu erzählen. »Aber um die ganze Geschichte von

Anfang an zu verstehen, wechseln wir jetzt erst einmal die Bühne: Im letzten Jahr fand eine steuerliche Betriebsprüfung bei einem großen Windkraft- und Solaranlagenbauer in Niedersachsen, der *Firma Mellinger GmbH,* statt. Dem Betriebsprüfer fiel auf, dass im Jahr 2014 rund vierzehn Millionen Euro Vermittlungsprovisionen an eine Gesellschaft in Dubai mit dem vielsagenden Namen *Silent Trust LLC* gezahlt und natürlich hier in Deutschland als Betriebsausgaben steuerlich geltend gemacht wurden. Die Zahlungen erfolgten auf ein Bankkonto der Firma in Hongkong.«

»Dubai, hm …«, unterbrach sie Hausner. Er grinste wie ein Honigkuchenpferd und schnalzte dann genüsslich mit der Zunge. »Seit Jahren eine Steueroase erster Güte. Unternehmenssteuer null, private Steuern null. Einfach klasse, diese Location.« Seine Miene wurde ernst. »Aber mal Scherz beiseite, wenn unsere Politiker es nicht endlich schaffen, derartig extreme Auswüchse des internationalen Steuerdumpings wirksam zu bekämpfen, dann werden die noch ewig ihren verlorenen Milliarden hinterherlaufen.«

Hausner war jetzt bei seinem Lieblingsthema angelangt und kam richtig in Fahrt. »Wirtschaftssanktionen, Embargogesetze und, wenn möglich, jegliche Streichung von Entwicklungshilfe oder sonstigen Wirtschaftshilfen. Was anderes nützt da nichts. Die Amerikaner haben es uns doch mit den Schweizer Banken vor vielen Jahren beim Schwarzgeld vorgemacht. Das wird hier vielleicht den einen oder anderen Arbeitsplatz kosten und die Exporteure jammern wieder. Aber na gut … das wird allemal billiger … Entschuldigung, Frau Tenzer, dass ich Sie unterbrochen habe, fahren Sie doch bitte fort«, bemerkte er plötzlich seine Unhöflichkeit.

Sein Gesicht hatte eine leichte Rötung angenommen und

Katharina wunderte sich einmal mehr darüber, dass ihr Seniorpartner während der letzten Jahre seine Einstellung zu Steueroasen diametral geändert hatte. Früher hatte er für seine Mandanten Steuermodelle mit ausländischen Zwischengesellschaften, Schachtelbeteiligungen und Stiftungen zusammengebastelt, die es nur so in sich hatten.

»Bei der Staatsanwaltschaft hat übrigens Mankowsky die Fäden in der Hand«, sagte sie beiläufig und blickte dem massigen Anwalt ins Gesicht.

Hausners Miene blieb unbeeindruckt. Selbstverständlich sagte ihm der Name etwas, schließlich hatte Mankowsky sogar schon gegen Hausner selbst ermittelt. »Fahren Sie fort«, waren seine einzigen Worte.

Katharina nahm nickend ihre Aufzeichnungen wieder zur Hand. »Ja klar, die Steueroase Dubai und das ominöse Bankkonto in Hongkong waren dann der Anlass für den Betriebsprüfer, die Geschäftsleitung des Solaranlagenbauers aufzufordern, diejenigen Personen zu benennen, die wirtschaftlich hinter dieser Firma in Dubai stehen. Die kennen ja ihre Pappenheimer. Die Geschäftsführung hat dann zähneknirschend Bernhard Fillinger als Empfänger und Inhaber der Firma in Dubai angegeben. Fillinger hatte sich anscheinend mit dieser Firma neben dem Fruchtgroßhandel ein zweites Standbein als Wirtschaftsmakler aufgebaut. Na ja, und dann ging alles ziemlich schnell. Das Übliche eben. Kontrollmitteilung an Fillingers Finanzamt hier in Hamburg. Dann Verfahrenseinleitung gegen ihn, doch als die Steuerfahndung mit ihrem Rollkommando sein Zuhause und die Firma durchsuchen wollte, war Bernhard Fillinger zufällig wieder auf Geschäftsreise. In Süd- und Mittelamerika, wie es in der Firma hieß. Von dieser Geschäftsreise ist er nicht wieder zurückgekehrt. Es dürfte klar sein, dass ihn die Geschäftsführer der *Mellinger GmbH* bereits gewarnt hatten, als sich die Prüfer noch durch die Belege kämpften.«

Katharina klappte die vor ihr liegende Mappe auf. »Es wird aber noch bunter«, versprach sie vollmundig. »Die Durchsuchung der Wohnung Fillingers im Hofweg und der Büroräume hat man natürlich trotzdem durchgeführt. Aber sie haben nichts gefunden, was auf eine *Silent Trust LLC* in Dubai hinweist. Weder in Papierform noch in irgendwelchen Dateien auf den Rechnern. Aber das heißt ja nichts, wie wir wissen. Auch die Wirtschaftskriminellen haben ja mittlerweile mitbekommen, dass Handys und Computer in den letzten Jahren für die Staatsanwaltschaften wahre Fundgruben geworden sind.«

»Ist Fillinger eigentlich verheiratet?«, fuhr Hamran ungeduldig dazwischen.

»Natürlich haben die Steuerfahnder auch die familiäre Situation Fillingers unter die Lupe genommen«, sagte Katharina unwirsch. »Ob er verheiratet ist und Kinder hat, ergibt sich aber aus der Strafakte nicht. Wenn ich erst in die Steuerakten geschaut habe, bin ich schlauer. Immerhin weiß ich aus der Strafakte, dass seine Mutter in Schleswig-Holstein in einem Pflegeheim lebt und gegen eine aufkommende Demenz kämpft. Vater Fillinger ist 2013 verstorben und hat dem Sohn seinen Fruchtgroßhandel vererbt, was dieser auch dem Finanzamt angezeigt hat. Ganz ordentliche Firma damals, wie es scheint.«

Hausner und Hamran zuckten mit den Schultern.

»Aber unsere Hamburger Steuerfahnder sind ja ausgeschlafene Jungs. Bei der Durchsuchung von Fillingers Wohnung sind sie auf Unterlagen gestoßen, wonach Bernhard

Fillinger nur Pflegekind gewesen ist, allerdings den Familiennamen angenommen hat. Leider hat er in seiner Erbschaftsteuererklärung angegeben, dass er ein leibliches Kind des Erblassers ist. So ein Pech.«

Friedemann Hausner konnte sich ein kurzes, trockenes Lachen nicht verkneifen. »Den schönen Freibetrag von vierhunderttausend Euro hat er gerne mitgenommen, nehme ich an?«

»Ja, natürlich. Statt zwanzigtausend, die ihm als Pflegekind eigentlich zugestanden hätten. So soll er ungefähr achtzigtausend Euro Erbschaftsteuer hinterzogen haben«, sagte die Anwältin.

Hausner machte eine abwertende Handbewegung. »Wenn sie ihm die Sache mit Dubai beweisen können, wird das doch gar nicht mehr verfolgt.«

»Ja, aber das ist genau der Punkt. Außer den belastenden Aussagen der beiden Geschäftsführer der *Mellinger GmbH* hat Mankowsky nichts, was die Kontoinhaberschaft von Fillinger beweisen würde. Gar nichts.« Sie überlegte einen Moment. »Außer natürlich, das Rechtshilfeersuchen nach Hongkong ergibt noch entsprechende Auskünfte.«

Hausner lehnte sich zurück, schüttelte den Kopf. »Bis das beantwortet wird, liege ich wohl schon im Kolumbarium in Ohlsdorf. Kapelle 8, Nische 75, wenn ich mich richtig erinnere. Die habe ich letztes Jahr schon gebucht.«

Es war zwar makaber, aber Katharina schien die Vorstellung, dass der massige Körper von Friedemann Hausner irgendwann einmal in einer kleinen Urnennische einer Kapelle im Ohlsdorfer Friedhof seine letzte Ruhestätte finden würde, irgendwie undenkbar.

»Tja, also bleibt es dabei. Aussage gegen Aussage. Mankowsky hatte schon mal mehr zu bieten«, fügte Hausner bissig hinzu.

»Ja, das stimmt natürlich. Aber gerade deshalb bin ich gespannt, was Fillinger mir erzählt, warum er unbedingt ein Geständnis ablegen will.«

Jetzt klopfte es an der Tür und Frau Peters schob ihren frisch gestylten Bubikopf durch den Spalt. Sie wollte wissen, wie lange die Besprechung noch dauern würde, da einige dringende Telefonate warteten.

»Wir sind gleich durch, Frau Peters, in fünfzehn Minuten rufe ich zurück«, ließ Katharina verlauten. Sie übergab Lasse Hamran Kopien der Firmenunterlagen über die *Silent Trust LLC* und über das Bankkonto in Hongkong. »Ich hoffe, deine angeblichen Verbindungen von früher helfen uns jetzt weiter. Ich weiß ja nicht, was ich von Fillinger noch für Dokumente erhalte. Ich brauche alles über die Firmengründung in Dubai und sämtliche Unterlagen aus Hongkong über die Kontoeröffnung, Vollmachten und Kontoauszüge«, wies die junge Anwältin den erfahrenen Ermittler an.

Die drei verabschiedeten sich voneinander und Katharina begab sich zurück in ihr Büro. Sie schaute in ihr elektronisches Postfach und zwischen den unzähligen Spammails, die in den letzten zweieinhalb Stunden aufgelaufen waren, entdeckte sie auch eine Mitteilung von Bernhard Fillinger.

Ihr Mandant wollte wissen, ob seine Anwältin sich schon durch die Ermittlungsakten gearbeitet habe. Eine Telefonnummer, um die Katharina gebeten hatte, verriet die E-Mail wieder nicht. Katharina fertigte einen umfassenden Vermerk über die Aktenlage an und bat ihren Mandanten um die Beantwortung der sich aufdrängenden Fragen. Sie berichtete von ihrem Telefonat mit Mankowsky und erinnerte ihn noch einmal an die Übersendung der Krankenberichte, die sie für die Außervollzugsetzung des Haftbefehls in jedem Fall benötigen würde. Ihre E-Mail endete mit der wiederholten Bitte um Übermittlung einer Telefonnummer.

Dann wandte sie sich ihrem Tagesgeschäft zu, welches aller Voraussicht nach in den nächsten Wochen erheblich zu kurz kommen würde.

Gegen zwanzig Uhr entschloss sie sich, Feierabend zu machen und den Abend mit einem heißen Bad und einem guten Glas Wein zu beenden.

Sie wollte gerade ihren Computer ausmachen, da plingte es. Bernhard Fillinger reagierte auf ihre E-Mail vom Nachmittag. Er hatte die erbetenen Krankenberichte und Atteste beigefügt, aber weder auf ihre Fragen geantwortet noch eine Telefonnummer angegeben.

Versichern Sie mir, dass ich mich in Deutschland frei bewegen kann und nicht ins Gefängnis muss. Ich kann in wenigen Tagen in Hamburg landen. Ich werde die notwendigen Beweise sichern und mitbringen.

Seien Sie vorsichtig. Ich kann keinem trauen!

Was für ein Geheimniskrämer, dachte Katharina. Sie fuhr ihren Computer herunter und verließ das Büro. Schon im Fahrstuhl hatte sie die mahnenden Worte wieder vergessen.

Sie war erschöpft, aber dennoch irgendwie erwartungsfroh ob ihres einträglichen und vor allem spannenden neuen Falles.

Wenn sie geahnt hätte, wie sich die Geschichte in den nächsten Wochen entwickeln würde, hätte sie den lukrativen Auftrag auf der Stelle gekündigt.

5

Der nächste Tag brachte bis zum späten Nachmittag nichts Neues. Katharina hatte am Morgen die Krankenberichte von Fillinger an die Staatsanwaltschaft geschickt und wartete nun darauf, dass die Amtsärzte ihre Köpfe zusammensteckten und ihrem Mandanten bescheinigten, dass er nur noch wenige Monate zu leben hatte. Zumindest nach der Papierlage. Dann würde sie Mankowsky weichkochen.

Aber eigentlich wollte sie gar nicht an die so furchtbare Konsequenz denken. Was sie über den Verlauf der sehr seltenen Creutzfeld-Jakob-Krankheit gelesen hatte, war einfach grauenvoll. Was Fillinger in den letzten Wochen seines Lebens erwartete, konnte und wollte sie sich gar nicht in allen Einzelheiten vorstellen. Wenn zu Beginn des Endstadiums das plötzlich einsetzende Muskelzucken mit den Gleichgewichtsstörungen noch vergleichsweise erträglich erschien, so waren die Prognosen für das Ende umso schrecklicher. Mit eintretender Gehirnerweichung würden Halluzinationen und visuelle Störungen mit gelegentlichen Wahnvorstellungen eine völlige Persönlichkeitsstörung herbeigeführt haben. Und nachdem Katharina erfahren hatte, dass es bereits früh zu Sprachstörungen bis hin zu einem völligen Sprachverlust kommen konnte, erschien ihr die Tatsache, dass Bernhard Fillinger auf ihre wiederholte Bitte um eine Telefonnummer nicht reagierte, plötzlich in einem ganz anderen Licht. Doch in welchem Stadium der Krankheit sich ihr Mandant im jetzigen Augenblick befand, konnte sie nur erraten. Die ärztlichen Berichte waren für einen medizinischen Laien ziemlich unverständlich. Zumindest waren die Dokumente erst wenige Wochen alt. Natürlich würde Mankowsky trotzdem auf eine ergänzende amtsärztliche Untersuchung bestehen, denn es stand die Verhandlungsfähigkeit von Bernhard Fillinger vor Gericht auf dem Spiel.

Gegen Mittag erhielt Katharina eine Mail ihrer Mutter. Ein befreundeter Neurologe habe ihr bestätigt, dass es tatsächlich eine ganz neuartige Therapie gäbe, die aber nicht bei allen Erscheinungsformen der Creutzfeld-Jakob-Krankheit in Betracht kommen würde. Mehr habe sie noch nicht in Erfahrung bringen können.

Endlich klingelte ihr Telefon und Frau Peters stellte Oberstaatsanwalt Mankowsky durch.

»Also, Frau Tenzer, nach erster Durchsicht der Krankenberichte könnte ich mir eine Haftverschonung Ihres Mandanten durchaus vorstellen, vorausgesetzt, er lässt sich hier im Haftkrankenhaus noch einmal untersuchen. Aber so, wie sich der Amtsarzt ausgedrückt hat, dürfte die Diagnose wohl eindeutig ausfallen«, begann Mankowsky das Gespräch, wobei er die Worte ›könnte‹ und ›dürfte‹ auffällig betonte.

Noch bevor Katharina etwas erwidern konnte, schickte Mankowsky die erste Frage hinterher: »Wie sieht es denn mit einer Äußerung Ihres Mandanten zum Sachverhalt aus? Ein Geständnis macht sich immer gut, das wissen Sie ja, Frau Anwältin.«

Sie hatte zwar noch nichts Konkretes in der Hand, aber Mankowsky schon jetzt etwas anzufüttern, wäre vielleicht gar nicht so schlecht. »Zu gegebener Zeit komme ich auf

Ihre Frage zurück … Übrigens hat mir mein Mandant noch mitgeteilt, dass ihm handfeste Beweise über unterschlagenes ehemaliges DDR-Vermögen von mehreren Hundert Millionen Euro vorliegen.«

Sie hielt inne und hörte, wie Mankowsky am anderen Ende einatmete.

»Haben Sie die Beweise gesehen?«

»Nein, ich selbst noch nicht, aber es gibt einen Zeugen, der diese Dokumente eingesehen hat. Und überhaupt, warum sollte Fillinger mir so etwas erzählen, wenn es nicht stimmte?«

»Also wenn an dieser Sache tatsächlich etwas dran sein sollte …«

»Eine Sache müssen wir aber noch besprechen, Herr Mankowsky. Was ist, wenn sich bei der Untersuchung herausstellen sollte, dass mein Mandant doch nicht so krank ist wie angenommen?«

Nach einer kurzen Pause kam die Antwort, die sie befürchtet hatte.

»Das ist Ihr Risiko, Frau Tenzer, beziehungsweise das Ihres Mandanten natürlich. Wieder laufen lassen werden wir ihn mit Sicherheit nicht. Aber wie ich schon sagte, ein Geständnis und vor allem die Zahlung der hinterzogenen Steuern würden auch in diesem Fall helfen«, antwortete Mankowsky, als wäre Fillinger bereits verurteilt.

»Sie pokern ziemlich hoch, wenn ich das so sagen darf«, erwiderte sie schnippisch. »Bei der Durchsuchung seiner Privat- und Geschäftsräume wurden doch keinerlei Beweise dafür gefunden, dass mein Mandant Inhaber des Kontos in Hongkong ist und die Provisionen erhalten hat. Sie haben nur die Aussage dieser beiden Geschäftsführer, die wahrscheinlich ihren eigenen Arsch haben retten wollen. Und die Erbschaftsteuerhinterziehung? Na gut, zweihundert Tagessätze, aber nicht mehr.«

»Und warum ist Ihr Mandant dann während der Betriebsprüfung bei der *Mellinger GmbH* Hals über Kopf geflüchtet, wenn er nichts zu befürchten hat?«

Mankowsky war jetzt auf Betriebstemperatur und Katharina merkte, dass er sich irgendwie persönlich verletzt fühlte. So drastisch formulierend hatte sie den sonst so abgeklärten Ermittler noch nie erlebt. Vielleicht hätte sie die Sache mit den verschwundenen DDR-Millionen doch nicht einfach so in den Ring werfen sollen.

Andererseits musste sie zugeben, dass seine Frage im Prinzip berechtigt war. Und eine Antwort hatte sie nicht. Noch nicht.

Es machte daher wenig Sinn, diese Diskussion fortzusetzen, bevor sie nicht mit Fillinger selbst geredet hatte. Katharina versprach Mankowsky, sich in den nächsten Tagen wieder zu melden, und beendete das Telefonat.

Sie informierte ihren Mandanten über ihr Gespräch mit der Staatsanwaltschaft und wies auf die sehr dünne Beweislage der Ankläger hin. Fillinger war jetzt am Zug und musste selbst die Entscheidung treffen, ob er nach Deutschland kommen, ein Geständnis ablegen und sich dem Risiko aussetzen wollte, nach einer amtsärztlichen Untersuchung vielleicht in Untersuchungshaft zu müssen, wenn die Ärzte seine Krankheit nicht bestätigen würden.

Mit einem Tastendruck schickte Katharina die Nachricht auf den Weg um die halbe Welt. Dann stand sie auf und trat an ihr Bürofenster. Gedankenverloren schaute sie auf den Hamburger Rathausmarkt. Trotz des typischen norddeutschen Wetters mit seinen heftigen Windböen und dem ständigen Wechsel zwischen Sonne und Regen waren wieder einmal erstaunlich viele Touristen mit Schirm, Stadtplan und Handy unterwegs.

Ein unerklärliches Gefühl hatte sich in ihrem Inneren breitgemacht. Irgendwie hatte die Situation etwas Tragisches, wie sie fand. Entweder war Bernhard Fillinger tatsächlich sterbenskrank, dann würde Mankowsky sofort auf einen Vollzug der Untersuchungshaft verzichten. Wenn die Amtsärzte aber zu einem anderen Ergebnis kommen sollten, würde ihr Mandant wohl erst einmal hinter Gitter wandern. So ganz mochte sie sich mit keiner der Varianten anfreunden. Und tief aus ihrem Unterbewusstsein grub sich noch ein anderes Gefühl nach oben. War sie vielleicht nur Teil eines lange geplanten und gut durchdachten bösen Spiels, das Fillinger mit ihr trieb?

Sie verdrängte diesen Gedanken so schnell, wie er gekommen war, und holte sich aus der Küche einen Becher Kaffee.

Zurück am Arbeitsplatz stellte sie erstaunt fest, dass ihr Mandant bereits geantwortet hatte.

Liebe Frau Tenzer,

vielen Dank für Ihren Einsatz. Ich werde am kommenden Montag um 20:10 Uhr mit dem Flug LH 3508 aus Zürich kommend in Hamburg landen. Sagen Sie dem Staatsanwalt, dass ich bereit bin, mich am nächsten Tag untersuchen zu lassen, und ein umfassendes Geständnis ablegen werde. Sie können ihm auch schon ein zusätzliches Geschenk von mir für den deutschen Finanzminister ankündigen. Ich habe stichhaltige Beweise, dass Anfang 1990 mindestens 250 Mio. Euro aus dem Vermögen der ehemaligen DDR verschoben wurden. Das Vermögen ist immer noch vorhanden. Die beweiskräftigen Unterlagen befinden sich auf einem iPad und zwei USB-Sticks in meiner sicheren Verwahrung. Aber sagen Sie dem Staatsanwalt, dass ich nicht ins Gefängnis gehen werde. Und erst wenn dieser Deal steht, bekommt er die Beweise.

Wenn Sie ihm dieses mitgeteilt haben, passen Sie auf sich auf. Auch Sie können dann keinem mehr trauen.

Beste Grüße

Bernhard Fillinger

Sie las die wenigen Zeilen gleich mehrmals. Was bezweckte er mit seinen Warnungen? Bereits in seiner voherigen E-Mail hatte er derartige Andeutungen gemacht. Wollte er ihr einfach nur Angst machen? Vor wem musste sie aufpassen?

Und dann war da noch das Geständnis trotz der schwachen Beweislage. Nicht mit einem Wort hatte er sein Vorhaben begründet.

Katharina überlegte, ob sie Mankowsky jetzt gleich anrufen und mit ihm eine endgültige Absprache treffen sollte. Heute war Donnerstag und bis Montag waren zwar noch vier Tage, doch wenn sie Mankowsky eine Bewährungsstrafe abringen wollte, musste auch er noch einige Schritte in die Wege leiten. Zumindest musste er sicherstellen, dass am kommenden Dienstag eine amtsärztliche Untersuchung ihres Mandanten stattfinden konnte.

Kurzerhand wählte sie seine Nummer, aber es meldete sich nur die Geschäftsstelle, die ihr mitteilte, dass der Herr Oberstaatsanwalt bereits das Haus verlassen habe. Sie hinterließ die Nachricht, dass er sie gleich morgen früh dringend zurückrufen möge. Dann schaute sie in ihren Terminkalender und stellte fest, dass für den geplanten Ankunftstag von Bernhard Fillinger am Abend die Partnersitzung mit Sophia und Wolf eingetragen war. Da beide momentan nicht im Büro waren, schrieb sie ihnen eine E-Mail und bat um Verlegung. Dann fiel ihr Lasse Hamran ein, den sie auf die Firma in Dubai mit dem Bankkonto in Hongkong angesetzt hatte. Eigentlich konnte sie ihn wieder zurückpfeifen, da Fillinger ja ein Geständnis angekündigt hatte. Es würden nur unnötige Verfahrenskosten entstehen. Andererseits konnte es auch nicht schaden, wenn sie für den Fall der Fälle auf eigene Rechercheergebnisse zugreifen könnte. Sie musste Fillinger ja nicht unbedingt etwas davon erzählen. Und die Kosten für ein paar Extrastunden Ermittlungsarbeit würde die Kanzlei schon verkraften.

Plötzlich kam ihr der Gedanke, dass Bernhard Fillinger ja auch irgendwo übernachten musste, wenn er in Hamburg angekommen war. Und nach seiner Regieanweisung sollte sich dieser Ort in keinem Fall im vergitterten Gebäudekomplex am Holstenglacis hinter dem Strafjustizgebäude befinden. Aus der Strafakte wusste sie, dass er eine Wohnung auf der Uhlenhorst gehabt hatte, bevor er beschloss, nicht mehr aus Costa Rica zurückzukehren. Ob die Adresse immer noch aktuell war, wusste sie nicht.

Aber eine Hotelbuchung konnte warten, vielleicht hatte Fillinger ja selbst schon diesbezügliche Vorkehrungen getroffen.

Am nächsten Morgen war Katharina bereits um acht Uhr im Büro. Sie hatte sich vorgenommen, nach einem erfolgreichen Gespräch mit Mankowsky sofort mit der Lektüre des Berichtes des parlamentarischen Untersuchungsausschusses über die KoKo aus dem Jahre 1994 anzufangen, von dem Friedemann Hausner erzählt hatte.

Kurz vor neun rief Mankowsky zurück. Er nahm die Ankündigung des Geständnisses von Fillinger gelassen zur Kenntnis, als hätte er nichts anderes erwartet. Als Katharina dann quasi als Gegenleistung auf eine zweijährige Bewährungsstrafe zu sprechen kam, hörte sie den alten Haudegen kräftig aufstöhnen.

»Sie wissen, dass wir hier über hinterzogene Steuern von rund sieben Millionen Euro reden. Normalerweise sind das drei bis vier Jahre Haft«, kam es trocken aus dem Hörer.

»Ich komme noch einmal auf das von mir im letzten Telefonat angesprochene Zubrot zurück, das Ihnen mein Mandant anbieten möchte«, sagte Katharina zögernd. »Herr Fillinger hat Kenntnis davon, wohin Anfang 1990 mindestens zweihundert Millionen Euro des ehemaligen DDR-Vermögens verschoben wurden. Das Geld soll übrigens noch vorhanden sein. Entsprechende Beweismittel werden wir Ihnen natürlich vorlegen. Wenn ich richtig informiert bin, läuft unser Staat seit über zwei Jahrzehnten diesem Geld erfolglos hinterher.«

Aus der nachfolgenden Pause schloss Katharina, dass ihr Gesprächspartner nicht ganz unbeeindruckt war.

»Ich hatte Sie schon in unserem letzten Telefonat gefragt, ob Sie diese Beweise schon gesehen haben, Frau Tenzer«, insistierte Mankowsky.

»Nein. Aber ich sagte Ihnen bereits, dass es einen Zeugen gibt, der die Existenz dieser Dokumente bestätigt«, antwortete die Anwältin trotzig.

»Nun gut, Frau Tenzer, wir sind doch beide Pragmatiker. Ich mache Ihnen jetzt mal folgenden Vorschlag. Ich sorge dafür, dass Ihr Mandant nach der Einreise am Flughafen nicht festgehalten wird. Sie erscheinen dann beide am nächsten Tag um neun Uhr zur Vernehmung. Herr Fillinger legt sein Geständnis ab und die Beweise für das angebliche DDR-Vermögen auf den Tisch. Anschließend wird Ihr Mandant amtsärztlich untersucht und, wenn sich die vorläufige Diagnose bestätigt und die Beweise stichhaltig sind, kommen wir ins Geschäft.« Der Oberstaatsanwalt hüstelte leise und fuhr fort: »Ich würde kurzfristig Kontakt mit dem Vorsitzenden Richter der zuständigen Strafkammer aufnehmen und das mit der zweijährigen Bewährungsstrafe sollte dann kein Problem mehr sein. Natürlich immer vorausgesetzt, Ihr Mandant ist verhandlungsfähig und hat sämtliche Steuern nachgezahlt.«

Die Anwältin musste nicht lange überlegen. Das war eigentlich genau der Deal, den sie sich vorgestellt hatte. Mehr konnte momentan für Fillinger gar nicht herausspringen. Also stimmte sie dem Vorschlag zu und teilte Mankowsky zum Schluss mit, wann genau Bernhard Fillinger deutschen Boden betreten würde.

Am Mittag erschien Lasse Hamran mit einem dünnen Schnellhefter unter dem Arm bei Katharina im Büro. Er setzte sich ungefragt ihr gegenüber auf einen der beiden Besucherstühle und warf den Hefter auf den Tisch.

»Also, das Konto der *Silent Trust LLC* in Hongkong gehört tatsächlich Bernhard Fillinger. Kurz nach der Provisionszahlung der *Firma Mellinger* sind sechs Millionen in mehreren Tranchen auf ein Konto in der Schweiz gewandert. Kontoinhaber dort ist eine *Beluga-Stiftung.* Übrig geblieben sind demnach rund acht Millionen. Und – halt dich fest – das Geld liegt da immer noch. Unberührt seit 2014. Wer hinter dieser *Beluga-Stiftung* steckt, weiß ich noch nicht. Aber ich bin dran. Das ist doch schon ein Anfang. Und kein schlechter, wie ich finde.«

Er beugte sich vor und tippte mit dem Zeigefinger auf den Schnellhefter. »Hier hast du die Kopien der Kontoauszüge und Kontoeröffnungsunterlagen der Bank in Hongkong. An das Geld kommt übrigens keiner außer Fillinger ran. Nur er selbst oder jemand, der eine Sterbeurkunde von ihm und einen entsprechenden Erbschein vorlegt, kann über das Konto verfügen.«

Katharina blickte Hamran mit großen Augen an und griff nach dem Schnellhefter. »Kannst du mir mal verraten, wie du so schnell an diese Kopien gekommen bist?«, fragte sie, während sie den Schnellhefter langsam durchblätterte.

»Berufsgeheimnis«, war die kurze, aber abschließende Antwort.

Katharina kam ins Grübeln. Die wenigen Seiten, die vor ihr lagen, bestätigten in der Tat, dass von den vierzehn Millionen Euro auf dem Bankkonto der *Silent Trust LLC* nur acht Millionen Euro verblieben waren und Fillinger hinter der *Silent Trust LLC* steckte. Aber wer verbarg sich hinter der Stiftung mit dem für Schwarzgeld so passenden Namen *Beluga?* Das musste Fillinger ihr erklären.

6

Für einen Montagabend herrschte auf dem *Hamburg Airport Helmut Schmidt* immer noch ein reges Treiben. Katharina hatte in dem nahe gelegenen Parkhaus einen der letzten freien Plätze bekommen. Es war bereits zwanzig Minuten nach acht, als auf den Monitoren in der Ankunftshalle hinter der Flugnummer LH 3508 endlich die Anzeige *gelandet* zu blinken begann.

Die Anwältin stand direkt vor dem einen Meter hohen Absperrgitter und wartete darauf, dass sich die große Schiebetür öffnete und die ersten Fluggäste dem Ausgang entgegenströmten. In den Händen hielt sie ein weißes Pappschild in DIN-A4-Größe mit dem Namen ihres Mandanten. Einige der umstehenden Taxifahrer hielten sie für eine völlig overdresste Kollegin und rümpften pikiert die Nase.

Katharinas Frage, ob sie sich um eine Unterkunft kümmern sollte, hatte Fillinger verneint. Ob es die Wohnung im Hofweg wohl noch gab?

Es war kurz nach halb neun, als sich die Tür zur Gepäckausgabe das erste Mal öffnete. Reisende, nur mit Aktenkoffern oder Umhängetaschen bestückt, bildeten die Vorhut. Sie durchschritten gut gelaunt die Absperrung in Richtung wohlverdientem Feierabend.

Zwischen den überwiegend als Geschäftsleute in gedeckten Farben gekleideten Passagieren fiel das kleine Kerlchen sofort auf. Wie ein Paradiesvogel stolzierte der schlanke Junge in die Ankunftshalle, blieb dann stehen und schaute sich aufmerksam um. Der etwa Neun- oder Zehnjährige trug knallorange Sneakers zu ausgewaschenen Jeans. Letztere waren oberhalb der Kniegelenke derart kunstvoll eingerissen, dass bei näherer Betrachtung die Befürchtung aufkam, der untere Teil der Hosenbeine würde sich kurzfristig verabschieden. Unter einer blauen Steppweste verbarg sich ein langärmeliges Poloshirt von undefinierbarer Farbe, irgendwas zwischen mittelgrau und ockergelb. Die rot-weiße Baseballmütze mit dem Aufdruck *CD Saprissa* saß mit dem Schirm nach hinten auf dem tiefschwarzen Haar. Auf dem Rücken baumelte ein kleiner Rucksack, auf dem sich ganz oben eine lebensgroße, braungrüne Stoffschildkröte mit einem Lederriemchen gegen das Herunterfallen abgesichert hatte.

Der Blick des Jungen wanderte konzentriert über die Menge der Wartenden. Immer wieder guckte er auf ein zerknittertes Bildchen, das seine kleinen Hände krampfhaft behüteten. Auf einmal entspannten sich die Gesichtszüge und er machte eilig drei Schritte nach vorne und stand am Absperrgitter.

»Du bist Katharina Tenzer. Unsere Rechtsanwältin«, strahlte er wie nach einem vollendeten Hattrick. Dann fiel sein Blick auf das Pappschild. »Ich habe dich auch ohne Schild erkannt«, ergänzte er vorwurfsvoll.

Katharina wusste nicht, wie ihr geschah. Sie nickte zögernd, beugte sich über das Gitter und bog die kleinen Hände mit dem Bild vorsichtig in ihre Richtung. Tatsächlich schaute sie auf eine Hardcopy der Website von *Hausner & Kollegen* mit ihrem Konterfei.

»Wer bist du denn, kleiner Mann?«, fragte sie freundlich.

»Ramón Fillinger, zehn Jahre alt. Und letztes Jahr war ich bei uns Torschützenkönig«, war die Antwort in akzentfreiem Deutsch.

Katharina nahm den Jungen bei der Hand und führte ihn erst einmal um das Gitter herum.

»Und wo war das?«, hakte sie interessiert nach.

»Na bei uns eben. In der Jugendmannschaft von *CD Saprissa.* In San José«, antwortete er fast beleidigt und tippte dabei mit dem Zeigefinger auf seine Mütze.

»Oookay«, sagte Katharina anerkennend. »Und dein Vater wartet wohl noch auf euer Gepäck? Das dauert hier in Hamburg immer besonders lange. Wie auf einem Provinzflughafen.«

»Papa hat gesagt, wir sollen schon das Auto holen und draußen warten«, erklärte das kleine Kerlchen ernst.

»Na, wenn dein Papa das gesagt hat, wollen wir ihn nicht enttäuschen. Aber wir müssen ein kleines Stück zu Fuß gehen. Ich parke ganz hinten in der Garage.«

Ramón nickte zustimmend und sie marschierten los. Vor dem Parkscheinautomaten war der Andrang groß und erst nach einer guten halben Stunde erreichten sie Katharinas 2er BMW.

»Boah, ein neuer BMW. Echt krass«, waren die beeindruckten Worte des Jungen, während er Katharinas Auto rundherum aufmerksam inspizierte. »Wir haben zu Hause einen ganz alten Jeep. Noch mit Plane«, kommentierte er weiter.

Als Katharina den Wagen aufschloss, fiel ihr plötzlich ein, dass sie gar keinen Kindersitz im Wagen hatte. So ein Mist, dachte sie, wer kann auch damit rechnen, dass Fillinger zu seiner Gerichtsverhandlung seinen zehnjährigen Sohn mitbringt.

»Wir haben ein Problem, Ramón. Ich habe keinen Kindersitz für dich, ausnahmsweise muss das einmal ohne gehen.«

Sie legte den Erste-Hilfe-Kasten auf den Rücksitz und ihren Mantel darüber. Ramón blickte ziemlich kritisch auf das Arrangement, schmiss dann seinen Rucksack vorweg und rutschte ohne Widerspruch auf das kunstvoll errichtete Provisorium.

Nachdem sie das Parkhaus verlassen hatten, gelangten sie auf die Anfahrtsstraße zum Terminal. Als sie den Eingangsbereich der Ankunftshalle erreichten, verlangsamte Katharina ihre Fahrt. Während sie an den zahlreichen Passanten vorbeirollten, von denen die meisten winkend auf ein Taxi warteten, rief sie Ramón zu: »Guck mal, ob du irgendwo deinen Vater stehen siehst!«

Plötzlich überholte sie eine schwarze Limousine, das hintere Fenster war halb geöffnet. Nach wenigen Metern scherte der Wagen vor ihr ein, um kurz darauf die Geschwindigkeit auf Schritttempo zu drosseln. Der Fahrer lenkte den Wagen ganz dicht an die Bordsteinkante heran, wo ein mittelgroßer Mann in einem hellen Trenchcoat mit zwei silberfarbenen Schalenkoffern stand. Trotz der Distanz von noch etwa zweihundert Metern hatte Katharina den Eindruck, dass der Trenchcoatträger aus dem langsam fahrenden Wagen angesprochen wurde, jedenfalls beugte er sich etwas vor.

»Da ist Papa«, hörte sie Ramón freudig erregt von seinem Notbehelf herunterrufen.

Dann ging alles sehr schnell.

Das ›Papa‹ war noch nicht ganz verklungen, da wurde der Mann zwei-, dreimal wie von einer unsichtbaren Hand geschüttelt. Er starrte mit offenem Mund in die Richtung, wo sich eben noch der schwarze Wagen befunden hatte, und fasste sich an die Brust, wo sich auf dem blütenweißen Hemd in Sekundenschnelle hässliche, dunkelrote Flecken breitmachten. Bernhard Fillinger sank zunächst auf seine Knie und fiel dann rücklings zwischen die beiden Schalenkoffer.

Geistesgegenwärtig starrte Katharina mit einem Auge auf den zusammenbrechenden Mann, mit dem anderen versuchte sie, das Nummernschild der schwarzen Limousine zu lesen, die mit aufheulendem Motor bereits die Ausfahrt am Ende des Terminals erreicht hatte und hinter der ersten Kurve verschwand. Ein Hamburger Kennzeichen. So viel hatte sie erkennen können.

Ramón hielt es nicht mehr auf seinem Rücksitz.

»Da! Papa, Papa!«, kreischte es zwischen den Rückenlehnen der Vordersitze.

Katharina fuhr an der nächsten Möglichkeit rechts auf den Parkstreifen. Sie befanden sich ungefähr fünfzig Meter von der Stelle entfernt, an der ihr Mandant zwischen seinen Koffern auf dem Bordstein lag. Für einen Moment war sie wie paralysiert. Die Dramatik dessen, was sie soeben hautnah wahrgenommen hatte, sprengte alles, was der jungen Frau in ihrem bisherigen Leben an Grauenhaftem widerfahren war.

Ein junges Pärchen hatte sich inzwischen über Ramóns Vater gebeugt und ein älterer Mann tippte in sicherer Entfernung mit zittrigen Fingern auf seinem Handy herum. Der Junge hatte sich auf den Beifahrersitz geworfen und drückte seine Nase an der Windschutzscheibe platt.

Nur jetzt nicht die Nerven verlieren, dachte sie, als Ramón Anstalten machte, aus dem Wagen zu springen. Katharina hielt ihn am Arm und zog ihn zurück auf den Sitz.

»Ramón, hör mal, du bleibst hier im Auto und wartest. Ist das klar? Ich werde deinem Vater helfen und dann komme ich sofort zurück zu dir. Aber du bleibst hier! Haben wir uns verstanden?«

Sie schaute ihm in die Augen, in denen sich die Tränen langsam auf einen emotionalen Ausbruch vorbereiteten. Aber der kleine Kerl kämpfte gegen die aufkommenden Gefühle an und nickte tapfer. Katharina sprang aus dem Wagen, und während sie zu der Gruppe von Umstehenden rannte, betätigte sie mit ihrem Zündschlüssel das Türschloss in der Hoffnung, Ramón würde nicht die Entriegelungsmöglichkeit entdecken und ihr hinterherlaufen. Völlig außer Atem erreichte sie den Ort des Attentats, wo sich schon ein kleines Grüppchen von Schaulustigen versammelt hatte. Sie schob sich hastig zwischen zwei Frauen mittleren Alters, denen der Anblick des Schwerverletzten jegliches Blut aus dem Gesicht getrieben hatte. Katharina kniete sich neben den am Boden liegenden Mann, irgendwer rief, dass die Polizei schon unterwegs sei.

Sie ergriff die rechte Hand des Schwerverletzten. »Sind Sie Bernhard Fillinger? Können Sie mich verstehen? Ich bin Katharina Tenzer.«

Der Mann wandte sein Gesicht langsam in ihre Richtung. Sein Atem ging schwer und stoßweise. Dann zog er mit der freien Hand Katharinas Kopf zu sich herunter, bis sich ihr linkes Ohr direkt über den dünnen, blutleeren Lippen befand.

»Kümmere … dich … Ramón … bitte … Gefahr … brauchst … ihn … für Beweise … Mutter …«

Ein Hustenanfall unterbrach das Gestammel und helles Blut quoll aus seinem Mund.

»Wo sind die Beweise? Das iPad? Die beiden Sticks? In Ihren Koffern?«, fragte Katharina drängend.

Während das Husten langsam in ein Röcheln überging, blickte der Sterbende seiner Anwältin mit aufgerissenen Augen ins Gesicht. Er versuchte, noch etwas zu sagen, aber Katharina konnte von seinen Lippen nur das Wort ›elf‹ ablesen. Fillinger hob dabei kraftlos beide Hände und spreizte für einen Moment alle zehn Finger. Dann sackten langsam zwei Fäuste auf seine Brust und das Röcheln wurde weniger. Der Oberkörper hob sich jetzt krampfartig und die Augen sprangen fast aus ihren Höhlen. Endlich wich der letzte Atem aus dem Körper und der Kopf fiel schlaff zur Seite.

Jetzt erst bemerkte Katharina, dass Fillinger noch unmittelbar vor seinem Tod den rechten Daumen hochgestreckt hatte. Was sollte das alles bedeuten? *Ramón in Gefahr!* Wofür brauchte sie ihn? Wo waren die mitgebrachten Beweise? … *Mutter* … *elf* … Elf Finger!

Was immer auch die Zahl elf zu bedeuten hatte, sie musste sich unbedingt um den Jungen kümmern.

In diesem Moment drängte sich eine junge Frau neben sie und schob sie energisch zur Seite. »Lassen Sie mich einmal sehen, ob ich noch helfen kann. Ich bin Ärztin.«

Katharina war der jungen Frau innerlich dankbar, dass diese ihr so plötzlich eine Möglichkeit eröffnete, sich der fürchterlichen Situation entziehen zu können. Sie stand auf und blickte an sich hinunter. Überall Blut.

Ich sehe aus, als ob ich selbst Opfer eines brutalen Überfalls geworden bin, dachte sie. Egal. Sie wischte sich die Hände an ihren Hosenbeinen ab und überlegte kurz, ob sie den kleinen der beiden Koffer einfach mitnehmen sollte. Der gehört wahrscheinlich dem Jungen, aber wenn ich den jetzt mitnehme und einfach wegfahre, dürfte das auffallen, ja sogar Verdacht erregen.

Sie ging zu ihrem Wagen zurück. Was sollte jetzt mit dem Jungen geschehen?

Was soll ich einem Zehnjährigen sagen, der soeben mit eigenen Augen gesehen hat, wie sein Vater auf offener Straße erschossen wurde?

Ramón saß immer noch auf dem Beifahrersitz und starrte auf die Ansammlung von Menschen vor dem Eingang zum Terminal, als Katharina die Fahrertür öffnete und auf den

Platz hinter dem Lenkrad rutschte. Der Junge hatte seine Stoffschildkröte aus ihrer Gefangenschaft befreit und hielt sie mit beiden Armen fest umklammert vor seiner Brust.

Katharina streichelte ihm stumm über den Kopf und blickte auf den Ort, wo sich vor wenigen Minuten Unfassbares ereignet hatte. Was für eine kaltblütige, hinterhältige Tat! Und das hier in Hamburg. In Deutschland. Was ist das nur für eine Zeit exzessiver Gewalt, überall auf der Welt, dachte sie.

Was mache ich denn nun mit dem Jungen? Wenn ich auf die Polizei warte, verschwindet der Kleine in einem Heim. Hunderte von Fragen gingen ihr durch den Kopf. Aber keine Antworten.

Kurz entschlossen entschied sie sich, zu Hause in Ruhe die Situation zu überdenken.

»Ramón, dein Vater ist ganz schlimm verletzt worden«, fing sie behutsam an zu reden, während sie den Motor startete. »Gleich kommt ein Krankenwagen und holt ihn ab. Wir fahren jetzt erst einmal zu mir nach Hause. Von da aus rufen wir bei der Polizei an und später im Krankenhaus. Ist das okay für dich?«, fragte sie und trat ordentlich aufs Gas, als sie die Unglücksstelle passierten.

Nachdem sie das Flughafengelände hinter sich gelassen hatten, hielt Katharina an und bat Ramón, wieder nach hinten auf den notdürftigen Kindersitz zu klettern. Er hatte noch keine Silbe von sich gegeben. Immerhin gehorchte der Junge wortlos und krabbelte zurück auf die Rückbank. Die Stoffschildkröte hatte immer noch Dienst, leistete aber mittlerweile keinen Widerstand mehr und war auf die Hälfte zusammengedrückt.

Sie erreichten ihre Wohnung in der Johnsallee in Hamburg-Rotherbaum kurz nach halb zehn. Der Junge wirkte immer noch komplett verstört, aber als sie auf dem Parkplatz aus dem Wagen stiegen und zum Hauseingang gingen, ergriff er plötzlich ihre Hand. Sein Hilfe suchender Blick löste bei Katharina ein tiefes Gefühl zwischen Mitleid und Hilflosigkeit aus. Der Junge tat ihr unendlich leid.

Während sie mit dem Fahrstuhl in den dritten Stock fuhren, überlegte sie fieberhaft, was sie als Nächstes tun oder vielleicht nicht tun sollte. Sie schloss die Wohnungstür auf und Ramón trottete hinterher.

»So, jetzt setz dich erst mal ins Wohnzimmer. Ich hole dir was zu trinken und werfe eine Pizza in den Ofen, wär das was?«

Sein Nicken war kurz, aber freundlich.

Während sie in der Küche beschäftigt war und anschließend im Arbeitszimmer die Schlafcouch in ein Nachtlager verwandelte, hatte der Junge aus seinem Rucksack ein Auto-Quartettspiel hervorgeholt und betrachtete konzentriert eine Karte nach der anderen. Endlich kündigte der Küchenwecker an, dass die Pizza fertig war. Katharina hatte das Tablett mit dem Teigfladen und dem Mineralwasser noch gar nicht ganz auf den Tisch geschoben, da schlang Ramón schon das erste Stück herunter. Nach wenigen Minuten hatte die Pizza ihre Schuldigkeit getan und Ramón lehnte sich auf dem Sofa zurück. Er blickte sich in der Wohnung um, so als erwartete er den nächsten Programmpunkt. Dann fasste er sich ein Herz.

»Papa ist tot, nicht wahr? Du wolltest es mir nur nicht sagen. Stimmt doch?«, druckste er mit leiser Stimme.

Katharina stand auf und setzte sich neben ihn. Sie legte den Arm um ihn und zog den kleinen Kopf behutsam an ihre Schulter. »Ja, Ramón. Wir müssen jetzt als Erstes deine Mutter informieren, die muss sofort hierherkommen.«

Sie erinnerte sich, das Wort *Mutter* verstanden zu haben, als Fillinger versuchte, ihr noch etwas mitzuteilen.

Der Junge wand sich aus der Umarmung und griff in seinen Rucksack. »Meine Mama ist schon vor langer Zeit gestorben. Ich habe nur noch Bilder von ihr«, sagte er. Er zog ein kleines Foto hervor und reichte es Katharina.

Als ob er von einer uralten Legende erzählt, dachte sie und nahm vorsichtig das Papierbild in die Hand.

»Das da bin ich!«, rief er und tippte mit dem Zeigefinger über ihre Schulter hinweg auf die Mitte des Bildes.

Ein hübsches, junges Paar in einem Strandkorb war zu erkennen. Die blau-weißen Streifen und im Hintergrund die aufgewühlte See ließen auf eine Küste irgendwo in Norddeutschland schließen. Der Mann hatte seinen Kopf auf die Schulter der attraktiven Latina gelegt und machte ein Victory-Zeichen. Sie hielt mit einem strahlenden Lachen einen Säugling in die Höhe, der jedoch nicht willens schien, für ein Fotoshooting seinen Schlaf zu unterbrechen.

Katharina erkannte in dem Mann sofort Bernhard Fillinger wieder, der vor etwa einer Stunde auf dem Bordstein des Flughafengeländes in ihren Armen verblutet war. Sie musste schlucken und reichte das Bild Ramón zurück.

Wenn die Mutter von Ramón nicht mehr lebte, wen hatte Bernhard Fillinger dann mit *Mutter* gemeint? Seine eigene? Aus der Strafakte wusste sie, dass Bernhard Fillinger ein Pflegekind gewesen war und die Pflegemutter mit Demenz in einem Altenheim lebte. Zu der hatte er sie doch wohl kaum schicken wollen. Oder hatte sie am Ende das Wort nur falsch verstanden?

»Ramón, was ist denn mit deinen Großeltern? Wo wohnen die?«

Der Junge guckte sie mit großen Augen an. »Keine Ahnung. Ich habe nie welche kennengelernt.«

Was für ein armer Kerl, dachte Katharina. Am Ende wird er wohl genau wie sein Vater in einer Pflegefamilie landen. Wenn er Glück hat.

»Und wie ist das mit eurer Wohnung hier in Hamburg? Die musst du doch noch kennen? Wolltet ihr da übernachten?«

»Ja, so ein ganz kleines bisschen kann ich mich daran erinnern. Aber ob wir dort schlafen wollten, hat mir Papa nicht erzählt«, antwortete der Junge leise.

»Und das iPad deines Vaters, wo ist das? Er hat mir per E-Mail geschrieben, dass er wichtige Dokumente, die wir beim Gericht brauchen, auf einem iPad und zwei USB-Sticks abgespeichert hat. Du weißt doch sicher, wie diese Dinger aussehen?«

Ramón nickte. »Das iPad hat Sigurd. Als wir mit dem Flugzeug das erste Mal gelandet sind, haben wir uns mit ihm vor dem Flughafen getroffen und Papa hat es ihm gegeben. Und stell dir vor …«, er hielt grinsend seinen rechten Daumen in die Höhe, »… ohne den geht nichts. Zum Öffnen der Dateien braucht man meinen Daumenabdruck.«

»Was ist mit den Sticks? Weißt du auch, wo die sind?«

»Nö, keine Ahnung.«

Sigurd Willemsen, erinnerte sich Katharina. Der wollte doch nach seinem Besuch bei ihr in der Kanzlei mit der ganzen Angelegenheit nichts mehr zu tun haben. So kann man sich irren.

»Ihr seid aus Zürich gekommen, wenn ich mich recht entsinne«, vergewisserte sich Katharina.

»Keine Ahnung, aber du kannst recht haben. Der Ortsname, den Papa genannt hat, klang so ähnlich.«

Nicht ganz ungefährlich, das iPad mit dem Daumenabdruck seines Sohnes zu sichern, dachte Katharina. Zumindest wusste sie jetzt, was Fillinger mit dem Hinweis gemeint hatte, sie bräuchte Ramón.

»Weißt du denn, wo der Sigurd wohnt? Wohnt der in Zürich?«, hakte sie nach.

»Keeeiiine Ahnung«, war die gelangweilte Antwort, während Ramón das Quartettspiel wieder in die Hand nahm.

Katharina verspürte jetzt trotz der Nervenanspannung der letzten Stunden selbst einen leichten Hunger, denn zuletzt hatte sie am Mittag einen Joghurt und etwas Obst gegessen.

Während sie sich in der Küche zwei Scheiben Brot zurechtmachte, kam ihr die Zahl elf wieder in den Sinn. Fillingers letzte Worte, Sekunden vor seinem Tod.

»Sag mal, Ramón, hat dir dein Vater etwas über die Zahl elf erzählt?« Sie vermied es ganz bewusst, dem Jungen zu sagen, dass das das letzte Wort seines sterbenden Vaters gewesen war.

»Was ist denn das für eine doofe Frage? Keine Ahnung, was du meinst. Lass mich in Ruhe!«, schrie er sie unvermittelt an.

Und dann plötzlich, wie durch einen Stromstoß ausgelöst, verzogen sich seine Mundwinkel und nach einer wütenden Bewegung flogen sämtliche Karten des Quartettspiels durch das Zimmer. Anschließend schmiss sich Ramón der Länge nach auf das Sofa und vergrub sein Gesicht schluchzend in den flauschigen Designerkissen.

7

Hauptkommissar Jan Jansen war bester Laune, als er am Dienstagmorgen sein Büro bei der Mordkommission im Polizeistern in Hamburg-Alsterdorf betrat. Das Wochenende hatte er mit zwei Urlaubstagen gestreckt und war zu seiner Schwester nach Bayern gefahren, wo sie ausgiebig deren fünfzigsten Geburtstag gefeiert hatten. Er hatte nur noch wenige Jahre bis zu seiner Pensionierung, doch im letzten Herbst hatte er bei einem Betriebsjubiläum eines Kollegen Anna kennengelernt. Sie war Weißrussin und hatte bei den Hamburger Gerichten und Justizbehörden als Simultandolmetscherin einen mehr als krisensicheren Job. Anna Crushova war zehn Jahre jünger als er und hatte ihn mit ihrer lebensfrohen Art nach allen Regeln der Kunst aufgepeppt. Und das, wie er fand, in allen Bereichen.

»Guten Morgen, Jan, du kommst gerade recht«, begrüßte ihn seine übernächtigte Kollegin, Inga Steenken, mit einem Becher Kaffee in der Hand. Die schlanke blonde Frau stand vor einer großen Metaplanwand, die außer einigen Fotos am oberen Rand nur wenig vorzuweisen hatte.

Jansen und Steenken waren seit vielen Jahren ein eingespieltes Ermittlerteam, bei dem die Chemie hundertprozentig stimmte. Jansen, mit großer Erfahrung und einer verblüffenden Intuition ausgestattet, hasste die in ihrem Job notwendige Akribie wie der Teufel das Weihwasser. Dementsprechend war er heilfroh gewesen, als man ihm mit Inga Steenken eine Kollegin aus der Wirtschaftsabteilung an die

Seite stellte, die es gewohnt war, die ›Papierlage abzuarbeiten‹, wie er sich immer ausdrückte.

Jansen trat vor die Metaplanwand und betrachtete die Bilder. Ein Mann mittleren Alters lag irgendwo auf dem Trottoir rücklings in seinem Blut. Ersichtlich war das Opfer von mehreren Schüssen vorn in der Brust getroffen worden. Auf dem letzten Bild waren am Rand zwei hellgraue Schalenkoffer zu erkennen.

»Seit gestern Abend haben wir einen neuen Fall. Fast die ganze Nacht hat die Abteilung am Flughafen zugebracht und anschließend habe ich hier die ersten Ergebnisse zusammengetragen. Nur für dich natürlich«, sagte sie grinsend. »Wenn du nichts dagegen hast, setz ich dich ins Bild und geh dann 'ne Runde schlafen.«

»Gut, schieß mal los!«, waren Jansens Worte, während er sich behäbig hinter seinen aufgeräumten Schreibtisch setzte.

»Viel habe ich zwar noch nicht, aber das bisschen hat es in sich«, begann die junge Kollegin zu berichten. »Das Opfer heißt Bernhard Fillinger, achtunddreißig Jahre alt, zuletzt wohnhaft hier in Hamburg, im Hofweg Nr. 37.«

»Auf der Uhlenhorst. Feine Gegend!«, warf Jansen mit einem anerkennenden Nicken ein und goss sich einen Kaffee aus der Frischhaltekanne ein.

»Ja, aber Fillinger ist mehrere Jahre nicht mehr dort gewesen. Dazu gleich mehr«, sagte Steenken. »Er wurde direkt nach seiner Ankunft vor dem Terminal 2 auf offener Straße aus einer fahrenden schwarzen Limousine unbekannter Marke heraus mit zwei Schüssen kaltblütig umgelegt. Wie in einem Actionfilm. Wir haben einige Zeugen, die sich aber die Nummer des Wagens nicht gemerkt haben und auch sonst nichts Konkretes aussagen konnten. Und dank unseres Datenschutzbeauftragten haben wir im Außenbereich des Flughafens auch keine Videoüberwachung.«

»Was wissen wir über das Opfer?«, fragte Jansen.

»Fillinger hat hier in Hamburg einen Früchtegroßhandel betrieben, bis er dann aus Deutschland auf Nimmerwiedersehen verschwunden ist, da gegen ihn ein Haftbefehl wegen des Verdachts der Steuerhinterziehung in besonders schwerem Fall erlassen wurde.«

Steenken schaute ihren Chef vielsagend an. »Deswegen war er übrigens auch mehrere Jahre nicht in seiner Wohnung. Aber die Steuerfahnder haben damals dort durchsucht und einen Durchsuchungsbeschluss auf dem Wohnzimmertisch zurückgelassen.«

»Woher wisst ihr das?«, fragte Jansen.

»Den Wohnungsschlüssel hatte Fillinger bei sich. Und der uralte Durchsuchungsbeschluss lag immer noch auf dem Wohnzimmertisch«, berichtete sie grinsend. »Ansonsten war die Wohnung sauber und aufgeräumt. Irgendwer muss dort regelmäßig nach dem Rechten gesehen haben. Und jetzt kommt das Dollste. Nach Auskunft der Kollegen von der Bundespolizei am Flughafen sollte der Haftbefehl auf ausdrückliche Anordnung eines Oberstaatsanwaltes Mankowsky bei der Einreise von Fillinger nicht vollstreckt werden. Die Anordnung stammte von Freitag letzter Woche, also erst von vor drei Tagen. Mankowsky wollte aber informiert werden, ob Fillinger eingereist ist oder nicht. Das hat der Kollege aber noch nicht erledigt.«

»Mankowsky? Der ist doch aus der Wirtschaft«, unterbrach Jansen seine Kollegin stirnrunzelnd.

»Ja, das ist richtig. Mankowsky habe ich gestern Nacht natürlich nicht mehr erreicht. Das sollte heute Morgen deine erste Amtshandlung sein«, fuhr Steenken fort. »Fillinger ist jedenfalls gestern Abend kurz nach acht in Hamburg gelandet. Die Maschine kam aus Zürich. Vier Stunden vorher ist er aus San José, Costa Rica, eingeflogen.« Sie stellte ihren leeren Kaffeebecher weg. »Auf beiden Flügen war aber nicht nur er eingecheckt, sondern auch sein zehnjähriger Sohn, Ramón Fillinger. Und von dem fehlt bislang jede Spur.«

Die junge Kommissarin fuhr sich mit der Hand durch ihre lockigen, kurzen Haare und blickte mit ernster Miene ihren Kollegen an. »Dass Fillinger mit seinem Sohn eingereist ist, haben wir viel zu spät erfahren. Da waren die wenigen Zeugen schon weg. Die Kollegen fassen da aber gerade nach.«

»Eine Kindesentführung auch noch? Das wird ja immer besser«, war Jansens trockener Kommentar.

8

Um vierzehn Uhr hatte Katharina das Ruhrgebiet hinter sich gelassen und Kurs in Richtung Rheinland eingeschlagen. Ramón hatte sich am gestrigen Abend nur sehr schwer wieder beruhigen können, aber schließlich war er gegen Mitternacht auf dem Sofa eingeschlafen.

Obwohl sie selbst ebenfalls völlig fertig gewesen war, hatte sie sich an ihren PC gesetzt und versucht herauszufinden, was es mit der Zahl elf auf sich hatte, die der sterbende Fillinger gestikuliert hatte. Es musste etwas mit der Übergabe des iPad an Willemsen in Zürich zu tun haben, von der ihr Ramón berichtet hatte. Und irgendwie musste sie den Aufenthaltsort von Willemsen in Erfahrung bringen, der noch nicht einmal eine Telefonnummer bei ihr im Büro hinterlassen hatte.

Schneller als erwartet, war sie fündig geworden. Die Lösung hieß: Solothurn, Schweiz.

Ein städtisches Kleinod. Die schönste Barockstadt der Eidgenossen im Berner Mittelland, circa eine Autostunde von Zürich entfernt, war laut Angaben des Tourismusverbandes seit langer Zeit untrennbar mit der Zahl elf verbunden. Elf Kirchen, elf Kapellen, elf Türme, elf Brunnen und eine Uhr, die nur elf Stunden anzeigt, wurden unter anderem auf der städtischen Website genannt. In der Historie konnte der Hauptort des elften Kantons der Schweiz außerdem noch mit elf Zünften, elf Bastionen und elf Stadttoren aufwarten.

Katharina war sich sicher: Dort würde sie Sigurd Willemsen finden. Und mit ihm auch das iPad mit den Dokumenten und Informationen, die Fillinger ihr hatte übergeben wollen. Das Strafverfahren und auch ihr eigentlicher Auftrag waren zwar mit dem Tod ihres Klienten zu Ende, aber die Dokumente zum Nachweis für die angebliche Veruntreuung der immensen Vermögenswerte des ehemaligen DDR-Vermögens waren natürlich nach wie vor heiß. Richtig heiß.

Hoffentlich würde sie sich dabei nicht die Finger verbrennen.

Oder sogar mehr.

Denn immerhin hatte irgendwer in Erfahrung gebracht, wann Fillinger nach Deutschland kommen wollte, und wahrscheinlich auch, was er im Gepäck haben würde. Und dieser Irgendwer hatte anscheinend eine höllische Angst vor dem, was Fillinger an Wissen preisgeben konnte.

Vier Tage waren seit der Absprache mit Mankowsky vergangen. Entweder gab es bei der Staatsanwaltschaft einen

Maulwurf oder Fillinger selbst hatte seinen Mörder eingeweiht. Eine andere Erklärung, wie sich die Information über Fillingers Rückreise hatte verbreiten können, gab es nicht.

Ziemlich schnell war Katharina klar gewesen, dass sie Antworten nur bekommen würde, wenn es ihr gelang, Sigurd Willemsen ausfindig zu machen. Also hatte sie sich kurzerhand entschlossen, nach Solothurn in die Schweiz zu fahren. Ihre Zeugenaussage bei der Polizei konnte sie auch noch in ein paar Tagen abgeben.

Sie hatte mit Ramón gesprochen und ihm erklärt, dass sie ihn auch zur Polizei bringen könne, wenn er es denn wolle. Dann würde er aber wohl vom Jugendamt erst einmal in einem Heim untergebracht werden.

Der Junge hatte angefangen zu weinen und sie angefleht, dass sie ihn unbedingt mitnehmen solle.

»Ich kann dir auch helfen, Onkel Sigurd zu finden. Ich war da schon einmal im letzten Sommer. Das war irgendwo im Wald. Und man konnte die Berge von da aus sehen«, hatte er unter Tränen gesagt.

Vielleicht konnte Ramón am Ende ja sogar ganz bei Sigurd Willemsen bleiben. Anscheinend war er ein Freund der Familie und, wie es aussah, die einzige Person, zu der Ramón noch eine engere Beziehung hatte.

Der Entschluss war also gefasst. Sie würden beide in die Schweiz fahren. Ein lautes Juhu war durch die Wohnung gehallt und gleichzeitig hatte Ramón die Sofapolster im Wohnzimmer einem ernsthaften Belastungstest unterzogen.

Da sich sein Koffer mit Sicherheit im Gewahrsam der Polizei befand, hatte Katharina ihm als Nächstes eine Grundausstattung an Kleidung, Wäsche und Hygieneartikeln besorgt. Zum Glück hatte sich sein Kinderreisepass gut verstaut in seinem Rucksack angefunden. Dieses Problem war keines.

Aber die Anwältin war auf der Hut. Mit dem eigenen Wagen zu fahren, wäre leichtsinnig. Mit Sicherheit würden die Beamten der Mordkommission schnell darauf kommen, dass sie am Tatort gewesen war und sich der Sohn des Mordopfers möglicherweise in ihrer Obhut befand. Ein Leichtes, sie und ihren Wagen zur Fahndung auszuschreiben. Also hatte sie für sich und Ramón einen Mietwagen genommen. Einen schwarzen, schnittigen Alfa Romeo. Auch ihr Handy hatte sie nicht nur ausgeschaltet, sondern natürlich auch den Akku herausgenommen. Keine offensichtlichen Spuren zu hinterlassen, war jetzt oberstes Gebot.

An die Paragrafen des Strafgesetzbuches, die sie durch ihr Verhalten unter Umständen verletzte, mochte sie nicht denken. Doch die Polizei in Hamburg war nicht ihr größtes Problem. Warum hatte Bernhard Fillinger sterben müssen?

Sie hatte Angst. Nackte Angst. Um den Jungen und auch um sich selbst.

9

Wolf von Behringer blickte auf das Display seines Telefons und runzelte die Stirn, denn die angezeigte Nummer war ihm unbekannt. Nur wenige Leute wussten seine direkte Durchwahl und da er ein Mensch der Zahlen war, hatte er von diesen Personen die Telefonnummern im Kopf.

»Von Behringer«, meldete er sich mit sonorer Stimme und lehnte sich in seinem Chefsessel erwartungsvoll zurück.

»Wolf, ich bin es, Katharina. Hör …«

Wie eine Sprungfeder schnellte der Anwalt nach vorn und landete mit dem Oberkörper fast auf der Schreibtischplatte. »Kathi, wo bist du, um Himmels willen? Was ist passiert? Und was ist das für eine Telefonnummer?«, bellte er in den Hörer.

In einer E-Mail hatte sie heute Morgen vom Mord an Fillinger berichtet und angedeutet, dass sie wohl den Rest der Woche nicht im Büro erscheinen würde und auch telefonisch nicht zu erreichen sei.

»Wolf, hör mal, bitte stell jetzt keine Fragen. Nur so viel. Ich bin mit dem Sohn von Fillinger unterwegs. Ihm geht es gut. Wenn sich die Polizei erkundigt, sag ihnen, ich bin spätestens am Wochenende wieder zurück und melde mich dann. Aber ansonsten sagst du denen nichts. Gar nichts. Hast du mich verstanden?«

Nach einer kurzen Pause, in der sie hören konnte, wie ihr Kollege tief Luft holte, fügte sie hinzu: »Noch eine Bitte habe ich, Wolf. Könntest du irgendwie in Erfahrung bringen, ob und, wenn ja, wo in Solothurn in der Schweiz ein Sigurd Willemsen gemeldet ist? Wenn du nicht weiterkommst, dann beauftrage bitte Lasse Hamran. Der kriegt das mit Sicherheit raus.«

»Sigurd Willemsen, das ist doch der, der letzte Woche hier bei uns war? Und Solothurn? Schweiz? Was machst du da?«

»Frag nicht, ich erkläre es dir später. Und übrigens, auf meinem Handy bin ich nicht zu erreichen. Ich rufe dich morgen Abend von unserem nächsten Hotel aus wieder an. Und sag den anderen im Büro, ich wäre in einer dringenden Familienangelegenheit unterwegs oder so. Dir wird schon was einfallen. Frau Peters soll alle Termine auf die nächste

Woche verschieben.« Bevor von Behringer etwas erwidern konnte, hatte Katharina aufgelegt.

Der Anwalt stand auf und trat an sein Bürofenster. Sein Blick wanderte nachdenklich von der Schleusenbrücke über die kleine Alster bis auf den Rathausmarkt. In was war seine Kollegin da bloß hineingeraten? *Kollegin.*

Leider war sie momentan nicht mehr als nur seine Kollegin. Aber vielleicht würde sich das ja wieder einmal ändern, hoffte er und ging zurück zu seinem Schreibtisch. Er griff zum Telefon und beauftragte Frau Peters mit der Absage von Katharinas nächsten Terminen. Anschließend zog er aus seinem Schreibtisch ein Etui, in dem er alle Visitenkarten aufhob, die er in den letzten Jahren eingesteckt hatte. Eigentlich musste *ihre* auch noch darunter sein.

Mia-Elena.

Den klangvollen Vornamen der Brünetten mit der sensationellen Figur aus der Rechtsabteilung des Schweizer Generalkonsulates würde er nie vergessen. Es war einige Jahre her und seine Frau und er lebten damals zwar offiziell noch zusammen, aber tatsächlich existierte schon längere Zeit Funkstille zwischen ihnen. Und zwar in jeder Beziehung.

Bei einer Fortbildungsveranstaltung der Rechtsanwaltskammer hatte sich die junge Konsulatsangestellte neben ihn gesetzt. Das Thema des eintägigen Seminars war alles andere als knisternd, aber zu dieser Zeit in aller Munde. Es ging um ein geplantes Abkommen zwischen der Schweiz und Deutschland über wechselseitige Auskünfte von Banken an die jeweiligen Steuerbehörden des anderen Landes. Bereits nach wenigen Minuten war klar, dass der dröge Vormittagsdozent seinen Kampf um die Aufmerksamkeit der Zuhörer gnadenlos verlieren würde.

In der Mittagspause hatte Wolf von Behringer dann eine kurze Charmeoffensive gestartet und seine attraktive Sitznachbarin gefragt, ob er sie zum Essen einladen dürfe. Sie hatte mit einem zauberhaften Lächeln genickt und er hatte sofort im Magenbereich, und kurz danach auch etwas tiefer, wohlwollend zur Kenntnis genommen, dass das Testosteron die Arbeit aufgenommen hatte. Sie waren in ein kleines italienisches Restaurant von einem langjährigen Mandanten von ihm verschwunden und hatten beide ziemlich schnell bemerkt, dass es gefunkt hatte. Und zwar richtig. Die Nachmittagsveranstaltung hatten sie in ihrer nahe gelegenen Wohnung fortgesetzt. Schon im kleinen Flur waren sie hemmungslos übereinander hergefallen.

Drei Stunden später hatte er aufgewühlt auf der Straße gestanden und auf die Visitenkarte gestarrt, die sie ihm nach einem leidenschaftlichen Kuss zum Abschied in die Brusttasche gesteckt hatte.

Irgendwo musste die Karte doch sein. Er schmiss niemals Visitenkarten weg. Denn wer weiß, wofür man einen Kontakt noch einmal bräuchte.

Endlich wurde er fündig.

Mia-Elena Briggenheimer
Diplom-Juristin
Schweizer Generalkonsulat Hamburg

Ob sie immer noch dort arbeitete? Bevor er Lasse Hamran einschaltete, könnte er ja vielleicht die alten Zeiten hochleben lassen.

Ein Versuch war es wert, wie er fand.

Er wählte die Nummer, die auf der Karte stand.

10

Hauptkommissar Jansen betrat das rote Backsteingebäude in der Kaiser-Wilhelm-Straße, in dem ein Teil der Staatsanwaltschaft untergebracht war, wie immer mit einem mulmigen Gefühl. Er wusste nicht warum, aber irgendwie riefen ihm Treffen bei seinen unmittelbaren Dienstvorgesetzten immer ein Gefühl der Unsicherheit hervor. Und das nach fast vierzig Dienstjahren.

Auf ausdrücklichen Wunsch von Steenken hatte er gleich, nachdem sie das Büro verlassen hatte, Oberstaatsanwalt Mankowsky angerufen. Jansen hatte ihm von dem Mord an Fillinger erzählt und am anderen Ende der Leitung war es plötzlich still geworden. Dann hatte ihn Mankowsky für zwölf Uhr zur Staatsanwaltschaft beordert, ohne weitere Einzelheiten wissen zu wollen.

Die korpulente Geschäftsstellenleiterin war wie üblich unfreundlich und forderte Jansen mit einem mürrischen Nicken auf, ihr zu folgen. Sie gingen zu Fuß zwei Etagen tiefer.

Jansen war froh, dass er mit ihr nicht alleine in dem engen Fahrstuhl sein musste. Am Treppenabgang zeigte sie wortlos auf eine Tür gegenüber und verschwand wieder nach oben. Auf dem Schild neben der Tür las Jansen den Aufdruck *Kleines Besprechungszimmer.* Das ließ ja fast auf ein familiäres Treffen schließen, was er angesichts der ungeheuerlichen Tat am gestrigen Abend eigentlich völlig unpassend fand.

Er klopfte und, ohne zu warten, trat er ein.

Der Raum war tatsächlich klein und beherbergte einen

Tisch, um den herum sechs Stühle standen. Rechts an der Wand lehnte ein kleines Regal, auf dem sich mehrere Akten und Ordner stapelten. Einen Blick aus dem Fenster konnte man sich sparen. Das einzig Farbenfrohe in dem ansonsten tristen Hinterhofszenario waren die Graffiti auf der gegenüberliegenden Hauswand.

Am Tisch saßen Frau Staatsanwältin Dr. Stange, Leiterin der Abteilung für Kapitalverbrechen, und ein älterer, graubärtiger Kollege und unterhielten sich leise. Immer wenn Jansen seine oberste Dienstherrin sah, musste er an einen Ausspruch Steenkens denken, nachdem diese ihre erste Bekanntschaft mit ihrer Chefin gemacht hatte. »Nomen est Omen«, hatte sie Jansen leise ins Ohr geflüstert.

In der Tat maß die Staatsanwältin mindestens ein Meter fünfundachtzig und war spargeldürr. Fast etwas neidisch dachte Jansen, die bringt mit Sicherheit keine fünfundfünfzig Kilo auf die Waage. Ihre hochgesteckten Haare besaßen eine ganz sonderbare Tönung. Irgendwas zwischen Maus und Stein. Die Farbe ergänzte hervorragend ihre ansonsten alterslose Erscheinung. Aber von irgendwem hatt Jansen gehört, dass sie Ende fünfzig wäre.

Den Mann mit Vollbart und einem runden, freundlichen Großvatergesicht erkannte er nach längerem Hinsehen wieder. Oberstaatsanwalt Mankowsky aus der Wirtschaftsabteilung hatte sich kaum verändert. Nur hatte auch er etwas an Körperumfang zugelegt, wie Jansen beruhigt feststellte. Fast fünf Jahre war es her, dass sie zuletzt miteinander zu tun hatten. Jansen überlegte. Mankowsky musste kurz vor der Pensionierung stehen.

Vor den beiden lag ein dünner Bildband auf dem Tisch mit den schockierenden Fotos des gestrigen Abends.

»Herr Jansen, kommen Sie, setzten Sie sich bitte«, sagte die Staatsanwältin mit ruhiger Stimme. »Den Kollegen Mankowsky kennen Sie ja, wie ich hörte«, fügte sie sogleich hinzu.

Sie gaben sich die Hand und Jansen setzte sich Mankowsky gegenüber.

»Ja, Herr Jansen, es könnte sein, dass wir erneut gemeinsam eine Art Sonderkommission bilden müssen«, sagte Mankowsky schmunzelnd. »Ist eigentlich die pfiffige Kollegin noch bei Ihnen? Wie hieß sie gleich?« Er runzelte die Stirn.

»Inga Steenken. Ja, die ist noch bei uns. Sie hat auch die ersten Ermittlungen am Tatort gestern Abend koordiniert«, antwortete Jansen ziemlich kurz.

Mankowsky kam zur Sache. »Also, Herr Jansen, nachdem Sie mich heute früh vom Tod von Bernhard Fillinger unterrichtet haben, musste ich hier intern erst einmal klären, wie wir mit dem Steuergeheimnis umgehen. Unserer heiligen Kuh, Sie wissen schon. Deswegen war ich heute Morgen so kurz angebunden.« Er machte eine Pause und sah dann seine Kollegin an. »Frau Dr. Stange und ich haben die Sache juristisch erörtert und sind zu dem Ergebnis gekommen, dass Ihre Abteilung, die den Mordfall Fillinger federführend bearbeitet, von uns jede Hilfe bekommt, die notwendig ist. Bei uns ist das Verfahren gegen Fillinger wegen Steuerhinterziehung mit seinem Tod sowieso beendet. Aber wir erhoffen uns von Ihren Ermittlungen natürlich noch so einiges und werden Sie tatkräftig mit Informationen aus unseren Akten unterstützen, wenn Sie wissen, was ich meine.«

Jansen hatte keine Ahnung, was Mankowsky meinte, und schielte verschämt zu dem prallen Aktenregal an der Wand. Es sah so aus, dass der Fall wohl eine längere Schreibtischtätigkeit erfordern würde.

Jetzt ergriff seine Vorgesetzte das Wort: »Gegen Herrn Fillinger wurde in einem Steuerstrafverfahren ein Haftbefehl erlassen. Wie mir Herr Mankowsky berichtet hat, gab es am letzten Donnerstag ein sehr interessantes Telefonat mit der Verteidigerin unseres Mordopfers. Aber erzählen Sie doch einfach mal, Herr Kollege«, gab sie den Ball an Mankowsky zurück.

»Ja, Fillinger wird … ehem … wurde von Frau Rechtsanwältin Tenzer vertreten, von der Kanzlei *Hausner & Kollegen.* Die junge Anwältin müssten Sie auch noch kennen, Herr Jansen. Damals war sie zwar noch Referendarin, aber schon ganz schön tough.«

Jansen nickte bedächtig. So langsam kamen ihm die Erinnerungen wieder hoch.

»So wie es aussieht, war Fillinger schwer krank und wollte seine letzte Heilungschance durch eine neue Therapie hier am UKE wahren. Mit Frau Tenzer hatte ich ausgemacht, dass Fillinger unbehelligt einreist und wir ihn heute früh amtsärztlich untersuchen lassen.« Mankowsky hüstelte leise. »Und ein Geständnis wollte Fillinger auch ablegen. Das hat mich allerdings etwas überrascht, wenn ich ehrlich bin. Die Beweislage für eine Steuerhinterziehung ist nämlich, gelinde gesagt, etwas löchrig.«

»Die Steuersache interessiert doch jetzt sowieso keinen mehr, wenn ich Sie richtig verstanden habe?«, warf Jansen ein.

»Ja, ja, da ist aber noch eine andere Sache, die Sie wissen sollten«, Mankowsky machte eine abwertende Handbewegung, erhob sich und ging langsam zum Fenster. »Fillingers Anwältin hatte mir in dem Telefonat erzählt, dass ihr Mandant Beweise dafür hätte, dass unmittelbar nach der Wende mehrere hundert Millionen Westmark aus dem ehemaligen DDR-Vermögen verschoben worden sind. Das veruntreute Vermögen soll sogar noch vorhanden sein.« Er drehte sich wieder zu seinen Zuhörern um. »Mit dem Einigungsvertrag sind alle Rechte an diesem Vermögen auf die Bundesrepublik Deutschland übergegangen, wie Sie vielleicht wissen. Und da wollen wir ran.«

Jansen schwirrte der Kopf. Was gingen ihn und seine Kollegen die ehemaligen DDR-Millionen an? Wenn er sich recht erinnerte, hatte man damals nach der Wende in Berlin ein riesiges Bohei darum gemacht. Ob überhaupt und schlussendlich wie viel von dem Vermögen gefunden worden war, daran erinnerte er sich nicht mehr. Jetzt verstand er aber, warum es hier und heute zu diesem intimen Treffen mit gleich zwei Abteilungsleitern gekommen war. Man wollte ihn und sein Team schon am Anfang der Ermittlungen richtig einnorden, worum es bei dem Fall eigentlich ging. Aber sie hatten einen Mord aufzuklären. Nicht mehr und nicht weniger.

Als hätte Frau Dr. Stange seine Gedanken erraten, sprach sie die Worte aus, die Jansen sich gerade mühevoll zurechtlegte: »Herr Jansen, verstehen Sie uns bitte nicht falsch, Sie müssen Ihren Job machen. Keine Frage. Aber Sie sollen wissen, dass neben der Pflicht, den oder die Täter dingfest zu machen, in diesem Fall auch noch andere staatstragende Interessen berührt sind. Mehr nicht.«

Hauptkommissar Jansen nickte stumm. In seinem Inneren kochte es und er hoffte inständig, das *Kleine Besprechungszimmer* schnell wieder verlassen zu können.

Mankowsky trottete gemächlich zu seinem Stuhl und ließ sich schwerfällig nieder. Er griff die Worte seiner Kollegin auf, wobei seine butterweiche Stimme Jansen schon fast lächerlich erschien. »Und bedenken Sie, mein lieber Herr Jansen ...«, die folgende Pause war eindeutig regiebedingt, »... ganz wichtig scheint mir ebenfalls die Klärung der Frage, wie es möglich sein kann, dass innerhalb von nur vier Tagen nach Bekanntwerden der Rückkehr von Fillinger nach Deutschland ein Mordkommando aller erster Güte in Gang gesetzt werden konnte. Irgendwo hat da doch jemand gequatscht. Finden Sie raus, wer das gewesen ist. Ach ... und, Herr Jansen ...«, Mankowsky lehnte sich in seinem Stuhl zurück und klopfte mit dem Ende seines Kugelschreibers energisch auf den Aktendeckel, »... und vor allen Dingen schaffen Sie die ehemaligen DDR-Millionen wieder her. Das hat absolute Priorität.«

Jansen erhob sich und ging zur Tür. Bevor er das Zimmer verließ, drehte er sich um und sagte mit einem frostigen Lächeln: »Ich glaube, ich werde bei *Hausner & Kollegen* mal auf einen Kaffee vorbeischauen.«

11

Nachdem Kathrina völlig übermüdet in der Nähe von Freiburg die Segel gestrichen hatte, übernachteten sie in einem Motel nahe der Autobahn. Am Mittag des nächsten Tages erreichten sie dann endlich Solothurn.

Es regnete Bindfäden und Katharina fragte sich, warum alle immer das Hamburger Wetter so schlecht redeten.

Sie hatte in einer einfachen Herberge am Rande der Altstadt im Voraus ein Doppelzimmer gebucht. Ramón hatte vor der Abfahrt in Hamburg nur gelangweilt mit den Schultern gezuckt, als sie ihn gefragt hatte, ob es ihm etwas ausmachen würde, in den nächsten Tagen ein Doppelzimmer mit ihr zu teilen. Das TV-Unterhaltungsangebot in den möglichen Unterkünften besaß für ihn eindeutig einen höheren Stellenwert. Auf einen Schlag nannte er ihr diejenigen Filme, die er unbedingt in nächster Zeit sehen müsse.

»Ramón, wir werden in den nächsten Tagen nicht in Luxushotels unterkommen. Ich habe keine Ahnung, ob die alle Internetfernsehen haben. Außerdem sind wir nicht zum Spaß unterwegs«, hatte sie geantwortet.

Als Katharina den Wagen auf den leeren Parkplatz vor dem schmucklosen, einstöckigen Gebäude an der Rötistrasse lenkte, ertönte von der Rückbank plötzlich lautstarker Protest.

»Schon wieder so ein Schuppen? Ich schlaf nicht noch mal in so was!«

»Meckere nicht immer! Denk lieber darüber nach, wie wir Sigurd Willemsen finden können. Du warst doch schon einmal hier«, sagte Katharina, während sie aus dem Wagen stieg und die hintere Tür öffnete.

Ramón schnappte sich widerwillig seinen Rucksack und glitt behäbig wie ein Schwerbehinderter vom Rücksitz. Als Katharina mit dem Koffer in der Hand schon den Hoteleingang erreicht hatte, stand er noch immer schmollend neben dem Auto.

»Ramón, komm jetzt. Mach kein Theater. Ich verspreche dir, wenn es hier keine Filme im Fernsehen gibt, gehen wir heute oder morgen Abend ins Kino. Ehrenwort.«

»Na gut«, war seine gequälte Antwort, mit der er sich langsam in Bewegung setzte.

Katharina betrat den Hotelflur und wusste sofort, dass sie beim Buchen dieses Etablissements einen Fehler gemacht hatte. Der vielleicht drei Quadratmeter große Flur mündete in einen schmalen Empfangsbereich, der links von einem arg ramponierten Tresen aus Teakholz begrenzt wurde. Geradeaus dahinter führte eine offene Treppe in das obere Stockwerk. Der fast beißende Geruch nach Putzmitteln passte so gar nicht zu dem Zustand der Räumlichkeiten. Der ehemals steingraue Teppichboden war löchrig und gleichmäßig mit dunklen, schmierigen Flecken übersät. Die Raufasertapeten im Treppenbereich ließen darauf schließen, dass das Hotel über keinen Fahrstuhl verfügte und der Gepäcktransport durch Handarbeit erledigt werden musste.

Zum Glück habe ich das Doppelzimmer erst mal nur für eine Nacht gebucht, sagte sich Katharina. Morgen würden sie sich eine andere Unterkunft besorgen, so viel stand fest. Etwas zögernd trat sie vor den Empfangstresen und betätigte den mit Tesaband auf der Platte festgeklebten Klingelschalter. Ein Summton brachte aus einem der hinteren Zimmer eine kleine, untersetzte Frau mittleren Alters zum Vorschein, die freundlich grüßte.

Katharina gab ihren Namen an und die Frau holte ein albumdickes Buch unter dem Tresen hervor.

»Bitte tragen Sie sich hier mit Namen und Anschrift ein«, sagte sie mit einem Blick auf Ramón, der schon am Treppenaufgang stand. »Sie haben die Nummer zwei. Die Treppe rauf, dann gleich links. Mit Ihrem Koffer müssen Sie aber leider warten, bis mein Mann wieder da ist. Ich habe letztes Jahr einen Bandscheibenvorfall gehabt und kann nichts Schweres heben«, erklärte die Wirtin mit schmerzverzerrter Miene und fasste sich dabei mit einer Hand an den Lendenbereich. Mit der anderen Hand legte sie einen zerkratzten Messingschlüssel auf die Theke.

»Schon gut, das schaffe ich alleine«, antwortete Katharina und warf Ramón den Schlüssel zu. »Ach, eine Frage hätte ich noch. Wo ist denn hier in Solothurn das Melderegister, also das Zivilstandsamt. So heißt das doch hier bei Ihnen?«

Die Frau überlegte kurz und antwortete dann mit einem Lächeln. »Jaja. Das ist unten im Patriotenweg. Sie gehen hier gleich gegenüber in die Altstadt. Dann bis runter zur Aare und wieder aus der Altstadt raus. Dann über die Wengibrücke und gleich links ist dann der Patriotenweg.« Sie zog eine Schublade auf und einen kleinen Stadtplan hervor.

»Hier, den können Sie mitnehmen«, sagte sie und machte gleichzeitig ein Kreis um das eben erwähnte Gebäude.

Katharina bedankte sich und steckte den Plan in ihre Tasche. Dann nahm sie ihren Koffer und folgte Ramón, der schon nach oben gelaufen war.

Das Zimmer mit der Nummer zwei hielt, was das Entrée des Hotels versprochen hatte. Die Einrichtung war spärlich und einfach. Das Bahamabeige des Badezimmers ließ erahnen, dass das Gebäude aus den frühen Achtzigern stammte.

»Wusste ich's doch. Kein Fernseher. Hier bleib ich auf keinen Fall!«, rief Ramón und schmiss sich trotzig auf das Doppelbett.

»Hör mal, Ramón. Auch mir gefällt es hier nicht, aber das konnte ich vorher nicht wissen. Ich verspreche dir, morgen ziehen wir in ein anderes Hotel. In ein ganz schickes. Und jetzt gehen wir erst mal etwas essen!«

Es hatte mittlerweile aufgehört zu regnen und die Sonne kämpfte sich langsam durch die abziehenden Wolkenberge. Sie zogen los und der kleine Stadtplan führte sie zunächst durch das Baseltor, einem monumentalen Festungsbau, hinter dem sich der alte, autofreie Stadtkern öffnete. Nachdem sie das riesige Tor durchquert hatten, blieb Katharina völlig überrascht stehen. Eine so liebliche Altstadtkulisse hatte sie noch nie gesehen. Sie standen direkt auf einer großen, gepflasterten Gasse, der Hauptgasse, die einen Blick bis hin zum etwas tiefer gelegenen, einige Hundert Meter entfernten Marktplatz mit seinem reich verzierten Brunnen gestattete. Es war kein Markttag und der Platz war leer. Rechts und links wechselten sich barocke Wohnhäuser mit ihren schmucken Aufzugsgiebeln mit harmonisch eingepasster moderner Architektur ab. Über vielen Hauseingängen wehte die Schweizer Nationalflagge, was dem ohnehin schon besonderen Eindruck noch ein festliches Ambiente verlieh.

Sie schlenderten bis zum Markplatz, auf dem die Kellner bereits emsig Tische und Stühle von den letzten Regentropfen befreiten, und setzten sich in die mittägliche Sonne. Ramón bestellte sein Lieblingsgericht. Salamipizza.

Was wäre ich für eine schlechte Mutter, sagte sich Katharina. Seit ich für ihn verantwortlich bin, hat er außer Pizza nichts zu essen bekommen.

Der Junge schien diese Sorgen nicht zu teilen. Stück für Stück stopfte er genüsslich den Teigfladen in sich hinein. Plötzlich hielt er inne und versuchte, unter dem Sonnenschirm vorbei in den Himmel zu schauen.

»Hörst du das?«, fragte er und hielt dabei seine Gabel in die Höhe.

Katharina drückte seinen Arm wieder auf den Tisch und lauschte. Ja, da war irgendwo in der Nähe ein leises Surren. Oder eher ein Summen, fast wie von einem Bienenschwarm. Das Geräusch wurde lauter und ganz langsam senkte sich ein etwa Frühstücksteller großes Fluggerät mit vier kleinen Propellern und roten Blinklichtern unter den Sonnenschirm in ihr Blickfeld.

»Ey, schau mal. Voll krass. Eine Drohne!«, schrie Ramón und sprang von seinem Platz auf.

Mit der Gabel in der rechten Hand versuchte er, das in etwa zwei Meter Höhe schwebende Teil aufzuspießen und tanzte dabei wie Rumpelstilzchen um das Feuer. Katharina suchte in der näheren Umgebung nach dem Flugkapitän und ihr Blick blieb an dem prächtigen Brunnen mitten auf dem Marktplatz hängen. Ein Junge mit knallig grünem Poloshirt und weißer Schirmmütze saß grinsend auf der Balustrade und hielt einen schwarzen Kasten auf den Knien, etwa so groß wie eine Zigarrenkiste.

Katharina nahm Ramón die Gabel aus der Hand und zeigte dann lächelnd auf den Brunnen. Wie ein geölter Blitz fegte Ramón über den großen Platz und setzte sich neben den Jungen mit der Fernbedienung. Katharina ging in das Restaurant und bezahlte ihre Rechnung. Als sie wieder auf den Marktplatz trat, waren die beiden Jungen verschwunden. Sie schlenderte langsam zur Mitte des Platzes und sah auf einmal, wie die kleine Drohne surrend unter der Markise des gegenüberliegenden Cafés einschwebte. Ganz hinten an der Hauswand entdeckte sie den Jungen im knallgrünen Poloshirt. Neben ihm saß Ramón mit der schwarzen Kiste auf dem Schoß und starrte wie elektrisiert auf das ankommende Fluggerät.

Als sich Katharina dem Café näherte, stand ein Mann auf und kam ihr freundlich lächelnd entgegen. Er war groß und hatte eine sportliche Figur. Auch er trug ein grünes Poloshirt unter einer Steppweste, allerdings war dessen Grün ein etwas gedeckterer Farbton. Die verwaschene Jeans saß ein bisschen eng, wie Katharina fand. Sein stoppeliger Bart wies genau wie die kurzen Haare schon die eine oder andere graue Stelle auf, Katharina schätzte den Mann auf Mitte vierzig.

»Guten Tag, ich heiße Beat Ferri und bin der Vater des ungezogenen Kerls dort, der die Gegend hier mit seinem frisch erworbenen Geburtstagsgeschenk unsicher macht«, sagte er lachend und zeigte in Richtung der beiden Jungen. »Ich hoffe, er hat Sie vorhin nicht zu sehr erschreckt mit dem furchtbaren Ding. Vielleicht darf ich Sie zur Entschädigung zu einem Kaffee einladen?«, fragte er und deutete auf den letzten Tisch am Ende der Terrasse.

Warum eigentlich nicht?, sagte sich Katharina und nickte freundlich zurück. Sie stellte sich ebenfalls vor und folgte Ferri um die voll besetzten Stühle herum. Die Drohne war mittlerweile auf dem Tisch geparkt.

Beat Ferri trat neben den Jungen mit dem knalligen Shirt und strich ihm liebevoll über den Kopf. »Das ist mein dreizehnjähriger Sohn Noah. Was darf ich Ihnen und Ihrem Sohn denn bestellen, Frau Tenzer?«

»Ich bin nicht ihr Sohn!«, blökte Ramón in einer Lautstärke dazwischen, dass sich an den Nachbartischen einige Herrschaften grinsend umdrehten.

»Das ist Ramón. Ramón Fillinger …«, sie überlegte einen kurzen Moment, »… der Sohn eines Mandanten.«

Die Bedienung erschien und Katharina entschied sich für einen Cappuccino. Ramón bestellte eine Fanta und beobachtete aufmerksam, wie Noah der Drohne durch den Einsatz eines neuen Akkus frisches Leben einhauchte.

»Sind Sie auf Urlaub hier in Solothurn?«, wollte Ferri senior wissen und rührte lässig in seinem Kaffee.

Katharina war die Situation merklich unbequem, aber wiederum kam ihr Ramón zuvor: »Wir suchen Sigurd …«

»Ramón, jetzt ist gut!«, fuhr Katharina ihn harsch an. Zu Beat Ferri gewandt, erwiderte sie leise: »Ja, ich bin aus beruflichen Gründen hier. Ich bin Rechtsanwältin in Hamburg und suche eine bestimmte Person, die hier in Solothurn wohnen soll.«

Was für eine dämliche Erklärung! Was mache ich als Anwältin im Rahmen einer beruflichen Ermittlung im Ausland mit dem Sohn eines Mandanten?

Aber Beat Ferri schien sich mit dieser Erklärung zufriedenzugeben. Er wandte sich an die Jungs. »Wollt ihr nicht den zweiten Akku auch noch leer machen? Noah, und lass doch den Ramón auch mal fliegen. Von der Terrasse hier müsst ihr aber runter. Geht wieder an den Brunnen. Da habt ihr Platz!«

Die beiden Jungs zogen freudestrahlend ab und Katharina atmete tief durch. Beat Ferri hatte die Situation elegant entschärft und nicht etwa ausgenutzt. Sie warf ihm einen dankbaren Blick zu.

»Ich will Sie ja nicht weiter nerven, aber wenn Sie Hilfe brauchen …?«

Katharina überlegte und nippte an ihrem Cappuccino. »Sind Sie denn von hier und kennen sich aus?«, fragte sie im Gegenzug.

»Das kann man so sagen. Ich bin in Solothurn geboren, habe aber viele Jahre für eine Großbank in Zürich gearbeitet. Vor einigen Jahren habe ich dort gekündigt und mich als unabhängiger Vermögensverwalter hier in meiner Heimatstadt niedergelassen. Ich arbeite jetzt von zu Hause aus und kann mich so auch um meinen Sohn kümmern. Nach dem Tod seiner Mutter war dieser Schritt notwendig …«

Er machte eine kurze Pause und sein Blick wanderte zu dem Brunnen inmitten des Marktplatzes. Von den beiden Jungen war weit und breit nichts zu sehen, aber das schien ihn nicht im Geringsten zu beeindrucken.

»... und aus meiner früheren Zeit habe ich natürlich noch ziemlich gute Kontakte. In alle Richtungen.«

»Ich wollte als Erstes in das Zivilstandsamt. Das soll am Patriotenweg liegen. Nicht weit von hier. Kennen Sie die Adresse?«, fragte Katharina.

»Ja, natürlich, das sind zehn Minuten Fußweg. Noah und ich bringen Sie hin. Wenn Sie Erfolg haben mit Ihrer Suche nach ... äh ... dem Sigurd, na, dann ist ja alles in Ordnung. Und wenn nicht, vielleicht kommen Sie ja auf mein Angebot zurück«, sagte er grinsend.

Sie standen auf und, während Ferri bezahlte, versuchte Katharina, irgendwo Ramón und Noah ausfindig zu machen.

Plötzlich stand Beat Ferri ganz dicht neben ihr. Sie nahm einen leichten Duft nach Amberholz wahr. Er zeigte über ihre Schulter auf die gegenüberliegende Ecke des Marktplatzes. Die beiden Jungen standen vor einem großen Turmbau und blickten nach oben. Noah hielt seine Drohne unter dem linken Arm und streckte den rechten hoch zur Turmspitze.

Während sie den Marktplatz überquerten, betätigte sich Beat Ferri als Stadtführer. »Der Turm dort ist der Zeitglockenturm. Unser ältestes Bauwerk. Angeblich erste Hälfte des 13. Jahrhunderts errichtet. Es ranken sich viele Legenden um das Gebäude, aber berühmt ist es wegen der astronomischen Uhr. Da oben, zwischen den Ziffernblättern, befindet sich eine Figurengruppe. Der Ritter, der Tod und in der Mitte der König, der eine Narrenkappe aufhat. Zu jeder vollen Stunde dreht der Sensenmann sein Zeitglas und nickt dem Ritter zu. Das soll bedeuten, das Maß ist voll. Den Rest können Sie sich denken.«

Jetzt hatten sie die beiden Jungen erreicht und Katharina vernahm noch Noahs letzte Worte: »... und dann schlägt der Tod dem König den Kopf ab mit der Kappe drauf.«

»Hör auf, mit den Gruselgeschichten anzugeben, Noah«, sagte Ferri lachend und gab seinem Sohn einen leichten Klaps auf den Hinterkopf.

Katharina ergriff Ramóns Hand, der immer noch wie gebannt auf das weit oben hängende Schirmdächlein starrte, unter dem der Narrenkönig in wenigen Minuten seiner nächsten Hinrichtung entgegensah.

12

Hauptkommissar Jansen trat am späten Vormittag an der Haltestelle Jungfernstieg aus der U-Bahn und bereute schon seinen Entschluss, die Anwaltskanzlei *Hausner & Kollegen* aufzusuchen, ohne sich vorher telefonisch angemeldet zu haben. Mit Sicherheit würde er in Kürze unverrichteter Dinge wieder hier an dieser Stelle stehen und auf die nächste U-Bahn zurück nach Alsterdorf warten. Denn entweder war die Anwältin gar nicht im Büro oder sie würde außer ein paar unverbindlichen Allgemeinplätzen keine Silbe über ihren verstorbenen Mandanten von sich geben. Das kannte er schon.

Das Anwaltsgeheimnis war ihm schon immer ein Dorn im Auge gewesen. Aber wehe, wenn einer dieser Advokaten selbst einmal in die Schusslinie geriet und ein eigenes Interesse an einer unbürokratischen und zügigen Aufklärung eines Falles hatte. Dann plötzlich wurden die Töne versöhnlich.

Allerdings hatte der Kommissar in den letzten Jahren seine Einstellung zum hiesigen Rechtssystem doch etwas geändert. Weltweit schossen Schreckensregime, angeführt von egomanen Despoten, wie Pilze aus dem Boden. Die Menschen in diesen Ländern waren reiner Willkür ausgesetzt und verschwanden schon für die leiseste Kritik oftmals für viele Jahre irgendwo in dunklen Kerkern. Und aus Angst, selbst in das Fadenkreuz der Geheimdienste zu geraten, erstarrte die ansässige Anwaltschaft in völliger Agonie.

Jansens Laune hatte heute Morgen schon wieder einen normalen Pegelstand, nachdem der gestrige Nachmittag so gar nicht nach seinem Gusto abgelaufen war. Als er nach der Besprechung bei der Staatsanwaltschaft sein Büro betreten hatte, hatte er seinen Augen nicht getraut. Die Akten, die er vorher noch im Besprechungszimmer argwöhnisch beäugt hatte, zierten plötzlich wie ein Mahnmal die Mitte seines Schreibtisches.

Er hatte sich mit ausreichend Kaffee versorgt und anschließend seine Kollegen informiert, dass er die nächsten Stunden gefälligst nicht gestört werden wollte.

Dafür steckte er jetzt mittendrin im ausgelöschten Leben des Bernhard Fillinger. Der Stoff, den die Kollegen von der Steuerfahndung in mühevoller Kleinarbeit über Jahre akribisch zusammengetragen hatten, erweckte zwar in der Tat den Verdacht, dass Fillinger es mit seinen steuerlichen Pflichten nicht allzu genau genommen hatte, aber für ihn als Kriminalkommissar war die Sachlage juristisch nicht wasserdicht. Da musste er Mankowsky recht geben: Die Ankündigung der Verteidigerin, ihr Mandant würde ein umfassendes

Geständnis ablegen, war überraschend. So viel hatte auch Jansen vom Steuerrecht begriffen.

Deshalb wollte er der Anwältin in die Augen sehen, wenn er sie frei heraus nach dem Beweggrund ihres verstorbenen Mandanten fragte.

Wie er schon befürchtet hatte, war Fillingers Anwältin nicht im Büro, aber am Empfang richtete man ihm freundlich aus, dass gleich einer der Kollegen Zeit für ihn hätte. Er hatte noch gar nicht ganz im Wartebereich Platz genommen, da hörte er schon eilige Schritte auf dem Flur.

»Gestatten, Wolf von Behringer. Ich bin einer der Partner von Frau Tenzer. Aber kommen Sie doch bitte mit in mein Büro.«

Ohne ein weiteres Wort machte der Anwalt auf dem Absatz kehrt und Jansen hatte Mühe, seinen forschen Schritten in die hinteren Kanzleiräume zu folgen.

Die Einrichtung des Anwaltszimmers, in das er geführt wurde, wirkte modern und teuer. Heller Lack und dunkles Leder waren fein aufeinander abgestimmt. Für bunte Flecken im Raum sorgten zwei große surrealistische Bilder, auf denen menschliche Körperteile mit verschiedenen Früchten zu aberwitzigen Gestalten zusammengesetzt waren, die sich gegenseitig zu bekämpfen schienen. Je länger Jansen die Bilder betrachtete, desto stärker spürte er ein Gefühl von Unruhe in sich aufsteigen. Wenn ich jeden Tag auf solche Bilder gucken müsste, wüsste ich zumindest, warum seit Neuestem ein Anti-Agressionstraining auf dem Dienstplan steht, dachte er.

Er setzte sich in einen der superweichen Klubsessel und zog seinen Dienstausweis aus der Tasche. Von Behringer warf einen kurzen Blick auf die Karte und reichte sie zurück.

»Ja, das war ein ziemlicher Schock für uns alle hier. Frau Tenzer hat uns noch Montagnacht informiert.« Der Anwalt lehnte sich langsam zurück.

Bevor Jansen aber seine erste Frage stellen konnte, hatte von Behringer schon die Regie für den weiteren Verlauf des Gespräches übernommen.

»Wenn Sie mit Frau Tenzer persönlich sprechen wollen, so muss ich Sie leider enttäuschen. Sie ist erst nächste Woche wieder zu erreichen. Übrigens brauchen Sie es auch nicht telefonisch zu versuchen, wie sie mich hat wissen lassen. Und zu den Geschehnissen in der besagten Nacht kann ich leider nichts sagen, das werden Sie doch verstehen?«

»Auch über ihr Handy ist Frau Tenzer nicht zu erreichen?«, fragte Jansen ungläubig nach.

»Wie ich schon sagte ...!« Von Behringer betrachtete gelangweilt seine Fingerspitzen und Jansen merkte, wie ihm der Kamm schwoll.

»Herr Anwalt! Sagen Sie Ihrer Kollegin, es geht um einen Mordfall und sie ist eine wichtige Zeugin. Sie möchte mich umgehend anrufen, besser noch, mich im Präsidium aufsuchen. Ich würde sie ungerne zur Fahndung ausschreiben müssen.«

Jansen legte seine Visitenkarte auf den Schreibtisch und tippte zwei Mal mit dem Zeigefinger auf das Hamburg-Wappen. Dann erhob er sich. »Danke, bemühen Sie sich nicht. Ich finde alleine raus.«

13

Der Schlaks im Zivilstandsamt Solothurn staunte nicht schlecht. Die Geschichte von den herrenlosen Millionen in Hamburg und den unbekannten Erben irgendwo in der Schweiz hatte ihn zusammen mit Katharinas Anwaltsausweis sichtlich beeindruckt. Nachdem die Anwältin ihn dann noch amtsbeflissen zur Verschwiegenheit vergattert hatte, war das Eis gebrochen. Er griff den Zettel mit dem Namen des Gesuchten und verschwand hinter seinem Monitor. Nach wenigen Minuten kehrte er zurück und schüttelte den Kopf.

»Ein Sigurd Willemsen ist bei mir nicht gemeldet. Auch als ausländischer Staatsbürger mit Wohnsitz in der Schweiz nicht. Aber das heißt im Grunde nichts«, sagte er fast im Flüsterton und schob Katharina ihren Zettel wieder über den Tresen.

Sie verabschiedete sich enttäuscht und versprach ihm, sich von Hamburg aus noch einmal schriftlich mit ihm in Verbindung zu setzen, wenn sie Auskünfte zu den anderen Erben benötigen sollte.

Der Beamte nickte zufrieden und reichte ihr die Hand über den Tresen. Vielleicht kam ja ausgerechnet durch ihn am Ende noch ein Bürger aus Solothurn ganz überraschend in den Genuss eines Millionenerbes aus Deutschland.

Die Anwältin verließ das beschauliche Gebäude mit einem schlechten Gewissen. Draußen direkt vor dem Amt saß Beat Ferri auf der Ufermauer, lutschte genüsslich an einem Eis und schaute auf die Aare. Von den beiden Jungen war weit und breit nichts zu sehen. Das kleine Fluggerät samt Fernbedienung lag neben ihm und war anscheinend vorübergehend in Ungnade gefallen. Katharina stellte sich zu ihm und blickte über die kleine Mauer hinab auf das Gewässer. Dunkelgrün und reißend zog unter ihnen das Wasser vom Aaregletscher vorbei.

»Na, waren Sie erfolgreich?«, wollte Beat Ferri wissen.

»Nein, die Person, die wir suchen, ist in Solothurn nicht registriert. Weder als Schweizer noch als ausländischer Staatsbürger«, antwortete Katharina.

»Mein Angebot steht. Sie erzählen mir mehr über diesen Sigurd und ich zapfe meine alten Quellen an«, sagte Beat Ferri.

Katharina runzelte die Stirn. »Ich will heute Abend erst noch einmal mit meinem Büro in Hamburg telefonieren, dann komme ich vielleicht darauf zurück. Wo sind denn eigentlich die Jungs?«

Sie schaute sich suchend um und setzte nach: »Eine neue Unterkunft muss ich auch noch organisieren. Ich habe Ramón versprochen, dass wir in ein anderes Hotel, in eines mit Internetfernsehen, umziehen, wo er sich Filme aussuchen kann. Das Hotel, welches ich reserviert hatte, ist leider ein absoluter Fehlgriff.«

»Wo wohnen Sie denn?«

»Im Hotel *Zur Rose* in der Rötistrasse. Direkt gegenüber dem Baseltor.«

Beat Ferri schüttelte den Kopf und verzog das Gesicht. Bevor er sagen konnte, was er dachte, tobten jedoch die beiden Jungen um die Hausecke. Ramón hatte einen Fußball unter dem Arm und beide waren völlig außer Atem.

»Das ist voll geil hier. Wir haben mit ein paar Freunden von Noah dahinten auf der Wiese gekickt. Und nachher ist

Fußballtreffen auf dem Sportplatz am Stadion. Noah hat gesagt, da kann ich auch mitmachen. Bitte, bitte, bitte!«, flehte Ramón Katharina an und hüpfte dabei auf beiden Füßen aufgeregt hin und her.

»Jaaa, bitte! So wie Ramón Fußball spielt, merkt man gar nicht, dass er der Jüngste ist«, sagte Noah anerkennend.

»Ramón, du weißt, dass wir nicht zum Vergnügen hier sind. Wir müssen uns auch noch nach einem neuen Hotel umsehen. Und außerdem hast du doch gar keine Fußballschuhe mitgenommen.«

»Egal, die Sneaker gehen auch. Und von Noah kriege ich ein altes Trikot vom letzten Jahr ... Bitte, sag Ja.« Die letzten Worte kamen nun fast flüsternd über seine Lippen.

Beat Ferri strahlte wie ein Honigkuchenpferd, wofür Katharina ihn eigentlich hätte würgen können. Dann schaute sie auf ihren kleinen Begleiter und musste an den fürchterlichen Verlust denken, den dieser Junge zu verarbeiten hatte. In dem Moment sprang Beat Ferri mit einem Satz von der Kaimauer direkt zwischen Katharina und die Jungs. Er hielt beide Hände in die Höhe, als wollte er eine aufgebrachte Menschenmenge zähmen.

»Mal alle herhören!«, rief er und gebärdete sich dabei wie Grock zu seinen besten Zeiten. »Da sich die beiden jungen Herren hier anscheinend ganz hervorragend verstehen ...«, er machte einen Schritt zurück und zeigte mit den ausgestreckten Armen theatralisch auf Ramón und Noah, »... schlage ich Folgendes vor ...«

Noah lachte laut auf und knuffte Ramón heftig in den Oberarm. Und auch Katharina konnte sich ein Grinsen nicht verkneifen. Eine gewisse Komik war Beat Ferri wirklich nicht abzusprechen.

»... wir alle gehen jetzt durch die Altstadt zurück zum Hotel *Zur Rose*, wo die beiden Herrschaften aus Deutschland ...«, Ferri zeigte jetzt mit der gleichen ausladenden Bewegung auf Katharina und Ramón, »... dann eiligst auschecken. Anschließend begeben wir uns im Konvoi auf unser bescheidenes Anwesen, wo unsere Gästewohnung nach langer Zeit endlich einmal wieder bewohnt werden will.«

Er blickte in die Runde und erwartete, entsprechend gefeiert zu werden. Die Reaktionen im Publikum waren allerdings geteilt. Während das Jungvolk in ekstatische Zustände verfiel, bewegten sich die Beifallsbekundungen von Katharina zunächst auf bescheidenem Niveau.

Nachdem sich die erste Welle der Euphorie gelegt hatte, fragte Noah: »Und was ist mit dem Fußballtreffen ...?«

Beat Ferri blickte Katharina fragend an. Jetzt lag der Ball also endgültig in ihrer Spielhälfte.

»Ich weiß gar nicht, ob wir Ihr Angebot annehmen können ...« Warum eigentlich nicht? Beide, Vater und Sohn, machten einen sympathischen Eindruck und Ramón schien sich in der Gesellschaft von Noah ausgesprochen wohlzufühlen.

»Na, Ramón? Bei so einem gastfreundlichen Angebot können wir nicht Nein sagen, oder? Und wenn du mit den Sneakers spielen kannst, meinen Segen hast du.«

Die Einsegnung ging in erneuten Jubelstürmen unter.

Beat Ferri nahm die Drohne von der Kaimauer und gab das Zeichen zum Aufbruch.

Nach einigen Hundert Metern wandte sich Katharina zögernd an ihren künftigen Gastgeber. »Also, wenn ich nachher auch noch Ihr Handy benutzen dürfte und nach Hamburg telefonieren könnte, wäre ich Ihnen dankbar. Leider habe ich in aller Eile mein Telefon zu Hause vergessen. Und … wenn die Nachforschungen meines Büros nach Sigurd Willemsen auch erfolglos sein sollten, würde ich gerne auf Ihr Angebot zurückkommen.«

Handy vergessen. Wie albern, schalt sich Katharina innerlich. Das ist jetzt schon das zweite Mal, dass er mich für dämlich halten muss. Aber ich kann ihm schlecht sagen, dass ich eine Handyortung vermeiden möchte.

»Na klar, wenn wir bei uns angekommen sind, richten Sie sich erst einmal wohnlich ein. Während ich die beiden Jungs zum Fußballtreffen fahre, können Sie in aller Ruhe mit Hamburg telefonieren.« Seine Stimme klang so, als hätte er sie längst durchschaut.

Der Auszug aus dem Hotel an der Rötistrasse war schnell erledigt. Während Katharina und Ramón ihr Gepäck im Alfa verstauten, rollte ein mattschwarzer, zweitüriger Jeep auf den Hotelparkplatz. Der kultige Offroader mit dem großen Ersatzrad an der Heckklappe wendete und hielt neben ihnen. Das Fenster auf der Beifahrerseite senkte sich und Noah Ferri steckte den Kopf heraus.

»Was ist, Kumpel, willst du bei uns mitfahren?«, rief er auffordernd.

Ramón war bereits auf dem Sprung, als Katharina ihn am Ärmel festhielt und die hintere Tür des Alfa öffnete.

»Nein, danke. Lass mal, Noah, ich muss mit Ramón noch ein paar Sachen besprechen. Ihr seht euch ja gleich.«

Sie schob ihren kleinen Begleiter etwas unsanft auf den Rücksitz und schwang sich hastig hinter das Lenkrad. Als ihre Tür ins Schloss fiel, ärgerte sie sich über sich selbst. Du verhältst dich wie eine Idiotin. Was sollen die beiden nur glauben, wer ich eigentlich bin und was ich mit dem Jungen hier tue? Entspann dich ... und vor allem, Katharina Tenzer, benimm dich normal und unauffällig!

Aber was war in ihrer Situation schon normal und unauffällig?

Der Jeep setzte sich langsam in Richtung Ausfahrt in Bewegung. Katharina folgte dem Geländewagen, der rechts auf die Rötistrasse bog. Weiter ging es in nördlicher Richtung hinaus aus der Stadt.

»Ramón, hör mal, ich möchte nicht, dass du irgendwem erzählst, was mit deinem Vater passiert ist. Ist das okay für dich?«

Keine Antwort.

»Hey, hast du mich nicht verstanden?«

»Ja«, antwortete der Junge leise.

Im Rückspiegel sah sie, wie er gedankenverloren aus dem Fenster schaute.

Sie umfuhren jetzt auf einem Kreisverkehr ein verwittertes Soldatendenkmal und nach wenigen Kilometern erreichten sie den Stadtrand. Etwa zweihundert Meter hinter dem Ortsschild rollte der Jeep rechts auf eine Auffahrt und hielt vor einem geschlossenen Tor. Gegenüber auf der anderen Straßenseite hatte ein großes Waldgeländes der angrenzenden Wohnhausbebauung Einhalt geboten.

Das schwere Rolltor setzte sich langsam in Bewegung und gab den Blick frei auf ein schmuckes zweigeschossiges Fachwerkhaus.

14

In der Besprechungsrunde am späten Nachmittag im Morddezernat wurde es schlagartig still, als die Tür aufging und Staatsanwältin Dr. Stange und Oberstaatsanwalt Mankowsky den Raum betraten. Frau Dr. Stange stellte ihren Kollegen aus der Wirtschaftsabteilung vor, der freundlich in die Runde nickte. Beide setzten sich neben Jansen, der vorsorglich mit seinem Stuhl ein wenig zur Seite rückte.

Jansen stand auf und trat vor die riesige Moderationswand, an der unter anderem mehrere Lichtbilder befestigt waren. »Also Kollegen, was haben wir bisher? Nach den bisherigen Zeugenaussagen steht Montagabend kurz vor einundzwanzig Uhr draußen vor der Ankunftshalle des Flughafengeländes Bernhard Fillinger, achtunddreißig Jahre alt, deutscher Staatsbürger, und wartet mit zwei Koffern darauf, dass ihn seine Hamburger Rechtsanwältin mit ihrem Wagen abholt. Die Anwältin, eine Frau Katharina Tenzer, hatte anscheinend den zehnjährigen Sohn von Fillinger bereits in ihrem Wagen. Jedenfalls saß der mit in der Maschine, die pünktlich um 20:10 Uhr aus Zürich kommend in Hamburg gelandet ist. Ursprünglich sind Vater und Sohn aus San José, Costa Rica, angereist. Im Moment fehlt von dem Jungen jede Spur. Da Frau Tenzer seit diesem Abend weder privat noch im Büro zu erreichen ist, vermuten wir, dass sie sich mit Ramón Fillinger irgendwo versteckt hält. Was sie konkret vorhat, wissen wir nicht.«

Der Laserpointer weilte erst auf dem Foto des frisch obduzierten Bernhard Fillinger, sprang dann auf das Konterfei der jungen Anwältin, um anschließend zu verschwinden. Jansen trat an seinen Tisch und nahm einen kräftigen Schluck seines bevorzugten Getränkes. Coca Cola. Allerdings nicht ›zero‹. Der Laserpointer tanzte jetzt auf einer großen Übersichtsskizze der An- und Abfahrtswege des Hamburger Flughafens.

»Unmittelbar bevor die Anwältin ihren Mandanten draußen vor dem Terminal 2 aufgabeln konnte, muss ein dunkler größerer Wagen, möglicherweise ein SUV, an dem wartenden Opfer vorbeigefahren sein. Aus dem fahrenden Auto heraus wurden auf Fillinger drei Schüsse abgefeuert, so wie man es aus amerikanischen Gangsterfilmen aus den Dreißigerjahren kennt. Da der Bordstein rechts der Fahrtrichtung lag, vermuten wir, dass mindestens zwei Personen im Wagen saßen. Ein Schütze und ein Fahrer. Das Kennzeichen des Pkw ist nicht bekannt. Allerdings konnten wir ja leider Frau Tenzer noch nicht zum Tathergang befragen. Sie muss aber etwas mitbekommen haben, denn andere Zeugen haben sie eindeutig identifiziert und ausgesagt, dass sie sich unmittelbar nach den Schüssen über das Opfer gebeugt und sogar noch mit dem Sterbenden gesprochen hat.«

Gesa Zanker hob den Arm. »Ist die Anwältin schon zur Fahndung ausgeschrieben?«

»Nein, dafür wissen wir noch zu wenig. Sie ist momentan nur eine Zeugin. Nach den spärlichen Angaben ihres schnöseligen Kollegen soll sie am kommenden Montag wieder im Büro sein. Dann nehmen wir sie uns vor.« Jansen hustete und gab seiner Kollegin einen Wink.

Inga Steenken sprang auf und ging zur anderen Seite der Moderationswand. »Fillinger hatte ein Handy bei sich, das schon ausgelesen wurde. Aber so, wie es aussieht, ist da außer vielen Kontakten nichts Entscheidendes drauf.« Sie schüttelte den Kopf. »Jedenfalls hat er in den letzten Wochen keine E-Mails über sein Handy erhalten oder abgeschickt, die für uns von Interesse sind. Auch keine SMS. Er muss seine Mails über einen Anbieter im EU-Ausland abgewickelt haben. Seine Anwältin können wir leider nicht anzapfen, selbst wenn sie da wäre. Einen richterlichen Beschluss können wir vergessen.«

Steenken blickte Jansen an, als erwartete sie eine abfällige Bemerkung über die Ausuferung des Rechtsstaates.

Als der nichts sagte, fuhr sie fort. »Ja, und der Obduktionsbericht ist kurz und knapp. Fillinger verblutete in wenigen Minuten an drei Schussverletzungen im Oberkörper. Die Tatwaffe war eine 9 mm Makarow.«

Steenken nickte Hasberg zu, dem Waffenexperten. Hasberg war erst seit kurzer Zeit in ihrem Team. Er war der Älteste. Erfahren. Wortkarg. Typ ›einsamer Wolf‹.

»Russische Armeepistole, gebaut zwischen 1951 und 1991. Äußerst handlich, gilt aber als ungenau. Ordonnanzwaffe in der Sowjetarmee und auch bei der NVA«, gab Hasberg trocken aus der hinteren Reihe Auskunft. Er blickte in die Runde. »Für alle Jüngeren: NVA war die Nationale Volksarmee, das Militär in der DDR.«

Einige Kollegen grinsten. Jansen nicht. Er musste in diesem Moment an Bernhard Fillinger denken, dem es am Ende gar nichts genützt hatte, dass die Makarow nicht gerade zu den präzisesten Handfeuerwaffen zählte.

»Diese Waffe wird relativ häufig im Darknet angeboten und nachgefragt. Es gibt auf dem Schwarzmarkt noch ziemlich viele aus alten DDR-Beständen.«

Hasberg verstummte und keiner wusste so wirklich, ob er mit seinem Bericht schon zu Ende war.

Steenken schaltete am schnellsten. »Danke dafür. Im Übrigen haben die Pathologen festgestellt, dass Fillinger an der sogenannten Creutzfeld-Jakob-Krankheit litt. Eine ziemlich seltene Virusinfektion, die eigentlich erst mit dem BSE-Rindfleischskandal Mitte der Neunzigerjahre so richtig bekannt wurde. Befällt das zentrale Nervensystem und verläuft immer tödlich. Eine wirksame Therapie gibt es bis heute nicht. Wie lange Fillinger allerdings krankheitsbedingt noch zu leben hatte, konnten mir die Ärzte nicht sagen. Irgendwas zwischen sechs und zwölf Monaten jedenfalls, da waren sich alle einig.«

Jetzt ergriff Jansen wieder das Wort. Er blickte in Richtung Mankowsky. »Herr Oberstaatsanwalt Mankowsky wird euch jetzt noch einiges über das Tatopfer erzählen, bevor wir zu den Aufgaben für die nächsten vierundzwanzig Stunden kommen.«

Der Jurist kräuselte zärtlich seinen kurzen, grauen Vollbart. »Also – Bernhard Fillinger war auf der Flucht. Er wurde mit Haftbefehl wegen des Verdachtes der schweren Steuerhinterziehung gesucht. Seine Anwältin, Frau Tenzer, hatte mir am Freitag letzter Woche angeboten, dass ihr Mandant sich den deutschen Behörden stellt, ein Geständnis ablegt und sich amtsärztlich untersuchen lässt. Wie mir die Anwältin gesagt hat, wollte Fillinger angeblich eine hier an der Uni-Klinik neu entwickelte Therapie als letzte Chance gegen seine Krankheit nutzen.« Er räusperte sich. »Ich habe der Anwältin freies Geleit für ihren Mandanten bei der Einreise am letzten Montag zugesagt. Und wenn Fillinger sich am Dienstag bei uns gemeldet und ein Geständnis abgelegt hätte, wäre er bei einer amtsärztlichen Bestätigung seiner Krankheit auch auf freiem Fuß geblieben. Dazu ist es ja nun nicht gekommen, sonst … äh … säßen wir heute nicht hier. Durch den Tod von Fillinger ist das Strafverfahren zwar formal beendet, aber es gibt da noch einen besonderen Aspekt.«

Mankowsky nahm einen Schluck Mineralwasser. »Die Anwältin von Fillinger hat mir nämlich im letzten Gespräch mitgeteilt, dass ihr Mandant uns angeblich handfeste Beweise liefern könne, wer unmittelbar nach der Wende mehrere Hundert Millionen D-Mark aus dem ehemaligen Staats- und Parteivermögen der DDR veruntreut hat. Und vor allem – das Geld soll noch vorhanden sein.«

Alle in der Runde horchten auf. Gespannt. Das war so gar nicht ihr tägliches Metier.

Jetzt schaltete sich Frau Dr. Stange ein. »Wir haben über diesen Aspekt aber bisher nicht mehr als die Andeutungen von Fillingers Anwältin. Und wir können Frau Tenzer momentan ja nicht befragen. Wir wissen noch nicht einmal, ob sie uns überhaupt etwas sagen wird. Von daher hat mich Kollege Mankowsky gebeten, im Rahmen der Mordermittlungen zumindest offen in diese Richtung zu agieren, wenn Sie verstehen, was ich meine.«

»Sie meinen, vielleicht ist das unser Mordmotiv?«, warf Zanker fragend ein.

»Etwas anderes haben wir ja wohl bisher nicht«, erwiderte die Staatsanwältin schnippisch.

Jansen war genervt. Gebt doch lieber ehrlich zu, dass ihr viel mehr an den Millionen interessiert seid, als daran, den Mörder eines todkranken Steuerhinterziehers zu finden, dachte er.

»Wo sollen wir denn dann mit den Ermittlungen anfangen? Im Finanzamt?«, blaffte Jondracek, ihr IT-Spezialist, etwas respektlos.

Jansen griff den Einwand auf und rettete so die Situation. »Gar nicht so schlecht, Jondracek. Inga und ich fahren morgen nach Niedersachsen. In die Nähe von Lüneburg. Zu der *Mellinger GmbH.* Der Firma, die Bernhard Fillinger die vierzehn Millionen Euro Provision gezahlt hat, die bei der steuerlichen Prüfung aufgeflogen sind. Wir werden der Geschäftsführung auf den Zahn fühlen. Wenn die hören, dass es jetzt um Mord geht, rücken sie vielleicht mehr Informationen raus.«

Während Jansen mit seinem Laserpointer über die Kontaktdaten der *Firma Mellinger GmbH* huschte, fing Stehenken an, den anderen Aufgaben zuzuweisen.

»Jondracek, bitte finde du alles über diese Firma heraus, Handelsregister, Gesellschafter, Geschäftsführer, na, alles eben bis runter zur Putzfrau. Du weißt schon. Schick mir die Infos morgen während der Fahrt aufs Handy. Und Gesa, besorg bitte Infomaterial, alles was du kriegen kannst, über die sogenannte Vereinigungskriminalität zwischen 1989 bis 1991.«

Zanker nickte sichtlich genervt.

»Und morgen früh setzt du dich am besten gleich mit der Staatsanwaltschaft in Berlin in Verbindung. Die waren damals ganz vorn dabei.«

Jansen hob die Hand und schaute fragend in die Runde. »Und wer kümmert sich um die Vita von Fillinger, die seiner Eltern und der Familie? Einiges steht in der Strafakte der Steuerfahndung. Auf die haben wir doch Zugriff.«

Hasberg nickte wortlos und hatte den Job.

Zum Schluss ergriff noch einmal die Staatsanwältin das

Wort. »Ich habe bereits mit der deutschen Botschaft in Costa Rica telefoniert. Die wollen sehen, was sie mir neben dem zeitaufwendigen Rechtshilfeersuchen vorab über Fillinger liefern können.«

Während sich alle erhoben, warf sie in scharfem Ton hinterher: »Und kein Wort an die Presse. Wir brauchen erst Ergebnisse.«

15

Katharina erwachte aus einem tiefen, traumlosen Schlaf. Ihr erster Blick fiel auf ihre Armbanduhr. Donnerstag, acht Uhr dreißig. Sie hatte neun Stunden geschlafen. Die letzten Tage hatten bei ihr Kräfte freigesetzt, die der Körper jetzt anscheinend langsam regenerierte.

Sie stand auf und schob die Jalousien hoch. Ein strahlend blauer Himmel kündigte einen warmen Frühlingstag an. Ganz in der Ferne winkten die Berner Alpen mit ihren weißen Zipfelhauben.

Sie sah über den großen, mit groben Natursteinen gepflasterten Hofplatz auf ein kleines Häuschen mit winzigen Fenstern, welches wie das Hauptgebäude im Fachwerkstil errichtet worden war. Die Tür stand offen und ein älterer, hagerer Mann in einem dunkelgrünen Overall war damit beschäftigt, Gerätschaften auf die hintere Gartenfläche zu tragen. Er schien eine leichte Gehbehinderung zu haben, denn mit jedem Schritt seines rechten Beines wankte er mit dem Oberkörper wie ein Seemann im Wellengang. In seinem Mundwinkel baumelte eine gebogene Tabakspfeife, die aber keine Rauchzeichen von sich gab. Das große Rolltor links neben dem Gerätehaus war vollständig geöffnet. Der schwarze Jeep von Beat Ferri war nirgendwo zu sehen.

Beat Ferri.

Gestern Abend.

Am Ende war nichts Dramatisches passiert. Warum nicht? Das konnte sie eigentlich gar nicht sagen …

Nachdem die Jungs vom Fußballspielen zurückgekehrt waren, hatte Beat in der Küche ein köstliches Käsefondue gezaubert. Der eiskalte Fendant aus dem Wallis war die perfekte Ergänzung zu dem schmackhaften Appenzeller gewesen. Noah und Ramón hatten sich gleich nach dem Essen mit einer Flasche Apfelsaft, einer Tüte Chips und den Worten »bis morgen« verabschiedet, um einen Film zu streamen. Katharinas Zögling hatte sich gleich nach der Ankunft in Noahs Zimmer häuslich niedergelassen und auf einer riesigen Schaumstoffmatte sein Nachtlager errichtet. Sie würde Schwierigkeiten bekommen, den Jungen nach Hamburg mit zurückzunehmen, das war jetzt schon klar.

Die Anwältin und ihr Gastgeber hatten nach dem Essen noch lange an dem runden, knochigen Holztisch gesessen, mitten in der ansonsten hochmodernen Küche. Katharina hatte ihm von dem ernüchternden Telefonat mit Wolf von Behringer erzählt und ihn anschließend gebeten, am nächsten Tag doch seine Fühler auszustrecken. In Hamburg hatten sie über den Aufenthaltsort von Sigurd Willemsen nichts, aber auch gar nichts herausgefunden. Selbst Lasse Hamran nicht. Trotz seiner außergewöhnlichen Kontakte. Und das wollte etwas heißen.

Außer einer Personenbeschreibung und der hohen Wahrscheinlichkeit, dass es sich bei dem Gesuchten um einen

Bürger aus Solothurn handeln würde, hatte sie Beat aber nichts preisgegeben. Weder von dem, was Willemsen ihr erzählt hatte, geschweige denn von den Ereignissen um Ramóns Vater.

Und er hatte nicht weitergefragt. Aber zugesagt, sich gleich heute Morgen darum zu kümmern.

Bei der zweiten Flasche Wein waren sie dann zum Du übergegangen und er hatte vom plötzlichen Tod seiner Frau vor fünf Jahren erzählt. Nach sechs qualvollen Monaten hatte sie ihren aufopfernden Kampf gegen den Bauchspeicheldrüsenkrebs verloren. Er hatte daraufhin beschlossen, sein Leben grundlegend zu verändern, und seinen Job als Anlageberater bei einer Zürcher Großbank von sich aus gekündigt. Die dreiste Abzocke der Kunden und die anschließende scheinheilige Wandlung seines Arbeitgebers vom Saulus zum Paulus hatte er sowieso nicht mehr ertragen können. Jahrzehntelang war um das Schwarzgeld der betuchten Klientel gebuhlt worden, um es in fein ausgeklügelten Anlagemodellen in der Karibik oder Südostasien zu verstecken und den Kunden so die Erniedrigung zu ersparen, Steuern zahlen zu müssen. Dass sie dafür Bankgebühren in fast ebensolcher Höhe berappten, hatten viele gar nicht mitbekommen, denn der Besitz von irgendwelchen Kontounterlagen war verpönt. Als sich dann durch den internationalen Druck das so viel gerühmte Schweizer Bankgeheimnis langsam in Luft auflöste und die sorgsam gehüteten Geheimnisse aufgedeckt werden mussten, war es mit dem Versteckspiel vorbei. Wie Flüchtlingsströme wanderten die einst sensiblen Daten nach Norden über die Alpen und wer nicht schleunigst nachweisen konnte, dass seine Rappen dem deutschen Finanzminister bekannt waren, flog im hohen Bogen aus der Kundendatei.

Während dieser Zeit hatte sich Beat Ferri als selbstständiger Vermögensverwalter niedergelassen und arbeitete fast nur noch für wenige Kunden von seinem Homeoffice aus.

Katharina waren die Praktiken der Schweizer Banken trotz ihrer geringen Berufserfahrung zwar bekannt, aber wenn ein Abtrünniger einer verbotenen Kaste aus dem Nähkästchen plauderte, spitzte sie natürlich ihre Ohren.

Beat Ferri war nicht nur ein großzügiger und zuvorkommender Gastgeber sowie ein guter Erzähler, er besaß auch die seltene Gabe, zuhören zu können, ohne gelangweilt zu wirken. Je fortgeschrittener der Abend, desto heiterer und ausgelassener wurde ihr Gespräch. Trotzdem hatte Katharina niemals den Eindruck, er würde ihre Situation irgendwie ausnutzen. Er blieb auf eine körperliche Art distanziert, ja vorsichtig. Das ganze Gegenteil des ausgelassenen Clowns unten am Aareufer. Aber die Souveränität, die ihn umgab, vermittelte ein Gefühl von Ruhe und Geborgenheit und es hätte nicht viel gefehlt und alles, was ihr auf der Seele brannte, wäre an diesem Abend wie ein lästiger Umhang von ihr abgefallen.

Sie duschte, zog sich an und ging runter in die Küche, in der die Jungen schon beim Frühstück saßen und die neuesten Europapokalergebnisse besprachen.

»Du musst unbedingt das Bichl – wie heißt das noch? – essen. Tierisch lecker«, begrüßte Ramón sie mit einem ausgewachsenen Kakaobart über der Oberlippe.

»Birchermüsli«, raunzte Noah oberlehrerhaft, während er mit einer Hand löffelte und mit der anderen auf seinem Handy herumtippte.

»Guten Morgen erst mal, ihr zwei«, begrüßte Katharina die beiden. »Wie war denn der Film gestern Abend?«

»Joooah, geeeeht so, wir haben dann lieber Playstation gespielt«, antwortete Ramón.

»Sag mal, Noah, ist dein Vater schon weggefahren?«, wollte Katharina wissen.

»Ja, eben grade. Spätestens zum Mittag will er wieder zurück sein.«

»Wer ist das denn da draußen bei euch im Hof? Euer Gärtner?«

»Ja, der Reti, der kommt immer einmal in der Woche«, antwortete Noah gelangweilt.

Sie setzte sich zu den beiden an den reich gedeckten Frühstückstisch. Frische Brötchen, Müsli, Kaffee, Tee, Sechs-Minuten-Eier im Körbchen unter einer Warmhaltedecke. Mehr ging nicht. Katharina hatte Appetit und langte ausgiebig zu.

»Dein Vater hat mir erzählt, ihr hättet gerade Frühjahrsferien. Wolltest du denn gar nicht wegfahren?«, griff sie das Gespräch auf.

»Nee, eigentlich hatten wir diese Woche ein Fußballcamp, aber unser Trainer ist krank geworden und hat alles abgesagt«, antwortete Noah, sichtlich enttäuscht, und schenkte sich Kakao nach.

Katharina beobachtete nachdenklich Ramón, der mit Messer und Ei kämpfte. Wäre es nicht besser, sie würden umgehend die Heimreise antreten? Der Junge gehörte entweder zurück nach Costa Rica zu irgendeinem Verwandten oder aber sie müsste für ihn eine Unterbringung in einem Heim finden. So furchtbar dieser Gedanke auch war.

Die Zeit nach dem Frühstück verbrachten sie mit einer ausgiebigen Besichtigung des häuslichen Anwesens der Familie Ferri. Noah übernahm bereitwillig die Führung und

Katharina staunte, wie weitläufig das Grundstück war. Von der Straße aus stieg der parkartige Garten hinter dem Haupthaus steil an und endete vor einem grünen Stahlzaun, hinter dem sich ein großes Waldgelände befand. Reti war in sicherer Entfernung mit der Pflege der zahlreichen Obstbäume beschäftigt, die überall auf dem Grundstück zu finden waren.

Noah führte sie von der Rückseite des Haupthauses durch einen schmalen Kellereingang in einen kleinen Fitnessbereich. Ramón flitzte sofort durch die Tür an der anderen Seite des Raumes.

»Der geht wieder Dart spielen«, rief Noah und rannte hinterher.

Die Jungs schienen gestern Abend schon auf Entdeckungsreise durch das Haus gegangen zu sein, sonst hätte sich Ramón nicht schon so gut ausgekannt. Katharina vernahm den für Spielautomaten typischen Sound. Tatsächlich stand ihr Schützling auf einem kleinen Hocker und kämpfte mit den in der blinkenden Scheibe steckenden Pfeilen.

»Ramón, komm. Das könnt ihr nachher immer noch spielen. Zeigt mir lieber noch den Rest dieses tollen Hauses«, rief Katharina ungeduldig und hob ihn unter seinem Protest vom Schemel.

Nach gut einer Stunde war das Sightseeing beendet und Katharina ging wieder in die Küche und beseitigte die Reste des Frühstücks. Gegen halb zwölf rauschte endlich der schwarze Jeep auf den Hof. Katharina beobachtete vom Küchenfenster aus, wie der Ex-Banker mit einer Kollegmappe unter dem Arm ausstieg und auf das Haus zulief. Er trug blau karierte Bermudas, dunkelbraune Mokassins und ein helles, sportliches Hemd. Sie musste schmunzeln. So ist der früher niemals in die Bank gefahren. Wohl auch ein Stück gewonnene Lebensqualität, wie sie fand.

»Bingo, das hätten wir«, waren seine ersten Worte, als er die Küche betrat. »Das ging leichter als vermutet. Bei der Sparkasse hier in Solothurn bin ich gleich fündig geworden. Der Direktor war mir noch einen Gefallen schuldig«, erklärte er.

Er schob Katharina sein Handy hin und legte einen Zettel mit einer Telefonnummer daneben.

»Dein Sigurd Willemsen hat ein Girokonto und ein kleines Sparbuch bei der Sparkasse Solothurn. Er wohnt noch hinter der Einsiedelei. Das ist ziemlich tief im Wald. Der, der hier gleich hinter dem Haus beginnt. Und er hat in der Sparkasse sogar eine Handynummer hinterlassen. Ruf ihn an.«

Katharina konnte ihr Glück gar nicht fassen. Datenschutz hin, Datenschutz her, dachte sie, schnappte sich das Handy und wählte die Nummer, die auf dem Zettel stand. Das Freizeichen ertönte. Nach einer halben Minute legte sie auf.

»Keine Mailbox. Irgendwie komisch«, sagte sie und blickte Beat an.

Der überlegte nicht lange. »Wo sind die Jungs?«, wollte er wissen.

»Ich glaube, in Noahs Zimmer.«

»Tu mir einen Gefallen und sammle die Burschen ein. Sie sollen sich ordentliche Schuhe anziehen. Wir machen eine längere Waldwanderung und besuchen dein Findelkind. Ich packe derweil ein paar Sachen für ein zünftiges Picknick zusammen.«

Während Noah nur eingeschränkt Zustimmung zu dem Plan signalisierte, war Ramón sofort Feuer und Flamme. Es schien Katharina, dass er sich ehrlich freute, einen der wenigen Bekannten, die er wohl noch hatte, wiederzusehen.

Sie marschierten los und erreichten schon bald einen Parkplatz, auf dem ein reges Treiben herrschte. Sie bogen auf einen breiten Fußweg ein, der nach kurzer Wegstrecke an einer tiefen Schlucht vorbeiführte.

»Die Verenaschlucht«, erklärte Beat Ferri, während die Jungen Steine und Stöcker in den Abgrund warfen. »Sie führt direkt zu der Eremitage St. Verena. Einer der größten Sehenswürdigkeiten hier bei uns. Mittlerweile ist sie nicht mehr nur ein Wallfahrtsort, sondern leider auch ein Touristentreffpunkt. Neben den beiden Kapellen gibt es tatsächlich auch schon eine Eremitenklause.«

»Die Bezeichnung ist an sich ja schon paradox«, sagte Katharina.

»Übrigens: Unser Einsiedler wird regelmäßig von der Gemeinde Solothurn gewählt und auch bezahlt.«

Katharina blickte ihren Begleiter schmunzelnd an. Um diesen Job dürfte er sich noch nicht beworben haben.

Nach gut zwanzig Minuten erreichten sie die erste kleine Kapelle. Vor dem von außen weiß getünchten Häuschen stand ein steinerner Brunnen. Der gußeiserne Pumpenschwengel war in der Mitte durchgebrochen und lag verloren davor. Da Ramón und Noah schon ein ganzes Stück weit vor ihnen liefen, verzichteten sie auf eine Besichtigung des düsteren Gebetsraumes und machten, dass sie hinterherkamen. Der Weg wurde jetzt etwas schmaler und führte einen kleinen Anstieg hinauf. Nach weiteren fünfzehn Minuten kamen sie an das Ende der Schlucht. Beat Ferri blieb stehen und zeigte auf ein kleines Haus am Fuße der Anhöhe.

»Da wohnt unser Eremit«, sagte er nicht ohne Anflug von Stolz.

Das weiße Häuschen mit festem Schindeldach und bunten Fensterläden aus Holz war seitlich eingerahmt von Felswänden. Den gepflegten Rasen davor schützte ein massiver Holzzaun vor den Touristen, die mit ihren Kameras den Weg vor dem putzigen Zwergenhaus bevölkerten. Vom Eremiten war jedoch weit und breit kein Lebenszeichen zu sehen.

»Das ist ja fast verwunschen hier«, entfuhr es Katharina, sichtlich beeindruckt. »Es fehlen nur noch ein paar kleine Wichtel im Vorgarten und Schneewittchen hätte ein neues Zuhause.«

Beat Ferri lachte.

Rechts neben der Eremitage bewachte eine weitere Kapelle den Eingang zur Verenaschlucht.

In der linken Felswand führte eine steinerne Treppe zu einer Höhle, in die ein kleiner Altar gehauen worden war, auf dem brennende Kerzen und eingerahmte Heiligenbildnisse standen.

»Mit Einsiedlerleben hat das aber eigentlich wenig zu tun, wenn ich mir die ganzen Leute hier ansehe«, stellte Katharina fest, während sie langsam weiterliefen.

Plötzlich kam ihr Ramón aufgeregt entgegen. »Hey, ich war schon mal hier. Als wir Sigurd besucht haben, sind wir auch an diesen Häusern vorbeigekommen. Das weiß ich ganz genau.«

»Dein Sigurd muss noch ein kleines Stück weiter hinter der Schlucht wohnen, Ramón. Aber wir werden ihn schon finden«, antwortete Beat.

Wo die Felswände endeten, stand ein braunes Holzhaus, vor dem einige Touristen eine Erfrischung zu sich nahmen.

»Die Eremitenklause. Wollen wir hier unser Picknick auspacken?«, fragte Beat und rieb sich den Bauch.

»Sei mir nicht böse, aber wenn es nicht mehr allzu weit ist, würde ich gerne erst wissen, ob wir Sigurd Willemsen tatsächlich hier finden«, wiegelte Katharina ab.

Beat Ferri nickte. »Wartet hier. Ich bin gleich wieder da«, sagte er und verschwand in der Wirtschaft.

Nach wenigen Minuten kehrte er zurück und zeigte auf den Weg hinter der Schlucht. »Dahinten kommt gleich eine kleine Siedlung, da muss es sein«, kündigte er an.

Ihr Weg führte sie jetzt am Waldrand vorbei und nach etwa einem Kilometer näherten sie sich in der Tat einer kleinen Siedlung. Ramón war jetzt völlig aus dem Häuschen und rannte voraus. Noah blieb bei den Erwachsenen und schüttelte nur den Kopf. Gleich beim ersten Haus blieb Ramón vor der Gartenpforte stehen und bearbeitete heftig den Klingelknopf.

Die Haustür ging auf und Sigurd Willemsen trat heraus. Schon war Ramón über die kleine Pforte geklettert und rannte auf den völlig verdattert blickenden Hausherren zu. »Sigurd, Sigurd, da bist du ja.«

Er warf sich dem alten Mann an die Brust, der von dem Jungen hin zu den drei anderen Ankömmlingen blickte, die vor seinem Grundstück standen.

Katharina kämpfte mit den Tränen.

16

Jansen blickte durch die silbernen Gitterstäbe, die das Firmengelände vor unangekündigten Besuchern schützen sollten. Der auf den ersten Blick fensterlose Kubus in der Mitte des Areals der *Firma Mellinger GmbH* hatte die Ausmaße eines doppelten Flugzeughangars und war komplett schwarz. Die Vorderseite glänzte in der Sonne wie ein riesiger Spiegel. Rechts und links befanden sich kleinere Anbauten, etwa halb so groß und ebenfalls schwarz. Auch sie schienen keine Fenster zu besitzen.

Jansen hatte den Eindruck, als würden sie auf einen Termin bei der CIA warten. Hinter dem monströsen Eingangstor befand sich das Häuschen des Wachpersonals, vor dem zwei uniformierte Sicherheitsleute standen und aufmerksam zu ihnen herüberschauten. Zwei weitere Uniformierte patrouillierten auf der Innenseite des Stahlzaunes. Zwischen Wachhäuschen und dem Hauptgebäude befand sich lediglich eine Rasenfläche, auf der hinter dem Firmenlogo ein Springbrunnen den Blick auf sich lenkte. Fahrzeuge waren nirgends zu sehen. Offensichtlich hatten die auf dem Parkplatz außerhalb des umzäunten Bereiches zu bleiben.

Genau auf diesem Parkplatz hatten sie sich mit zwei Kollegen aus Lüneburg verabredet. Sozusagen als Aufpasser. Kriminalarbeit war nun einmal Sache der einzelnen Bundesländer und das Wildern in fremden Revieren galt allgemein als ein No-Go. Die Kollegen waren aber noch nicht erschienen. Inga Steenken saß in ihrem Dienstwagen und telefonierte mit Jondracek, der sich inzwischen über die wirtschaftliche Situation und die Gesellschaftsverhältnisse des Solar- und Windkraftanlagenherstellers schlaugemacht hatte.

Endlich bog ein blauer Golf auf den Parkplatz ein. Zwei junge Männer schälten sich aus dem Pkw. Sie kamen zielstrebig auf Jansen zu.

»Seid ihr die Kollegen aus Hamburg?«, fragte der eine.

»Ja, Hauptkommissar Jansen. Das im Wagen ist Kommissarin Steenken. Sie holt die letzten Infos ein.«

Alle drei zückten ihre Dienstausweise.

»Hattet ihr eine gute Fahrt?«, erkundigte sich der andere, ein groß gewachsener Kerl mit Namen Henner Baum.

»Keine Probleme«, antwortete Jansen.

Inga Steenken hatte jetzt ihr Telefonat beendet und kam zu ihnen herüber.

Sie machte sich ebenfalls bekannt und berichtete: »Die Geschäftsführer der Firma sind ein Dr. Peter Hohlmann und ein Robert Müller. Zugleich sind die beiden auch zu je dreißig Prozent Gesellschafter. Eine Aktiengesellschaft aus der Schweiz hält die restlichen vierzig Prozent, die *Betax AG* aus Zürich. Nach den veröffentlichten Bilanzen muss es dem Unternehmen ausgesprochen gut gehen. Es liegt gegen keinen der Chefs irgendetwas vor. Auch genehmigungsrechtlich ist alles im Lot.«

»Das hätten wir euch auch erzählen können. Die Firma ist hier nämlich eine große Nummer und zahlt ordentlich Gewerbesteuer. Wir haben die Anweisung, die Befragung zurückhaltend zu gestalten«, belehrte sie Biegert, der kleinere der beiden niedersächsischen Kollegen.

Jansen und Steenken blickten sich an. Sie verstanden sich ohne Worte.

Sie durchliefen die Sicherheitskontrollen und nach gut einer halben Stunde saßen sie im Vorzimmer der Geschäftsleitung, wo ihnen eine dralle Blondine Kaffee und Wasser servierte. Jansen blätterte in der dicken Firmenbroschüre und dachte an seinen letzten Urlaub in St. Peter-Ording. Dass die unzähligen Windräder, die die gesamte Nordseeküste verunstalteten, umwelttechnisch wirklich der Weisheit letzter Schluss waren, bezweifelte er.

Nach gut einer weiteren halben Stunde wurden sie von der Blonden in das Allerheiligste gebeten. Robert Müller erhob sich hinter seinem Schreibtisch und kam auf sie zu. Jansen schätzte ihn auf Ende fünfzig. Er war von zierlicher Statur und hatte einen buschigen Haarkranz, der an einen Universitätsprofessor aus einem Nachkriegsfilm erinnerte. Er trug eine kreisrunde Brille, hinter der kleine, flinke Augen auf einen ausgebufften Geschäftsmann deuteten.

Die vier Besucher stellten sich vor und Müller wies einladend auf eine flauschige Sitzgruppe vor der bodentiefen Fensterfront, von der aus man einen weitläufigen Blick auf das rückwärtige Firmengelände hatte.

Von wegen fensterlos! Der gesamte Kubus bestand aus mehr oder weniger abgedunkelten Glaselementen. Jansen musterte die Umgebung hinter dem Baukörper. In angemessener Entfernung parkten vier edle Karossen. Gesamtwert mindestens eine halbe Million Euro. Der Kommissar schluckte. Für eine davon muss ich mindestens drei Jahre arbeiten, dachte er mit einem Anflug von Neid.

Nachdem alle Platz genommen hatten, ergriff Müller das Wort und blickte Jansen dabei durchdringend an. »Das muss ja eine ziemlich dringende Angelegenheit sein, wenn Sie extra aus Hamburg angereist sind. Wie kann ich Ihnen helfen?«

Steenken griff die Frage auf und schob ein Lichtbild über den kniehohen Tisch. »Es geht um den Mord an diesem jungen Mann. Bernhard Fillinger. Sie kennen ihn. Und wir wissen auch, was bei Ihrer letzten Betriebsprüfung Thema Nummer eins gewesen ist.«

Jansen musste innerlich grinsen. Sie ging gleich ans Eingemachte. Die Kollegen aus Niedersachsen schielten mit krauser Stirn auf die Hamburger Kommissarin, als ob sie schon diese Frage unanständig fanden.

Müller nahm das Foto in die Hand und schaute sich das von der Rechtsmedizin kunstvoll geschönte Gesicht einen Moment aufmerksam an. »Ja, jetzt wo ich das Bild sehe, erinnere ich mich wieder an Herrn Fillinger.« Er legte die Aufnahme auf den Tisch und lehnte sich zurück. »Aber wie Sie schon zutreffend erwähnten, hatten wir nur ein einziges Mal mit ihm zu tun. Und das war 2014. Fillinger hat uns einen lukrativen Auftrag irgendwo in Süd- und Mittelamerika vermittelt. Es ging um Anlagen in Höhe von insgesamt knapp einhundertvierzig Millionen Euro, verteilt über drei Jahre. Wir haben ihm beziehungsweise seiner Firma mit Vertragsunterzeichnung eine Provision von zehn Prozent gezahlt.« Er hüstelte.

Jansen wunderte sich, dass dieser Mann gleich die richtigen Fakten parat hatte. Er kam zu dem Schluss, dass Müller vom hiesigen LKA bereits erfahren hatte, was die Hamburger Ermittler von ihm wollten.

Steenken nickte. »Das wissen wir natürlich. Was wir nicht wissen ist, wie ein Früchtegroßhändler aus Hamburg – oder besser: Costa Rica umwelttechnische Anlagen in einer Größenordnung von einhundertvierzig Millionen Euro vermitteln konnte. Das würden wir gerne von Ihnen erfahren.«

Jetzt lehnte sich Steenken in ihrem Sessel demonstrativ zurück.

Müller schaute verärgert in Richtung Baum und Biegert, die überrascht wirkten. Jansen hätte seiner Kollegin am liebsten anerkennend auf die Schulter geklopft. Genaue Aktenkenntnis zahlte sich doch immer aus. Alte Schule eben.

»Früchtegroßhändler aus Hamburg? Das höre ich das erste Mal. Der Kontakt zu Herrn Fillinger, besser gesagt: zu seiner Firma in Dubai, ist über meinen Partner zustande gekommen. Ich glaube, Herr Dr. Hohlmann hat damals auch die Provisionsverhandlungen mit ihm geführt. Er ist aber bis morgen noch auf Geschäftsreise.«

Jansen und Steenken tauschten erneut einen Blick. Dann ergriff Jansen das Wort. »Also über das Zustandekommen des Kontaktes zu unserem Mordopfer hätten wir schon gern mehr Informationen. Der Bericht des Betriebsprüfers ist in dieser Beziehung sehr dünn, denn für das Finanzamt war diese Frage wohl nicht von großer Relevanz. Vielleicht sollten wir Herrn Dr. Hohlmann nächste Woche als Zeugen staatsanwaltschaftlich vorladen lassen. Was meinen Sie?«

Kollege Biegert schaute betreten auf den Boden, Baums ganzes Interesse galt seinen Fingernägeln.

Robert Müller stand verärgert auf und ging zu seinem Schreibtisch. Er griff nach dem Telefon und gab leise ein kurzes Kommando in den Hörer.

Noch bevor er wieder Platz genommen hatte, brachte die Dralle aus dem Vorzimmer eine dünne Aktenmappe und gab sie ihrem Chef. Müller blätterte provozierend gründlich in den Unterlagen. Jansen sah sich bestätigt. Ein Aktenvorgang aus dem Jahr 2014, der in wenigen Sekunden griffbereit war. Das stank doch.

Müller klappte die Mappe zu und schmiss sie lässig auf den Tisch. »Nach unseren Notizen haben wir von einer *Fa. Silent Trust LLC* mit Sitz in Dubai Mitte 2014 eine schriftliche Anfrage bekommen, ob wir bis Ende 2016 einundzwanzig Solaranlagen, fünfundsiebzig Windkraftanlagen und eine Wasseraufbereitungsanlage liefern könnten. Auftraggeber waren Unternehmen in Venezuela, Nicaragua und Costa Rica. Das Auftragsvolumen belief sich insgesamt auf einhundertvierzig Millionen Euro.« Müller klopfte mit dem Zeigefinger auf die Mappe. »Bernhard Fillinger hat uns gegenüber erklärt, die Firma *Silent Trust* in Dubai gehöre ihm allein. Er hat uns sogar die Gründungsunterlagen in Kopie überlassen. Die haben am Ende ja auch das Finanzamt bewogen, unsere Provisionszahlungen anzuerkennen. Fillinger hatte schließlich die schriftliche Anfrage im Jahre 2014 persönlich unterschrieben und die Firma in Dubai war am Ende der Zahlungsempfänger. Mehr wollte der Prüfer gar nicht wissen.« Der Unternehmer machte jetzt ein völlig unschuldiges Gesicht.

Bei der Höhe der Gewerbesteuereinnahmen nicht wirklich verwunderlich, dachte Jansen.

»Wir würden trotzdem über Bernhard Fillinger gerne noch etwas mehr hören, Herr Müller«, hakte Steenken mit ungewohnter Schärfe nach.

Die Lippen des Geschäftsführers wurden schmal und er wiegte seinen Kopf. »Also, Herr Fillinger hat sich und seine Firma als Unternehmensberater mit ausgezeichneten Kontakten zu staatlichen Unternehmen in Süd- und Mittelamerika vorgestellt. Wir sind selbstverständlich davon ausgegangen, dass er seine Einnahmen versteuert. Mehr kann ich Ihnen beim besten Willen nicht bieten. Und Herr Dr. Hohlmann könnte das übrigens auch nicht.«

»Nun gut, danke. Das war's dann auch schon. Wenn Sie uns jetzt bitte nur noch Kopien der Gründungsunterlagen der *Silent Trust* überlassen würden«, sagte Jansen und erhob sich.

17

Sigurd Willemsen war sichtlich erschüttert, als er von dem gewaltsamen Tod Bernhard Fillingers hörte. Der hagere Mann vergrub sein Gesicht in beide Hände und weinte bitterlich. Katharina fand, dass er in den zehn Tagen, die seit seinem Besuch bei ihr vergangen waren, deutlich abgebaut hatte. Er wirkte ein wenig eingefallen, ja fast schon greisenhaft.

Langsam beruhigte er sich wieder und tätschelte Ramón liebevoll den Kopf. »Du armer Kerl, was wird denn jetzt nur mit dir?«, stammelte der Alte leise.

Beat und Noah, die ja jetzt erst erfahren hatten, was Ramóns Vater widerfahren war, wirkten immer noch wie versteinert. Katharina hatte kurz überlegt, ob sie die beiden bitten sollte, draußen zu warten. Aber es war klar, dass über kurz oder lang Ramón Noah alles erzählen würde. Und der würde seinen Vater ganz bestimmt ins Vertrauen ziehen. So schätzte Katharina jedenfalls das Verhältnis der beiden ein.

»Frau Tenzer, ich glaube, ich muss Ihnen eine Geschichte erzählen«, sagte Willemsen zögerlich und schaute der Anwältin ins Gesicht.

Beat Ferri ergrifft die Initiative. »Los, Jungs, ich vermute, Katharina und Sigurd haben noch etwas zu besprechen. Und ich habe Hunger. Wir gehen zurück zur Eremitenklause und verfuttern unser Picknick. Katharina kommt dann nach. Was haltet ihr davon?«

Ramón und Noah waren einverstanden und Katharina schenkte Beat einen dankbaren Blick.

»Halt, einen Moment noch«, rief sie, als die drei schon durch die Tür verschwinden wollten.

Sie wandte sich an Willemsen und legte ihm ihren Arm um die Schulter. »Sie haben, so hörte ich, von Bernhard Fillinger ein iPad bekommen. Auf dem befinden sich wahrscheinlich ziemlich brisante Dokumente. Könnten Sie mir das bitte geben?«

»Ja, natürlich. Das war ja sowieso für Sie bestimmt, wie mir Bernhard eingetrichtert hat. Er wollte ihn sogar irgendwann persönlich wieder bei mir abholen.«

Der alte Mann erhob sich und lief in ein Nachbarzimmer. Als er zurückgekehrt war, legte er das Gerät samt Ladekabel auf den Tisch.

»Wie das funktioniert, weiß ich nicht. Ich habe es allerdings aufgeladen, wie es Bernhard mir gezeigt hat.«

»Hat Ihnen Herr Fillinger vielleicht auch zwei USB-Sticks gegeben?«, fragte Katharina.

»Was für Dinger? Nein, mehr habe ich nicht von ihm bekommen«, antwortete Willemsen irritiert.

Katharina nickte und schaltete das iPad ein. Statt eines Passwortes forderte das Gerät den Abdruck eines Fingers auf dem Scanner.

»So, Ramón, bevor du picknickst, musst du noch das Teil hier zum Laufen bringen«, sagte Katharina auffordernd.

Ramón zwängte sich vor den Tisch. Dann drückte er seinen rechten Daumen auf das Glas und nach wenigen Sekunden bauten sich diverse Icons auf dem Bildschirm auf.

Katharina erkannte, dass mehrere Ordner sichtbar wurden. Trotz ihrer großen Neugier, was sie wohl in den einzelnen Dateien finden würde, hatte das noch das Zeit. Sigurd Willemsen wollte etwas loswerden, das hatte sie verstanden. Flink änderte sie die Einstellungen. Ramóns Fingerabdruck war zum Starten nun nicht mehr nötig. Ein geeignetes Passwort würde sie sich später überlegen. Zumindest war sie jetzt schon einmal im Besitz des iPad von Bernhard Fillinger. Die beiden USB-Sticks, von denen er geschrieben hatte, würde sie schon noch auftreiben. Vielleicht fanden sich auf dem iPad Hinweise darauf, wo sie zu suchen hatte.

Beat Ferri hatte die ganze Zeit hinter ihr gestanden und ihr Tun aufmerksam beobachtet. Nun schnappte er sich die Jungen und die drei verließen das Haus.

Katharina schaltete das iPad aus und schaute Willemsen an, der ihr gegenüber saß. Er hatte seine Hände vor sich auf den Tisch gelegt. Sie sahen rau und knochig aus.

Katharina lächelte und nickte ihm zu.

Und Sigurd Willemsen erzählte seine Geschichte:

Anfang Mai 1991 sah ich Maria Sagowski das erste Mal. Es war in Hamburg auf dem Hafengeburtstag. Der erste in einem wiedervereinigten Deutschland. Der aufgelösten DDR weinten damals nur wenige eine Träne hinterher. Der Einheitstaumel ob der Freude über die gewonnene Freiheit der Menschen im Osten hatte seit dem 3. Oktober des Vorjahres das ganze Land erfasst. Ob Wessi oder Ossi. Die Landschaften waren zwar eineinhalb Jahre nach dem Mauerfall noch nicht erblüht, aber besonders die Menschen im Osten glaubten an die Kraft der D-Mark. Gemeinsam mit der schon gewonnenen persönlichen Freiheit

würde die wirtschaftliche Unabhängigkeit bald direkt ins gelobte Land führen, so die einhellige Meinung.
Ich war damals ein einfacher Tourist aus der Schweiz und zum ersten Mal in Norddeutschland. Ich stand an den Landungsbrücken und wollte ein Ticket für eine große Hafenrundfahrt lösen. Die Stadt war rappelvoll, aber die Frau im Reisebüro hatte mich vorgewarnt. Denn schon vor der Grenzöffnung war der Hafengeburtstag in Hamburg eine sehr beliebte Touristenattraktion gewesen.
Es war Samstag und ein warmer Frühlingstag. Vor mir in der Schlange stand eine Frau mit einem quengelnden Jungen an der Hand, der unbedingt auf der Stelle ein Eis haben wollte und sich ziemlich ungehörig benahm. Die junge Frau wirkte mit dem lebhaften Kind etwas überfordert und ich war mir sicher, dass es jeden Moment eine Ohrfeige setzen würde.
Sie gefiel mir sofort. Sie war schlank und hatte dunkelblonde, kurze Haare. So eine wuschelige Frisur, wie sie damals modern war. Hauptsache ungekämmt, aber pfiffig. Ich schätzte die Frau auf Mitte dreißig.
Ich selbst war damals dreiundvierzig Jahre alt und immer noch Junggeselle. Es hatte zwar ein paar Frauen in meinem Leben gegeben, aber irgendwie war die richtige nie dabei gewesen. Meine Arbeit füllte mich auch rundherum aus. Ich leitete den väterlichen Holzhandel in Hüttikon, ein Stückchen nordwestlich von Zürich. Da mein Vater seit einigen Jahren etwas kränkelte, war ich mehr oder weniger auf mich allein gestellt. Es fehlte mir eigentlich an nichts. Bis ich an jenem Samstag vor mir in der Schlange Maria Sagowski mit ihrem Bub streiten sah. Mit Kindern hatte ich schon immer gut gekonnt und die Vorstellung,

ohne eigene Kinder alt zu werden, hatte mich manchmal dann doch bedrückt.
Ich beugte mich zu dem Jungen hinunter und fragte ihn, ob er für mich den Platz in der Schlange freihalten könnte, wenn ich für uns drei ein Eis holen würde. Das Kerlchen war auf der Stelle ruhiggestellt und schaute fragend seine Mutter an, um im nächsten Moment durch heftiges Nicken seine Einwilligung zu geben. Ich sah der Frau ins Gesicht und wir mussten beide lachen. Sie hatte türkisfarbene, wunderschöne große Augen.
Ohne Zweifel, es hatte mich erwischt.
Nach einigen Minuten kehrte ich mit drei Cornettos zurück und das Eis war im wahrsten Sinne des Wortes gebrochen.
Maria Sagowski und ihr damals zehnjähriger Sohn Bernhard stammten aus Ost-Berlin. Sie waren genau wie ich das erste Mal in Hamburg. Natürlich. Ost-Berlin eben.
Während der Hafenrundfahrt erfuhr ich zu meiner heimlichen Freude, dass Maria Sagowski alleinerziehend war. Sie ließ sich nicht viel Privates entlocken, aber wenn, dann sprach sie immer nur von sich und ihrem Sohn. Ich fand damals, dass sie mir gegenüber sogar etwas Misstrauen an den Tag legte, und war heilfroh, als sie meine Einladung zum Abendessen trotzdem annahm.
Wir gingen in ein Fischrestaurant im Portugiesenviertel gleich gegenüber den Landungsbrücken. Dem kleinen Bernhard merkte man an, dass er außer HO-Gaststätten noch nicht viele andere Esslokale besucht hatte. Er kam aus dem Staunen nicht heraus, als wir den mediterran eingerichteten Gastraum betraten. Nach dem Essen bestellte ich zwei Espresso. Maria verzog das Gesicht, als

würde sie eine Medizin einnehmen. Sie flüsterte mir zu, dass dieses der erste Espresso ihres Lebens sei. Bevor wir uns verabschiedeten, tauschten wir unsere privaten Telefonnummern und die unserer Hotels aus und verabredeten uns für Sonntagvormittag um zehn Uhr wieder an den Landungsbrücken. Und zwar genau an der Stelle, an der wir zusammen in der Schlange vor dem Schalter von Barkassen-Müller gestanden hatten.

Ich war am nächsten Tag bereits eine halbe Stunde zu früh am vereinbarten Treffpunkt. Mit einem gefühlten Schmetterlingsgarten in der Magengegend schlich ich wie eine lauernde Raubkatze über den Platz.

Aber Maria Sagowski kam nicht.

Ich wartete eine geschlagene Stunde und um elf Uhr machte ich mich tief enttäuscht auf den Weg zurück zum Hotel. Die Lust, allein den restlichen Hafengeburtstag mit der traditionellen Auslaufparade zu bestaunen, war verflogen. Ich checkte aus und setzte mich zum Mittagessen in ein bayerisches Lokal am Hauptbahnhof.

Lange überlegte ich, ob ich in Marias Hotel anrufen sollte. Aber ich wollte nicht aufdringlich erscheinen und ließ es bleiben. Nach einer ordentlichen Brotzeit nahm ich den nächsten Zug zurück in die Schweiz.

Ich hatte meine Wochenendbekanntschaft fast schon wieder vergessen, da stellte meine Bürokraft einige Tage später ein Telefonat aus Berlin durch.

Maria entschuldigte sich tausendmal, aber ihr sei am letzten Sonntag leider ganz plötzlich etwas dazwischengekommen und für einen Anruf in meinem Hotel sei es schon zu spät gewesen. Irgendwelche Zweifel an der Wahrheit dieser Aussage ließ ich nicht aufkommen. Ich wollte ihr einfach glauben. Sie fragte mich, ob wir uns nicht am nächsten Wochenende in Berlin treffen und den Hamburger Hafengeburtstag einfach an Spree und Havel fortsetzen wollten.

Und wie ich wollte.

Seit diesem Wochenende in Berlin waren Maria Sagowski und ich ein Paar.

Und vom ersten Tag wich mir der kleine Bernhard nicht mehr von der Seite. Maria und ich hatten unsere liebe Not, wenn wir samstagabends ausgehen wollten und er bei einem Freund schlafen sollte. Aber mir gefiel meine neue Rolle und ich nahm sie freudig an.

Es folgten herrliche Sommerwochenenden. Die schönsten, die ich erlebt habe.

Da ich alleinstehend war, fanden die Treffen natürlich immer in Berlin statt. Um mehr Zeit für uns drei zu haben, hatte ich irgendwann beschlossen, das Verkehrsmittel zu wechseln. Von der Schiene in die Luft. Die Folge war, dass meine Reisekosten im Sommer 1991 für einen eidgenössischen Holzhändler in ungewöhnliche Höhen schossen.

Maria hatte im Sommer 1990 einen Job in West-Berlin als Sekretärin und Buchhalterin bei einem selbstständigen Grundstücksmakler gefunden. Ein typischer Westberliner Immobilienhai, der sich unmittelbar nach der Wende mit Grundstücken im Osten ziemlich schnell reich gegaunert hatte. Aber er zahlte ihr von Anfang an ein überdurchschnittlich gutes Gehalt. Sie vermutete, dass er in ihr dank der alten Ostkontakte so was wie eine kostenlose Datenbank für herrenloses SED-Eigentum gesehen hatte, als er sie einstellte. Seine Hoffnung auf das eine oder andere

Schnäppchen erwies sich jedoch als trügerisch. Und eines Mittags sah sich das Büro einer Razzia von Fahndern und Staatsanwälten ausgesetzt und Marias Chef wanderte nach Moabit in die Untersuchungshaft.
Marias gutes Gehalt war damit erst einmal Geschichte.
Sie hatte mir erzählt, dass sie vor der Wende in einer Abteilung des Ministeriums für Außenhandel, im Bereich Kommerzielle Koordinierung, tätig gewesen war. Im Volksmund hieß der Laden KoKo. Ihr Chef war kein Geringerer als Dr. Alexander Schalck-Golodkowski gewesen. Honeckers heimlicher Devisenbeschaffer. Maria hatte zugegeben, dass die Abteilung direkt von der Staatssicherheit geführt worden war. Viel mehr war aus ihr über ihr Leben vor der Wende nicht herauszubekommen. Diese Zeit war für sie vorbei und tabu.
Mir war ihre DDR-Vergangenheit auch ziemlich egal. Ich war damals ein unpolitischer Mensch. Und da es allgemein hieß, es habe über neunzigtausend offizielle Mitarbeiter und über einhunderttausend sogenannte IMs bei der Stasi gegeben, kam also bei sechzehn Millionen DDR-Bürgern auf siebenundfünfzig Ossis je ein Stasi-Spitzel. Diese Informantentätigkeit war also nichts anderes als eine Volkskrankheit.
Ende August 1991 erfuhr unsere Beziehung dann eine überraschende Veränderung. Maria erzählte mir eines Abends ganz nebenbei, dass sie mit Bernhard im September nach Hamburg umziehen werde. Sie habe einen tollen Job als Bürokraft bei einer Spedition bekommen und eine Schule in der Nähe habe sich auch sofort gefunden.
Mir kam dieser überstürzte Umzug fast wie eine Flucht vor, aber ich fragte nicht weiter nach, denn immer wenn

ich zu sehr bei ihr insistierte, wurde sie abweisend und wechselte das Gesprächsthema. Schließlich war es mir auch egal, ob ich künftig meine Wochenenden in Berlin oder Hamburg verbringen würde, also gab ich mich mit dem zufrieden, was sie mir von sich aus offenbarte.

Gleich bei unserem ersten Treffen in ihrer neuen Wohnung in Hamburg überreichte sie mir am Abend, als der kleine Bernhard bereits schlief, einen verschlossenen DIN-A4-Umschlag. Sie tat sehr geheimnisvoll. Ich musste ihr hoch und heilig versprechen, diesen Umschlag für sie aufzubewahren, ihn nicht aus der Hand zu geben, an niemanden. Falls ihr etwas zustoßen sollte, sollte ich Bernhard den Umschlag an seinem achtzehnten Geburtstag übergeben. Der Inhalt sei ein Teil seines Lebens und gleichzeitig seine Lebensversicherung. Die Originale habe sie bei einem Hamburger Notar hinterlegt, dessen Anschrift stünde auf einem Zettel in dem Umschlag. Mehr ließ sie sich nicht entlocken.

In dieser Nacht schliefen wir das letzte Mal miteinander. Drei Tage später lag sie mit fast abgetrenntem Kopf tot in ihrer Wohnung.

Wie mir der zuständige Kommissar erzählte, war sie mit einer Drahtschlinge erdrosselt worden. Die Polizei ging von einem Raubmord aus. Maria war am nächsten Morgen von ihrem kleinen Sohn gefunden worden, der die Nacht zu seinem großen Glück bei einem Freund geschlafen hatte. Der Junge kam sofort in psychiatrische Betreuung. Als Kind habe ich Bernhard Sagowski nie wieder gesehen. Und den Mörder Marias hat man niemals gefasst.

Zwei Wochen nach dem Verbrechen fand die Beerdigung statt. Da ich außer Bernhard so was wie der einzige Ange-

hörige war, hatte ich es natürlich als meine Pflicht angesehen, alles zu arrangieren. Es wurde die traurigste Beisetzung, die ich jemals erlebt habe. Außer mir und dem Trauerredner vom Bestattungsinstitut waren auf dem Friedhof Schiffbek nur noch zwei Frauen vom Jugendamt erschienen, die in ehrfurchtsvoller Entfernung ihre Beileidsmienen zur Schau trugen. In Absprache mit dem Jugendamt übernahm ich nach der Beisetzung auch die Auflösung der Wohnung.

In den nächsten Wochen rief ich dann ständig beim Jugendamt an, um einen Besuchstermin bei Bernhard zu vereinbaren. Ich wollte den Kontakt zu dem Jungen nicht verlieren, denn ich hatte ihn sehr in mein Herz geschlossen. Man teilte mir aber nur mit, dass der Sohn von Maria Sagowski in einer liebevollen Pflegefamilie untergebracht worden sei. Man habe dort meine Anschrift hinterlassen. Mehr könne man mir leider nicht sagen.

Ich war wie vor den Kopf geschlagen. Mit Sicherheit hätte der Junge sofort Hurra geschrien, wenn man ihn gefragt hätte, ob der Sigurd ihn besuchen dürfe. Aber nachdem sich auch ein von mir beauftragter Rechtsanwalt am Jugendamt die Zähne ausgebissen hatte, war ich mit meinem Latein am Ende.

Ich wusste, dass Bernhard im Jahr 1998 volljährig wurde. Aber ich hatte es nicht geschafft, ihn ausfindig zu machen. Der Umschlag seiner Mutter lag jahrzehntelang ungeöffnet in meinem Schreibtisch.

Vor fünf Jahren stand dann plötzlich ein Mann vor meiner Haustür, der sich als Bernhard Fillinger vorstellte. Auch nach fast fünfundzwanzig Jahren habe ich ihn sofort wiedererkannt.

Ich hatte Bernhard Sagowski wiedergefunden. Besser gesagt, er hatte mich gefunden.

18

Sigurd Willemsen war erschöpft am Tisch zusammengesunken. Er hatte angefangen, bitterlich zu weinen, und den Kopf tief in seinen Armen vergraben.

Katharina legte ihre Hand auf seine Schulter. »Herr Willemsen, alles wird gut …«

Willemsen nickte unmerklich. »Ich würde jetzt gerne alleine sein«, sagte er leise.

»Natürlich, ich gehe zu meinen Leuten und das iPad nehme ich mit. Ich schaue mir in Ruhe an, was Bernhard Fillinger dort für mich hinterlassen hat. Sind Sie einverstanden, wenn ich morgen noch einmal vorbeikomme?«

»Ja«, sagte der alte Mann dankbar und hob langsam seinen Kopf. »Dann erzähle ich Ihnen den Rest meiner Geschichte.«

Katharina packte ihre Sachen ein und machte sich auf den Weg zurück in die Eremitenklause. Willemsens Geschichte hatte sie ganz schön aufgewühlt. Was für ein Schicksal! Da glaubte Willemsen, eine Familie gefunden zu haben, und dann, von einem Tag auf den anderen, war alles zunichte.

Die beiden Jungen sah sie schon von Weitem. Sie standen draußen vor der Bretterbude und, als auch sie Katharina entdeckten, rannten sie ihr entgegen.

»Na, habt ihr mir noch was übrig gelassen?«

»Ja, mein Vater sitzt drinnen und liest Zeitung. Können wir jetzt wieder nach Hause?«

»Gleich, Noah. Ich esse nur eben was, dann können wir los.«

Sie kaufte sich ein Mineralwasser, setzte sich zu Beat und verputzte mit Heißhunger die beiden letzten Sandwiches.

Beat Ferri schaute sie an, fragte aber nicht mit einem Wort, was Willemsen ihr erzählt hatte. Katharina sagte nichts, sondern hing ihren Gedanken nach.

Sie packten zusammen und marschierten durch die Verenaschlucht zurück. Es war später Nachmittag, als sie das Haus der Ferris wieder erreichten.

Großzügig stellte Beat sein Arbeitszimmer inklusive des technischen Equipments zur Verfügung. Katharina verkabelte das iPad mit dem Rechner und spiegelte das Desktop auf einen der drei Monitore, die auf dem Schreibtisch standen. Bevor sie sich jedoch mit dem Inhalt beschäftigte, verfasste sie ein Gedächtnisprotokoll über die bewegende Geschichte von Sigurd Willemsen.

Dann endlich sah sie sich die Ordner auf dem iPad an. Einer hieß *Teil 1 – Maria/KoKo* und enthielt wiederum mehrere Unterordner. Katharina ließ den Cursor auf den obersten wandern und startete ihre abendliche Tätigkeit mit einem Doppelklick.

Drei Stunden später schaltete sie das iPad aus und blieb noch ungefähr eine Viertelstunde gedankenverloren vor dem dunklen Monitor sitzen.

Das, was sie soeben gelesen hatte, passte zu der Geschichte von Willemsen. Aber es tauchten viele neue Fragen auf. Leider gab es keine Hinweise auf den Verbleib der beiden USB-Sticks, die Bernhard Fillinger erwähnt hatte.

Ein Unterordner enthielt unzählige Zeitungsberichte aus

dem Herbst 1991, die Fillinger abfotografiert oder eingescannt haben musste, über den Mord an seiner Mutter. Ein Artikel fiel auf, weil jemand handschriftlich *Kein Raubmord!!!* an den Rand geschrieben hatte. Wahrscheinlich Fillinger selbst.

Wieso war er sich mit seinem Urteil so sicher?

In einem anderen Unterordner hatte Katharina eine Liste mit Firmennamen gefunden, die sie noch nie gehört hatte. Die Namen standen unter der Überschrift *Bestand Parteifirmen 1. März 1990*. Die Auflistung war von einem Oberst Julius Erken aus dem Ministerium für Staatssicherheit mit Dienstsiegel versehen und am 2. März 1990 unterzeichnet worden. Vervollständigt wurde dieser Unterordner durch zwei abfotografierte Seiten der Personalakte der Staatssicherheit von Oberst Erken. Samt Lichtbild.

Ziemlich verkniffener Typ, fand Katharina.

Der nächste Unterordner enthielt Gründungsdokumente einer liechtensteinischen Aktiengesellschaft, der *Tranvia AG* aus Schaan. Eine Holdinggesellschaft mit vielen Tochtergesellschaften. Diese *Tranvia AG* war den Dokumenten nach schon 1982 gegründet worden. Laut einem Aktenvermerk von 1988, der von Maria Sagowski verfasst worden war und ein *Geprüft-MfS*-Siegel trug, hatte diese Firma zum Vermögen der KoKo gehört.

Aber der Name *Tranvia AG* stand nicht auf der Bestandsliste des Obristen vom 2. März 1990.

Schließlich war Katharina auf eine maschinenschriftliche Erklärung Maria Sagowskis gestoßen, in der sie diesen Oberst Julius Erken beschuldigte, sich bei der angeordneten Bestandsaufnahme des Vermögens der Abteilung KoKo, die er für die Übergangsregierung Modrow hatte durchführen sollen, alle Inhaberaktien der *Tranvia AG* aus dem Tresor der Zentrale unter den Nagel gerissen zu haben.

Und dann war da noch eine Drohung, die Bernhard Fillinger erhalten hatte. In einem Schreiben aus zusammengesetzten Zeitungsschnipseln wurde er unverhohlen daran erinnert, dass er und sein Sohn eine Veröffentlichung der Vorgänge in der KoKo-Zentrale im März 1990 nicht überleben würden. Wann Fillinger diese Botschaft erhalten hatte, war nicht zu erkennen.

Katharinas Puls kam plötzlich in Wallung. Ein Teil dieser Drohung war in die Tat umgesetzt worden.

Von wem?

Steckte dieser Oberst Erken dahinter?

Sie überlegte hin und her. Einerseits hatte sie Sigurd Willemsen versprochen, ihn morgen noch einmal zu besuchen. Sie wollte ja auch den Rest seiner Geschichte hören. Andererseits war es vermutlich das Beste, das iPad und seinen Inhalt schnellstmöglich an einen sicheren Ort zu schaffen. Entschlossen stand sie auf. Sie würden morgen nach Hamburg zurückkehren. Dazu musste sie allerdings Ramón klarmachen, dass er sich zumindest vorübergehend von seinem neuen Freund trennen musste.

Sie ging nach unten in das Wohnzimmer, wo Beat mit den beiden Jungen *Monopoly* spielte.

»Das spielt ihr auch in der Schweiz?«, fragte sie erstaunt.

»Und wie, das ist mein Lieblingsspiel«, rief Noah, der vor einem ordentlichen Stapel Geldscheine saß.

»Der hat nur Glück beim Würfeln. Ich hab sowieso keine Lust mehr«, war Ramóns übellaunige Antwort, der sich demonstrativ in den Sessel fläzte.

Katharina setzte sich zu ihm und strich ihm über das

Haar. »Hör mal, Ramón. Wir müssen morgen nach Hause fahren. Es ist wirklich dringend. Meine Arbeit wartet. Das verstehst du doch?«

Beat Ferri erhob sich. »Ich glaube, wir hören jetzt auf mit dem Spiel. Noah hat gewonnen, wie ich sehe. Und ihr geht jetzt schlafen. Es sind zwar noch Ferien, aber bis ihr das Licht aus habt ... Und ... ich glaube, Katharina und ich haben auch noch etwas zu besprechen.«

»Och, nee. Ich kann doch hierbleiben und komme nach, wenn du mit deiner Arbeit fertig bist. Was soll ich denn in Hamburg?«, kam es trotzig aus dem Sessel.

»Ramón, du kannst nicht einfach hierbleiben. Du weißt doch gar nicht, ob Noah und Beat dich noch länger haben wollen.«

»Na klar. Das wär doch voll cool, null Problem«, entschied Noah kurzerhand, während er das Spiel zusammenpackte.

»Nee, keine Widerrede. Wir beide fahren morgen erst einmal nach Hause. Wir sprechen in Ruhe während der Fahrt über alles Weitere. Pack schon einmal deine Sachen, wir werden zeitig aufbrechen.«

Die beiden Jungs trotteten in Noahs Zimmer. Beat Ferri holte eine Flasche eiskalten Fendant und zwei Gläser aus der Küche und setzte sich Katharina gegenüber.

»O ja, eine gute Idee. Deinen leckeren Wein werde ich in Hamburg vermissen.«

»Nur den Wein?«

Katharina fühlte sich ein wenig überfahren. Beat Ferri war sympathisch. Keine Frage.

Geräuschvoll verließ der Korken seinen angestammten Platz.

»Nein, natürlich auch euch beide. Und das meine ich ernst, Beat. Ich bin dir unendlich dankbar dafür, wie du uns hier aufgenommen hast. Eine wildfremde Frau aus Hamburg mit einem kleinen Jungen, der gar nicht ihr Sohn ist. Und dass du dann auch noch Sigurd Willemsen ausfindig gemacht hast. Das ist überhaupt der Gipfel.«

Beat Ferri nahm sein Glas in die Hand. »Auf die Zukunft«, sagte er und ließ den ersten Schluck genüsslich unter den Gaumen fließen.

Aber Katharina war momentan so gar nicht nach ›Zukunft‹. Wenn sie daran dachte, was in Hamburg auf sie zukommen würde, hätte sie laut schreien können. Neben ihrer täglichen Anwaltsroutine warteten Beerdigungsstress, das Jugendamt und natürlich die polizeilichen Vernehmungen. Ihr Mandant war zwar verstorben, aber ihre anwaltliche Schweigepflicht galt fort. Andererseits war sie als Zeugin in dem Mordfall verpflichtet, wahrheitsgemäß alles auszusagen, was ihr Bernhard Fillinger nicht unter dem Mantel der Verschwiegenheit anvertraut hatte.

Und wenn die Polizei sie nach einem möglichen Mordmotiv fragte? Was dann?

Was sie vorhin auf dem iPad gelesen hatte, reichte wahrscheinlich noch für ein paar Leichen mehr.

Nur über eines war sie sich vollkommen im Klaren. Sie würde ausschließlich im Interesse Ramóns handeln. Seine Sicherheit war das Wichtigste.

»Du bist mit deinen Gedanken schon in Hamburg, nicht wahr?«

»Entschuldige, Beat. Aber in meinem Kopf herrscht gerade ein wildes Durcheinander. Für eine Anwältin kein guter Zustand, oder?«

»Ach, i wo. Das macht dich doch nur menschlicher. Aber so richtig helfen kann ich dir bei den Problemen, die scheinbar zu Hause auf dich warten, leider nicht.« Er atmete tief ein. »Ich kenne sie ja nicht einmal.«

»Ich kann dir leider nicht alles sagen, das weißt du doch. Der Vater von Ramón ist in Hamburg ermordet worden. Das hast du ja vorhin bei Sigurd Willemsen mitbekommen ... Und er war mein Mandant.« Sie musste schlucken, als sie das Wort ›war‹ aussprach.

Einen Moment schwiegen beide, dann lehnte sich Katharina nach vorn und legte ihre Hand auf seinen Unterarm. »Tust du mir noch einen Gefallen? Bitte. Ich möchte morgen ganz früh losfahren, aber ich habe Sigurd Willemsen versprochen, dass ich ihn noch einmal besuche. Könntest du ihm sagen, dass es mir sehr leidtut, aber die Dinge, die ich auf dem Computer entdeckt habe, zwingen mich, sofort nach Hamburg zurückzukehren.«

Sie musterte ihr Gegenüber ernst. »Und ich möchte, dass du ihm sagst, dass ich mich freuen würde, wenn er zur Beerdigung von Bernhard Fillinger nach Hamburg kommt.«

Ob Willemsen selbst daran ein Interesse hatte? Sie würde es ihm nicht übel nehmen, wenn er absagen würde. Mit Maria Sagowski hatte er vor vielen Jahren in Hamburg schon einmal einen Menschen zu Grabe getragen. Und anscheinend war sie seine einzige wirkliche Liebe gewesen. Ob er bereit war, die alten Wunden wieder aufzureißen?

»Richte ihm aus, ich werde alles arrangieren, Flug, Hotel und was er sonst so braucht.«

»Kein Problem, ich werde ihn noch einmal besuchen und dich entschuldigen. Und deine Bitte, zu der Beerdigung nach Hamburg zu kommen, richte ich ihm natürlich auch aus. Ruf mich an, wenn du wieder zu Hause bist, dann sprechen wir alles Weitere ab.«

Beat druckste etwas verlegen herum, gab sich dann aber einen Ruck. »Ich könnte ihn ja mit Noah begleiten und ein oder zwei Tage Hamburg einstreuen. Wie fändest du das?«

19

Wolf von Behringer war bereits im Büro, als Katharina ihn um acht Uhr früh von einer Raststätte kurz hinter Karlsruhe anrief. Sie bat ihn, für morgen Mittag einen Besprechungstermin im Büro zu organisieren.

»Bitte informiere Lasse, Sophia und auch unseren Senior. Vielleicht so gegen elf Uhr. Ich brauche euch wirklich alle, denn so wie es aussieht, stellt dieser Fall alle meine bisherigen in den Schatten. Alleine schaffe ich das nicht.«

»Also ich bin das ganze Wochenende sowieso im Büro. Ich habe gerade ein neues Mandat einer Bank übernommen. Große Sache. Ist auch ordentlich Honorar drin. Aber ... wir müssen noch über etwas ganz anderes reden ...«

Er hüstelte leicht verlegen, was Katharina eigentlich gar nicht von ihm kannte.

»Kathi, mit Sophia geht das so nicht weiter. Du und ich, wir reißen uns hier den Arsch auf und die *Grande Dame* kriegt ihr Privatleben nicht in den Griff. Sie ist die ganzen letzten Tage nur sporadisch im Büro gewesen und war nicht bereit, mir ein paar Fälle abzunehmen. Lass uns Sophia kündigen. Oder zumindest ihren Gewinnanteil drastisch reduzieren. Mit Friedemann Hausner rede ich dann schon noch.«

»Mensch Wolf, für solche Diskussionen habe ich momentan nicht den Kopf. Versteh das bitte. Wir setzen uns in ein paar Tagen zusammen und ich rede vorher noch einmal mit ihr. Versprochen! Bitte rufe auch den Kommissar an, der vor ein paar Tagen bei dir war. Sag ihm, ich werde am Montag um neun Uhr bei ihm zu einer Zeugenaussage erscheinen.«

Einen Moment lang herrschte Stille.

»Hm, das mit der Polizei geht natürlich klar. Und den anderen geb ich Bescheid, dass sie morgen um achtzehn Uhr hier sein sollen. Aber das mit Sophia ist mir ernst, sonst hau ich in den Sack, Kathi. Ob sie ausgerechnet an einem Samstag kommt, wage ich übrigens zu bezweifeln …«, er stockte, »… andererseits ist sie dir und Hausner gegenüber ja immer lammfromm. Ich möchte nur wissen, was ich ihr getan habe.«

Katharina hätte auf diese Frage durchaus eine Antwort gewusst. Aber Wolf von Behringer hätte sie nicht verstanden. Er hätte nur kopfschüttelnd abgewunken, wenn sie versucht hätte, ihm klarzumachen, dass Sophia von ihm nur ein wenig mehr fachliche Anerkennung und persönliche Wertschätzung erwartete, statt ständig mit dem Vorwurf konfrontiert zu werden, sie würde ja nicht lösungsorientiert arbeiten können.

Katharina beendete das Telefonat. Sie fühlte Frust in sich aufsteigen und versuchte, den drohenden Konflikt mit ihren Partnern zu verdrängen. Ihr lag viel daran, die Kanzlei so zusammenzuhalten, wie sie war. Aber sie hatte keine Vorstellung, wie sie Wolf und Sophia dazu bewegen sollte, aufeinander zuzugehen.

Vielleicht hatte ja ihr Seniorpartner eine Idee.

Friedemann Hausner legte das Telefon auf die Station und holte sich seinen Mantel aus der Garderobe. Er würde zu einem ausgiebigen Spaziergang durch den Brook aufbrechen. Sich den frischen Nordwestwind so richtig um die Nase wehen lassen. Das konnte er nach dem arbeitsreichen Vormittag gut haben.

Der Bitte Katharinas um eine Kanzleibesprechung würde er natürlich nachkommen. Und da er seiner jungen Kollegin versprochen hatte, weiter Recherche zum Thema Vereinigungskriminalität zu betreiben, hatte er kurzerhand einen Berliner Kollegen angerufen, mit dem er früher des Öfteren zu tun gehabt hatte. Der renommierte Strafverteidiger aus Dahlem hatte in den Neunzigern neben einigen Mauerschützen auch ein paar ehemalige DDR-Größen verteidigt. Und wenn es um spezielle Wirtschaftsdelikte gegangen war, hatte er regelmäßig Friedemann Hausner hinzugezogen. Ja, sie hatten in dem fast einstündigen Gespräch die Vergangenheit noch einmal so richtig hochleben lassen.

Die Wende hatte in der Privatwirtschaft einige Branchen heiß laufen lassen wie einen verstopften Fön. Westdeutsche Gebrauchtwagenhändler hatten kurz nach der Grenzöffnung nur noch Dollarzeichen in den Augen, denn die Ossis rissen ihnen selbst ihre letzten Ladenhüter zu Höchstpreisen aus den Händen. Man hatte einfach die Schnauze voll, im Durchschnitt siebzehn Jahre auf eine zweigetaktete Rennpappe aus Zwickau warten zu müssen, wenn man nicht in der Waldsiedlung Wandlitz wohnte.

Auch Bau- und Sonderpostenmärkte schossen wie Pilze aus dem wiedervereinigten Boden und sorgten in den westdeutschen Zentralen für Überstunden beim Geldzählen. Und Architekten- und Planungsbüros konnten bei der kommunalen Neugliederung dank der Unerfahrenheit ihrer Vertragspartner aus dem Vollen schöpfen, was zur Folge hatte, dass in vielen ostdeutschen Gemeinden plötzlich ganze Jahresetats in niemals realisierbaren Luxusprojekten verdampften.

Natürlich herrschte auch in der Anwaltschaft Aufbruchsstimmung ob der neuen Wirtschaftsregionen, die nach Meinung aller hochdekorierten Ökonomen schnell wachsen und gedeihen würden.

Das war alles Augenwischerei, wie sich dann ziemlich schnell herausgestellt hatte.

Auch Friedemann Hausner hatte damals kurzzeitig überlegt, in den neuen Bundesländern eine Dependance seiner Hamburger Kanzlei zu errichten. Doch weder fand er Personal, das seinen Lebensmittelpunkt in die grauen Betonruinen verlegen wollte, noch waren die neuen Bundesbürger in der Lage, seine Hamburger Honorarsätze zu bezahlen. Und wenn ein Wessi aus dem Großraum Hamburg beim Räubern in den neuen Wirtschaftsgebieten erwischt wurde, war Hausner sowieso in den engeren Kreis der infrage kommenden Anwälte gerückt.

Der Fall Fillinger, der eigentlich gar keiner mehr war, reizte ihn ungemein.

Wenn wirklich ein Teil des bisher verschwundenen ehemaligen DDR- oder SED-Vermögens auftauchen sollte, so war dies von historischer Bedeutung. Und durch den heimtückischen Mord an demjenigen, der dieses Geheimnis eigentlich hatte lüften wollen, war eine ungeheure Brisanz in die Sache gekommen, überlegte der Anwalt. Und seine Kanzlei war in dem Fall federführend.

Mehr ging nicht.

20

»Darf ich vorstellen, Ramón Fillinger.« Katharina schob den Jungen langsam vor sich ins Besprechungszimmer.

»Hallo, Ramón«, kam es freundlich wie von einem Chor aus der Runde.

Während Friedemann Hausner seine rechte Hand hob und schüchtern zu einem Winken ansetzte, stand Sophia auf und begrüßte den jugendlichen Gast per Handschlag.

»Ich bin Sophia und habe dir was zum Lesen mitgebracht, damit dir nicht langweilig wird.« Sie drückte ihm zwei Bücher ihres Sohnes in die Hand.

Katharina hatte die Familienanwältin noch selbst angerufen und sie persönlich gebeten, unbedingt zu der Besprechung zu erscheinen.

»Ich, oder besser: Ramón braucht dich in den nächsten Tagen dringend«, hatte sie ihrer Partnerin am Telefon erklärt. Sie hatte erzählt, dass der Junge Vollwaise geworden war und Sophia über die irgendwo in Hongkong schlummernden Millionen der *Silent Trust LLC*, aber auch über die angeblichen Steuerschulden des ermordeten Vaters aufgeklärt. Sophia hatte sofort verstanden, was in den nächsten Tagen und Wochen auf Ramón zukommen würde. Ohne zu zögern, hatte sie ihr Kommen zugesagt.

Katharina zeigte Ramón ihr Büro, versorgte ihn mit Mineralwasser und überließ ihm die Wahl zwischen Lesestunde oder Computerspielen. Dann ging sie zu den anderen zurück in den Konferenzraum.

Sie berichtete, was in den letzten Tagen passiert war. Auch, wie sie Beat und Noah Ferri kennengelernt hatte. Und von Sigurd Willemsen. Wie er sich in Maria Sagowski verliebt hatte, bis hin zu ihrer Ermordung im Jahr 1991.

»Maria war bis kurz vor der Wende als Buchhalterin bei der KoKo angestellt.«

»Also quasi am Puls des Sozialismus«, warf Wolf von Behringer gehässig ein.

»Aufgrund Willemsens Erzählung und der letzten E-Mail Fillingers hatte ich eigentlich auf etwas mehr gehofft, als ich dann tatsächlich auf dem iPad gefunden habe. Aber vielleicht hat Willemsen auch einfach nur übertrieben, als er schilderte, wie ihm Maria Sagowski zwei Umschläge gegeben hat. Und zwar mit den Worten, darin befände sich ›ein Teil des Lebens von Bernhard‹ und der Inhalt sei seine ›Lebensversicherung‹. Fest steht, dass wir die beiden Sticks finden müssen, die Fillinger mir gegenüber erwähnt hat.«

»Hast du eine Ahnung, wo die sein könnten?«, fragte Hamran.

»Nein, überhaupt nicht.«

Sie reichte jedem der Anwesenden ein DIN-A4-Papier über den Tisch. »Ich habe hier einen Ausdruck einer Liste mit einer Vielzahl von Firmen, die alle zu einer *Tranvia AG*, einer Holdinggesellschaft aus Liechtenstein, gehörten. Und diese Holdinggesellschaft soll angeblich noch im Februar 1990 Teil des Staatsvermögens der DDR gewesen sein. Dann hat es nach den Unterlagen von Maria Sagowski am 1. März 1990 eine Bestandserfassung aller Staats- und Parteifirmen der KoKo gegeben. Und bei dieser Bestandserfassung ist die *Tranvia AG* plötzlich nicht mehr erwähnt worden.«

Friedemann Hausner klopfte mit dem Kugelschreiber

hörbar auf die Tischplatte und beugte sich vor. »Dazu kann ich etwas beitragen. Im damaligen Gerangel um die deutsche Wiedervereinigung gab es aus wirtschaftlicher Sicht zwei zentrale Fragen: Was gehörte zum Verwaltungsvermögen der KoKo und wem steht dieser Kuchen am Ende zu? Dem Staat oder der Partei? Und mit der Wiedervereinigung der Nachfolgepartei, also der PDS, oder ist das vorhandene Vermögen mit dem Einigungsvertrag in das Vermögen der Bunderepublik Deutschland übergegangen? Immerhin ging es um einige Milliarden Deutsche Mark.«

Er schaute in die Runde, ob ihm etwa jemand widersprechen wollte.

»Der Devisenbeschaffer von Honecker, Dr. Alexander Schalck-Golodkowski, der sich gleich nach dem Mauerfall in den Westen abgesetzt hat, ist zu dem Thema natürlich so richtig in die Mangel genommen worden. Hat aber bei seiner Vernehmung durch die Berliner Staatsanwaltschaft nur rumgeeiert, wie ich von einem Kollegen gehört habe. Aus dem war nichts Konkretes rauszubekommen.« Hausner lehnte sich zurück und verschränkte die Arme hinter dem Kopf. »Anfang 1990 hat sich Hans Modrow, der letzte Ministerpräsident des Arbeiter- und Bauernstaates, dann mit der PDS einfach darauf geeinigt, dass die Firmenbeteiligungen der KoKo Staatsvermögen der DDR gewesen sind. Das hat damals viel Dampf aus dem Kessel gelassen.«

»Kommen wir zurück auf unseren Fall jetzt. In den Unterlagen auf dem iPad habe ich auch eine persönliche Erklärung Maria Sagowskis gefunden«, ergriff Katharina wieder das Wort. »Darin beschuldigt sie einen Oberst Julius Erken von der Stasi, sich alle Aktien dieser *Tranvia AG* unter den Nagel gerissen zu haben. Er hat die Inhaberaktien einfach aus dem Tresor der Stasi-Zentrale geklaut. Wer die in den Händen hält, ist auch gleich mittelbarer Inhaber aller Tochtergesellschaften.«

Katharina wandte sich an Hamran. »Lasse, kannst du nicht in Erfahrung bringen, was mit den Tochterfirmen dieser *Tranvia AG*, die hier auf der Liste stehen, geschehen ist? Gibt es die noch? Und wem gehören sie?«

Lasse Hamran fuhr langsam mit dem Finger über das Papier. »Zwölf Firmen. Mal sehen, was sich da machen lässt. Hoffentlich sind das nicht alles Briefkastengesellschaften«, bemerkte er trocken.

Plötzlich begann Hausner, laut zu glucksen. »Apropos! Ratet mal, worüber Schalck-Golodkowski seine Doktorarbeit geschrieben hat? Ihr werdet es nicht glauben … Über Devisenbeschaffung durch Briefkastengesellschaften.«

Alle stimmten in sein Gelächter ein.

Katharina war die Erste, die wieder ernst wurde. »Aber gar nicht lustig ist, dass Fillinger massiv bedroht wurde. Mit einem Brief aus Zeitungsschnipseln. Wie in einem alten Fernsehkrimi. Wenn er preisgeben würde, was in der KoKo-Zentrale passiert ist, müssten er und Ramón um ihr Leben fürchten. Von wann diese Drohung stammt, lässt sich leider nicht sagen.«

Hamran lehnte sich zurück und hob fragend die Hände. »Na, aber das Mordmotiv bei Fillinger dürfte dann ja wohl klar sein. Die Polizei wird sich freuen.«

»Haben Sie eine Ahnung, Frau Tenzer, wo genau sich die Originale der Unterlagen befinden? Wenn ich Sie richtig verstanden habe, liegen die bei einem Hamburger Notar?«, fragte Hausner.

»Ja. Laut Willemsens Erzählung soll der Name des Notars

in einem der Schreiben gestanden haben, die er für Fillinger aufbewahrt hat.«

Wolf von Behringer erhob sich und ging in Richtung Tür. »Am Montag werde ich über einen Freund, der im Vorstand der Notarkammer ist, veranlassen, dass die per Rundmail einen Aufruf an alle Hamburger Notare absetzen. Wenn der Kollege noch lebt, werden wir ihn finden. Es tut mir leid, Kathi, aber ich muss zurück an meinen Schreibtisch.«

Er nickte in die Runde und verließ den Konferenzraum.

»Okay, machen wir Schluss.« Katharina wandte sich an ihre Kollegin: »Sophia, es wäre schön, wenn du dich in der kommenden Woche um die rechtliche Betreuung von Ramón kümmern könntest.«

Nachdem sie allen für ihr Kommen gedankt und sich verabschiedet hatte, ging sie zurück in ihr Büro. »So, jetzt gehöre ich ganz dir. Was hältst du von Kino? Schnapp dir deine Jacke.«

Sie liefen über den Jungfernstieg und bogen in die Colonnaden ein, die elegante Fußgängerzone gleich hinter der Hamburgischen Staatsoper. Nach etwa fünfzehn Minuten standen sie vor den großen Filmplakaten direkt gegenüber dem Dammtorbahnhof.

»Boaaah, krasses Kino. Gibt's bei uns nicht in der Größe«, staunte Ramón.

Die Schlange am Kassenschalter war überschaubar und nach fünfzehn Minuten saßen sie mit Popcorn bewaffnet auf ihren Plätzen.

Während R2D2 die Rebellen vor dem Untergang bewahrte, kreisten Katharinas Gedanken wieder um Bernhard Fillinger. Erneut stellte sie sich die Frage: Warum hatte er eigentlich ausgerechnet sie als seine Anwältin ausgesucht?

21

Die Telefonistin des Bestattungsunternehmens hatte selbst am frühen Sonntagmorgen den üblichen, pietätvollen Tonfall. Katharina hatte kurz überlegt, ob sie heute und dann noch so früh überhaupt anrufen sollte, hatte sich dann aber an den Vierundzwanzig-Stunden-Service erinnert, mit dem die Firma auf ihrer Website warb.

Sie erläuterte der Dame am Telefon die ungewöhnlichen Umstände und vereinbarte für die kommende Woche einen Besprechungstermin. Nach dem Gespräch drückte sie mit einem mulmigen Gefühl die rote Telefontaste. Zum ersten Mal in ihrem Leben hatte sie bei einem Bestattungsunternehmen angerufen, um selbst eine Beerdigung in Auftrag zu geben.

Aber irgendwer musste sich schließlich um einen würdigen Abschied für Bernhard Fillinger kümmern. Auch wenn dieser wahrscheinlich zu Lebzeiten kein Unschuldslamm gewesen war. Und wer außer ihr kam dafür sonst infrage?

Wolf hatte ihr gestern Abend noch per SMS bestätigt, dass der Termin morgen früh bei der Polizei vereinbart war. Sie durfte nicht vergessen zu klären, wann die sterblichen Überreste ihres Mandanten aus der Rechtsmedizin abgeholt werden konnten.

Sie schaute auf die Uhr. Es war kurz nach acht. Eigentlich würde sie jetzt gerne eine Runde joggen.

Lockere sieben Kilometer um die Außenalster. Fünfundvierzig Minuten, dann wäre sie wieder da. Das Wetter war trocken und die Bewegung würde ihr guttun. Konnte sie einen zehnjährigen Jungen für eine Dreiviertelstunde allein lassen?

Sie schlich auf Socken durch den Flur und horchte an der Schlafzimmertür. Alles still. Dann öffnete sie die Tür einen Spaltbreit. Der gleichmäßige Atem wirkte beruhigend auf sie. Ramón schlief noch immer tief und fest.

Katharina hatte ihm ihr Bett abgetreten und war auf die Couch ins Wohnzimmer umgezogen. Nur gestern Abend war alles anders gewesen. Sie waren erst ziemlich spät vom Kino zurück nach Hause gekommen und der Junge hatte sich plötzlich wortlos an sie geklammert und einfach nicht wieder losgelassen. Er wollte partout nicht allein im Schlafzimmer bleiben, sondern Katharina sollte sich neben ihn legen.

Als er mit seiner Schildkröte im Arm endlich eingeschlafen war, hatte sie sich vorsichtig aus dem Bett geschält. Anschließend hatte sie nur mühsam in den Schlaf gefunden und war früh aufgestanden.

Sie zog die Tür leise zu und schlüpfte in ihr Sportzeug. Dann schrieb sie eine kurze Nachricht auf einen großen Papierbogen und klebte diesen unübersehbar mitten auf den leeren Küchentisch. Sie steckte ihr Handy ein und verließ die Wohnung.

Die frische Morgenluft war samtig und mild. Schnell hatte sie ihren Laufrhythmus gefunden. Ihre übliche Strecke führte sie über den Harvestehuder Weg und die Krugkoppelbrücke an *Bobby Reich* vorbei auf die gegenüberliegende Seite des berühmten Binnengewässers.

Nach weniger als einer Dreiviertelstunde blieb sie ausgepumpt vor ihrem Hauseingang stehen.

Als sie die Wohnung betrat, sah sie, dass die Schlafzimmertür offen stand. Ramón saß im Wohnzimmer und verschlang eine riesige Portion Müsli. Im Fernsehen kämpften die grünen Frösche gegen die gelben Tigerenten im Finale, wobei Ramóns Sympathien eindeutig bei den Tigerenten lagen.

Warum hatte sie sich eigentlich so viele Gedanken gemacht?

Sie sprang unter die Dusche und setzte sich dann mit ihrem Frühstücksteller zu Ramón.

»Wollen wir gleich einmal bei Noah und Beat anrufen? Und fragen, wie es den beiden geht?«

»Supi. Und wann fahren wir wieder hin? Das war cool da«, war die prompte Antwort.

Katharina drehte den Ton des Fernsehers leiser und griff zu ihrem Handy.

»Hast du mit Beat Sex gehabt?«

Ihr blieb fast das Brötchen im Halse stecken. »Was ist denn das für eine Frage, Ramón? Erstens geht dich das gar nichts an … und zweitens … natürlich nicht.«

Kurz überlegte sie, ob sie Ramón fragen sollte, was er sich denn unter Sex vorstellte. Aber sie ließ es bleiben. Nach einem Frage-und-Antwort-Spiel über das Thema Sexualkunde stand ihr nicht der Sinn.

Sie wählte Beats Nummer und bereits nach dem ersten Rufzeichen vernahm sie seine wohlklingende Stimme.

»Hallo, Beat. Guten Morgen. Hier ist Katharina aus Hamburg«, begrüßte sie ihn fröhlich.

Pause.

»Ich hatte eigentlich früher mit deinem Anruf gerechnet …« Seine Stimme klang etwas niedergeschlagen.

»Beat, bitte. Es ging nicht eher. Wirklich.«

»Wenn ich deine Nummer gehabt hätte, hätte ich mich bei dir gemeldet. Deine Kanzleinummer habe ich mir von eurer Website besorgt, aber am Wochenende ist da ja sicherlich niemand. Ist übrigens ein hübsches Foto von dir auf eurer Seite …« Seine Stimme klang schon freundlicher.

»Findest du? Na, ich weiß nicht. Mir ist das zu spießig. Aber alle anderen fanden es schick.«

»Ich habe mit Sigurd Willemsen gesprochen, wie du mich gebeten hast. Er wird an der Beerdigung deines Mandanten in Hamburg teilnehmen … und er ist dir nicht böse, dass du Freitag so Hals über Kopf abgereist bist.«

»Das ist wirklich schön, dass er kommt. Ich hätte es nicht gedacht. In der nächsten Woche werde ich alles arrangieren und auch Zimmer …« Sie erinnerte sich an die fast euphorischen Worte Beats am Donnerstagabend. »Wolltet ihr beide nicht mitkommen?«

»Ich hatte nicht den Eindruck, dass du über meine Idee so richtig erfreut warst … Noah und ich würden euch wirklich gern wiedersehen. Und Hamburg kennen wir noch nicht. Aber du brauchst nichts zu organisieren. Unser Programm machen wir uns selbst.«

»Du hast mich völlig falsch verstanden. Natürlich würde auch ich mich freuen, euch zu treffen. Ramón brauche ich gar nicht danach zu fragen.«

Der Junge verfolgte ihr Gespräch gespannt.

Katharina forderte Beat auf, doch jetzt einmal seinen Sohn an das Telefon zu holen. »Der kleine Mann hier gegenüber auf dem Sofa ist schon ganz ungeduldig. Ist Noah denn schon wach?«

Nach einem kurzen Moment krächzte es in blitzsauberem Schwyzerdütsch aus dem Mikro: »Hierrr ischt Noah Ferri.«

Katharina reichte ihr Handy weiter.

»Hi, Noah. Warte mal kurz.« Ramón stand auf und lief in das Schlafzimmer.

»Aber nicht so lange, das wird mir sonst zu teuer«, rief sie ihm hinterher. Gleich am Montag würde sie ihm eine Prepaidkarte kaufen. Irgendwo hatte sie noch ein altes Handy herumliegen, das würde sie ihm überlassen.

Für den Nachmittag hatte Katharina Ramón und sich bei Friedemann Hausner zum Kaffee eingeladen. Sie wollte mit dem Senior über Sophia und Wolf sprechen und darüber, was sie tun konnte, um zu vermeiden, dass die Kanzlei auseinanderfiel.

Sie hatte Hausner natürlich vorgewarnt, dass sie ihren momentanen ständigen Begleiter mitbringen würde. Hausner hatte überhaupt keine Einwände gehabt.

»Solange er mir nicht das Haus auf den Kopf stellt oder Frau Patzke vergrault, habe ich nichts dagegen. Beschäftigen werden wir ihn schon«, hatte er am Telefon lachend erwidert.

Hausner besaß zwar keine eigenen Kinder, hatte aber schon oft im Büro den Beweis angetreten, dass er mit quengelndem Nachwuchs von Mandanten geduldig und einfühlsam umzugehen wusste.

Katharina lenkte ihren Wagen die Auffahrt hoch. Lasse Hamran war dabei, den Gartenweg, der hinter das Haus führte, mit neuem Granitpflaster zu bestücken.

Als er Katharina sah, legte er die Handschuhe ab und kam ihr entgegen. »Hallo, ihr zwei. Der Kuchen von Frau Patzke wartet schon«, sagte er und hielt Ramón die Tür auf.

Der Hausherr kam seinem Besuch freudig und mit ausgebreiteten Armen entgegen. Er reichte Ramón die Hand.

»Wir haben uns ja gestern schon kennengelernt. Du nennst mich einfach Friedemann. Das ist zwar ein komischer Vorname, aber ich habe keinen anderen.«

Alle lachten.

»Und das da ist Lasse, den hast du gestern auch schon getroffen. Der hilft mir hier im Haus und arbeitet auch für uns im Büro.«

In dem Moment erschien Frau Patzke in der Haustür und winkte ihnen zu.

Hausner beugte sich flink runter und flüsterte Ramón ins Ohr: »Und das ist Frau Patzke. Ich glaube, die hat gar keinen Vornamen.«

Ramón schaute ungläubig zu Katharina hinauf. Die zuckte lächelnd mit den Schultern.

Es gab Kaffee, Kakao und selbst gepressten Fruchtsaft. Der Apfelkuchen von Frau Patzke war eine Wucht. Ramón hatte zwei Stücke verdrückt und stand jetzt vor dem großen Wohnzimmerfenster und schaute in den weitläufigen Garten.

Hausner erhob sich und ging zu dem Jungen.

»Siehst du da hinten den Teich mit dem kleinen Ruderboot darauf? Da sind viele große Goldfische drin, die gleich gefüttert werden müssen. Du kannst Lasse dabei helfen, wenn du möchtest.«

Ramón drehte sich zu dem massigen Anwalt um und nickte.

»Katharina und ich müssen kurz etwas Berufliches besprechen. Das dauert gar nicht lange. Und wenn ihr mit dem Füttern der Fische und wir mit dem Quatschen fertig sind, dann machen wir alle zusammen etwas ganz Tolles!« Hausner hob seinen rechten Zeigefinger und spitzte den Mund. »Ich habe im Keller einen eigenen Schießstand. Hast du schon mal mit einer echten Luftpistole geschossen?«

Ramón schüttelte ehrfürchtig den Kopf.

»Erst üben wir eine Runde und dann machen wir vier ein Turnier. Na, wär das was?«

Ramón und Lasse verschwanden zum Fischefüttern in den Garten und der Nachmittag nahm seinen geplanten Verlauf. Hausner versprach Katharina, sich in der nächsten Woche mit den beiden Partnern zusammenzusetzen. Er habe da schon eine Idee, aber mit etwas Konkretem wollte er noch nicht herausrücken.

Beim anschließenden Schießen bewies Ramón durchaus Geschick. Er schien eine ruhige Hand zu haben. Und in Lasse Hamran hatte er einen fachkundigen Lehrmeister. Als der Junge erfuhr, dass dieser früher sogar einmal Polizist gewesen war, büßten Katharina und Friedemann Hausner schlagartig an Renommee ein.

Gegen neunzehn Uhr erreichten sie dann wieder die heimische Tiefgarage. Als sie im Treppenhaus auf den Aufzug warteten, fiel Katharinas Blick auf ihren Briefkasten. Die Ecke eines Kuverts ragte aus dem Schlitz.

Wer warf ihr denn sonntags etwas in den Briefkasten?

Sie zog den Umschlag heraus und öffnete ihn. Auf einem weißen Blatt Papier waren ausgeschnittene Zeitungsbuchstaben aufgeklebt.

Wenn morgen bei der Polizei die ehemalige KoKo zur Sprache kommt, seid ihr beide dran.

Katharina lief ein eiskalter Schauer über den Rücken. Unvermittelt schaute sie auf den Jungen. Der stand schon im Aufzug und drückte unentwegt die Tür-auf-Taste.

Erst vorgestern hatte Wolf von Behringer den Termin für sie bei der Polizei vereinbart.

Woher wusste der Absender dieses Drohbriefes, dass sie morgen eine Aussage machen sollte?

22

Pünktlich um neun Uhr stand Katharina am Empfang im Polizeipräsidium in Alsterdorf. Sie hatte am Vorabend Wolf gleich angerufen, aber er hatte ihr hoch und heilig versichert, außer mit Kommissar Jansen von der Mordkommission mit niemandem über ihre bevorstehende Vernehmung gesprochen zu haben.

Irgendwo hier in den Reihen musste ein verdammter Verräter sitzen. Eine andere Möglichkeit gab es nicht.

Nach nur wenigen Minuten Wartezeit kam Hauptkommissar Jansen um die Ecke und holte sie ab. Seine Begrüßung fiel höflich und sehr zurückhaltend aus, wie sie fand. Immerhin kannten sie sich ja schon von dem Fall vor fünf Jahren. Vielleicht war er aber nur sauer, dass das Verbrechen an Fillinger schon eine Woche alt war und sie ihm erst jetzt für eine Zeugenaussage zur Verfügung stand.

Der Lift brachte sie in den achten Stock, wo Jansen die Anwältin in einen Besprechungsraum führte, in dem bereits mehrere Personen bei Mineralwasser und Kaffee saßen. Anscheinend hatten die Verantwortlichen eine längere Sitzung eingeplant.

Katharina musterte die Anwesenden. Hatte einer dieser Leute die vertraulichen Informationen nach außen getragen?

Die einzige Personen, die sie außer Jansen und Steenken kannte, war Oberstaatsanwalt Mankowsky. Dem traute sie so etwas am allerwenigsten zu. Für ihn hätte sie fast ihre Hand ins Feuer gelegt.

Alle erhoben sich und Mankowsky übernahm die Moderation. Er stellte ihr zunächst eine Staatsanwältin mit dem Namen Dr. Stange vor. Eine dürre, ellenlange Person undefinierbaren Alters. Jansens direkte Vorgesetzte aus der Abteilung Kapitalverbrechen.

Außerdem waren noch ein Kollege aus der Mordkommission mit Namen Jondracek und eine Beamtin von der Steuerfahndung anwesend. Letztere hörte auf den Namen Binse, der allerdings überhaupt nicht zu ihrem Äußeren passte. Das überladene Helix-Piercing und die vielen Tattoos erinnerten Katharina eher an die Gestalten, die montags ab mittags immer im *Drob Inn* in der Nähe des Hauptbahnhofes abhingen.

Nachdem die üblichen Höflichkeiten ausgetauscht waren und Katharina eine Tasse Kaffee vor sich stehen hatte, ergriff Jansen das Wort. »Frau Tenzer, Sie sollen hier und heute als Zeugin in dem Mordfall Bernhard Fillinger vernommen werden. Sie sind zwar Rechtsanwältin, aber trotzdem muss ich Sie formal an Ihre Wahrheitspflicht erinnern. Sind Sie mit einer Tonaufzeichnung einverstanden?«

Katharina nickte. Jansen startete die Aufnahme und das rote Lämpchen unter dem Mikrofon erwachte zum Leben.

Die Anwältin beugte sich leicht in Richtung Mikro. »Wie Sie wissen, Herr Jansen, war Bernhard Fillinger mein Mandant und meine berufliche Verschwiegenheitsverpflichtung besteht natürlich auch nach seinem Tod und der Beendigung des Mandats grundsätzlich fort. Es stellt sich daher zunächst die Frage, ob und wozu ich überhaupt eine Aussage machen werde.«

Jansen holte tief Luft. »Ich verstehe, aber das betrifft ja nur Dinge, die Sie im Rahmen Ihres Mandatsverhältnisses erfahren haben.«

Er sah zu seiner Chefin, die unmerklich nickte. »Vielleicht fangen wir einfach mal mit den Abendstunden des letzten Montags auf dem Flughafen Hamburg an. Mit dem kaltblütigen Mord an Bernhard Fillinger. Ich glaube, wir sind uns einig, dass diese Vorgänge nicht unter Ihre anwaltliche Verschwiegenheit fallen und Sie insoweit auch zu Angaben verpflichtet sind. Bitte schildern Sie uns im Einzelnen, was sich dort ab zwanzig Uhr dreißig abgespielt hat.«

Katharina berichtete das Wenige, was sie aus ihrem Wagen heraus beobachtet hatte, und beschrieb die schwarze Limousine mit dem HH-Kennzeichen.

»Es gibt Zeugenaussagen, wonach Sie mit dem Sterbenden noch kurz vor seinem Tod geredet haben sollen. Ist das zutreffend?«

»Darüber kann ich Ihnen leider keine Angaben machen.«

Jansen schüttelte ärgerlich den Kopf. »Wir haben festgestellt, dass Herr Fillinger mit seinem zehnjährigen Sohn Ramón nach Deutschland eingereist ist. Wo befindet sich das Kind zurzeit?« Sein Tonfall war merklich rauer geworden.

»Ja, das ist zutreffend. Dass Herr Fillinger seinen Sohn mitbringen wollte, habe ich nicht gewusst.«

Sie schilderte, wie ihr der Junge in der Ankunftshalle entgegengekommen war und mit ihr das Auto aus der Garage geholt hatte.

»Ramón hat dann im Auto miterleben müssen, wie sein Vater förmlich hingerichtet wurde. Ich wollte ihn möglichst schnell weg von diesem Ort in eine andere Umgebung bringen. Ich wusste, dass die Polizei bereits informiert war, und eine Ärztin kümmerte sich um Herrn Fillinger.«

»Wo ist der Junge jetzt?«

»Meine Partnerin, Frau Dr. Dressler, ist mit ihm gerade beim Jugendamt. Wie Sie sich vorstellen können, sind da einige Formalitäten zu klären. Vormundschaft, Erbfragen et cetera, et cetera. Ich gehe davon aus, dass Ramón zunächst weiter bei mir wohnen kann. Er hat keine lebenden Verwandten. Mit dem Tod seines Vaters ist er Vollwaise geworden.«

»Da Sie nicht so kooperieren, wie wir uns das vorstellen, Frau Tenzer, werden Sie nachvollziehen können, dass wir das Kind ebenfalls befragen müssen.« Jansens Stimme verriet Unsicherheit.

»Ich wäre Ihnen im Interesse des Jungen dankbar, wenn Sie von diesem Gedanken erst einmal Abstand nehmen könnten. Ramón kann Ihnen noch weniger als ich erzählen. Er ist schließlich im Auto sitzen geblieben, während ich zu seinem Vater gerannt bin«, sagte die Anwältin ziemlich bestimmt.

Jansen überlegte einen Moment. »Na gut. Stellen wir diesen Punkt einstweilen zurück. Wo waren Sie denn mit dem Jungen in der letzten Woche? Wir haben vergeblich versucht, Kontakt zu Ihnen aufzunehmen.«

»Ich war im Rahmen des Mandatsverhältnisses mit Herrn Fillinger in der Schweiz bei einem Freund von ihm.«

»Wie ist der Name dieses Freundes und wo wohnt er?«

»Tut mir leid, das kann ich Ihnen nicht sagen.«

»Frau Tenzer, es geht hier um Mord. Sie müssten doch eigentlich auch ein Interesse daran haben, dass diese Tat aufgeklärt wird?«

»Natürlich habe ich das. Schon aus Fürsorge dem Jungen gegenüber. Aber ich kann unmöglich alles, was ich von oder über meinen Mandanten erfahren habe, einfach preisgeben. Jedenfalls nicht jetzt.«

»Warum haben Sie denn den Jungen überhaupt mitgenommen?«

»Ohne ihn hätte ich den Freund seines Vaters nicht gefunden. Außerdem habe ich gehofft, dass sich dieser Freund dann auch um den Jungen kümmern würde. Aber da habe ich mich getäuscht.«

Jetzt ergriff Mankowsky das Wort. »Also schön, Frau Tenzer, kommen wir zu dem angeblich verschwundenen DDR-Vermögen, über das mir Ihr Mandant Informationen verkaufen wollte. Wie steht es damit? Wissen Sie da mehr? Es drängt sich doch geradezu auf, dass der Mord an Ihrem Mandanten mit diesen Informationen zusammenhängt. Oder kennen Sie ein anderes mögliches Motiv?«

Katharina überlegte einen kurzen Moment. »Ich kann Ihnen zu diesem Thema keine Angaben machen … Es tut mir wirklich leid.«

Hoffentlich mache ich nicht gerade einen riesengroßen Fehler, der Ramón und mich am Ende den Kopf kostet, dachte sie.

»Sie wollen uns nicht helfen, Frau Tenzer, das liegt auf der Hand. Ich frage mich nur, warum?« Mankowsky hatte sich weit über den Tisch gebeugt und seine Gesichtsfarbe hatte eine gefährliche Röte angenommen. Der runde Kopf erinnerte stark an einen Kürbis zu Halloween.

Irgendetwas musste sie ihnen geben. Sie blickte Jansen an und ihre Stimme nahm einen leicht flehenden Tonfall an. »Herr Jansen, hören Sie gut zu, was ich Ihnen jetzt sage.

Rollen Sie einen ungeklärten Mordfall von September 1991 hier in Hamburg noch einmal auf ... Bitte! Das Opfer von damals wohnte in Rahlstedt und hieß Maria Sagowski ... Sie stammte aus der ehemaligen DDR. Und sie war die leibliche Mutter von Bernhard Fillinger.«

23

»Möchtest du zuerst die gute oder die schlechte Nachricht hören?«, fragte Sophia und ließ sich in einen der beiden Besuchersessel vor Katharinas Schreibtisch fallen.

»Die gute. Den Rest behalte lieber für dich. Schlechte Nachrichten habe ich in den letzten Tagen genug gehört«, antwortete Katharina leicht genervt.

»Na, dein Termin bei der Polizei scheint ja nicht besonders gut gelaufen zu sein.«

»Entschuldige. Nein, die Vernehmung war schon okay. Halt den Umständen entsprechend.«

»Welchen Umständen denn?«

Gleich ist sie stinksauer auf mich, weil ich sie nicht direkt gestern Abend noch angerufen und ihr von dem Drohbrief erzählt habe, dachte Katharina.

»Ich habe gestern, als wir nach Hause gekommen sind, das hier in meinem Briefkasten gefunden.« Sie zog die Schublade auf und schob ihrer Partnerin den Brief über den Schreibtisch.

Sophia las die wenigen Worte und schnellte aus dem Sessel. »Wieso hast du mir nicht schon gestern Abend davon erzählt? Das hätte ich doch wissen müssen, wenn ich beim

Jugendamt aufschlage. Ich hoffe, du hast wenigstens Polizeischutz für dich und den Jungen beantragt?«

Sie hatte es gewusst. Jetzt hatte sie ein weiteres Problem. Es waren ja noch nicht genug.

»Langsam. Ich habe der Polizei nichts von der Bedrohung erzählt. Noch nicht. Und soll ich dir sagen, warum?«

»Ja, ich bitte darum.«

»Halt erst mal die Luft an. Am Freitagvormittag hat Wolf für mich bei diesem Kommissar Jansen vom LKA einen Vernehmungstermin für heute Morgen um neun Uhr vereinbart. Und Wolf hat mir hoch und heilig versichert, mit niemandem als mit Jansen selbst darüber gesprochen zu haben. Es gibt keinen Grund, warum ich ihm das nicht glauben sollte. Und am Sonntagabend finde ich diesen Brief in meinem Kasten. Verstehst du jetzt?«

»Du meinst, dass bei der Polizei …?«

»Siehst du eine andere Möglichkeit?«

Sophia schüttelte mit zusammengekniffenen Lippen den Kopf.

»Nun erzähl aber endlich, wie es auf dem Jugendamt war«, wechselte Katharina das Thema.

»Okay. Seit heute ist Ramón offiziell mein neues Mündel. Die Bestellung ist zwar erst vorläufig, aber ich beziehungsweise Ramón ist juristisch jetzt erst einmal handlungsfähig … Aber sie suchen sofort eine Pflegefamilie für ihn.«

»Scheiße … Weiß er das?«

»Nein, die Mitarbeiterin hat mich hinterher angerufen. Wahrscheinlich wird es etwas dauern, bis sie die richtige Familie gefunden haben. Bis dahin kann er erst einmal bei dir bleiben. Ich habe der Mitarbeiterin verkauft, dass du überhaupt die Einzige bist, zu der er hier in Hamburg Kontakt hat und er sich bei dir sehr wohlfühlt und dir vertraut.« Sophia holte tief Luft. »Du sollst dich aber trotzdem kurzfristig mit ihr in Verbindung setzen, denn sie möchte euch beide bei dir zu Hause besuchen.« Sie schob Katharina die Visitenkarte über den Tisch. »Und in zwei Wochen beginnt für ihn der Ernst des Lebens. Er muss in die Schule.«

»Das war natürlich nicht anders zu erwarten«, sagte Katharina und ergriff das Kärtchen mit dem rot-weißen Wappen der Hansestadt.

»Ramón ist im Moment bei mir zu Hause, zusammen mit meinem Großen und unserer Haushaltshilfe. Aber ich muss mich sputen, die muss gleich los. Könntest du ihn spätestens so in einer Stunde abholen, dann hat René Klavierunterricht?«

Sophia schaute auf ihre Armbanduhr und eilte, ohne auf eine Antwort zu warten, aus dem Zimmer.

Katharina blickte ihrer Partnerin nachdenklich hinterher. Waren die Schulden, die Bernhard Fillinger hinterlassen hatte, größer als das Vermögen? Womöglich blieb am Ende nur eine Erbausschlagung oder eine Nachlassinsolvenz? Diese rechtlichen Schritte mussten Sophia und das Jugendamt entscheiden. Doch nur Katharina kannte die Hintergründe dieses verwirrenden Falles und musste die Fakten liefern. Sie würde den Jungen mit diesen Problemen, von denen er gar nicht ahnte, dass er sie hatte, nicht allein lassen.

Nur – wie sollte sie ihm erklären, dass er demnächst in eine Pflegefamilie käme?

Sie nahm das Telefon und wählte die Nummer von Beat Ferri. Nach dem zweiten Rufton war er am Apparat. Er schien wesentlich besser drauf zu sein als gestern.

»Sie konnten mir heute Morgen bei der Polizei noch nicht sagen, wann die Rechtsmedizin mit der Obduktion fertig ist.

Das erfahre ich erst Mitte der Woche«, antwortete sie auf seine prompte Frage, ob es schon einen Beerdigungstermin gäbe.

Sie hatte den Kommissar beim Verlassen des Gebäudes nach der Freigabe des Leichnams von Fillinger gefragt, aber nur eine schwammige Antwort erhalten. Mit Sicherheit eine Retourkutsche auf ihre wenig hilfreiche Aussage zuvor.

»Würdest du mir noch einen Gefallen tun? Aber nur, wenn du keinen Ärger bekommst.«

»Schieß los«, war seine trockene Aufforderung.

»Ich gebe dir jetzt eine Kontoverbindung von der *HBG-Bank*, bei euch in Zürich. Kontoinhaber ist eine *Beluga-Stiftung*. Auf dieses Konto sind 2014 von einer *Fa. Silent Trust LLC* sechs Millionen Euro geflossen. Kannst du rauskriegen, wer hinter dieser wohlklingenden Stiftung steckt? Im Internet finde ich nix.«

»*Beluga-Stiftung?* Da war doch vor Jahren irgendetwas ...?«, überlegte Ferri laut. »Na klar, ich hör mich mal um.«

Sie quatschten noch einen Moment, dann klingelte plötzlich ihr Handy. »Beat, ich muss Schluss machen, wir telefonieren.«

Ein Mandant wollte einen Besprechungstermin vereinbaren. Katharina vertröstete ihn. Seine Sache war alles andere, nur nicht eilig. Sie ging ins Sekretariat und besprach mit Gudrun Peters die Terminverlegungen und Fristverlängerungen für die nächste Woche. Dann machte sie sich auf den Weg in das vornehme Pöseldorf, wo Sophia und ihr golfspielender Pilot eine zweihundertfünfzig Quadratmeter große Wohnung ihr Eigen nannten.

Auf dem Weg dorthin ließ sie ihren Gedanken freien Lauf. Der oder die Mörder Fillingers dürften kurzfristig über ihren Maulwurf bei der Polizei erfahren, dass sie nichts über die KoKo erzählt hatte. Mit der Unterschlagung der *Tranvia*-Aktien lag das Mordmotiv klar auf der Hand und die Täter mussten unbedingt gefasst werden. Aber wem bei der Staatsanwaltschaft oder der Polizei konnte sie sich anvertrauen?

24

Jansen hatte schlechte Laune. Am Vorabend hatten Anna und er eine lautstarke Auseinandersetzung gehabt, die er heute Morgen prompt bereute. Er war wieder einmal ausgerastet. Ausgerechnet seiner Anna gegenüber. Was war er doch für ein Idiot!

Es war um einen endlos dauernden Strafprozess gegangen, für den Anna Crushova zurzeit zweimal in der Woche als Dolmetscherin zum Gericht fahren musste. Ein Weißrusse war angeklagt, eine Prostituierte, die für ihn anschaffen ging, halb tot geprügelt zu haben. Der Aussage des Opfers standen die Aussagen mehrerer Freunde des Angeklagten gegenüber, mit denen er zur Tatzeit in verschiedenen Bars am Hamburger Berg gefeiert haben wollte. Nach Annas Auffassung waren die Fragen des Vorsitzenden Richters ausschließlich danach ausgerichtet, das ihm genehme Ergebnis zu liefern.

»Der war so voreingenommen, das war schon krass«, hatte Anna sich echauffiert, während sie von einem gemeinsamen Essen mit Freunden zur U-Bahn zurückliefen.

Jansen, der einige Bierchen und ein paar Kurze gezischt hatte, war sogleich auf sein Lieblingsthema angesprungen. »Mit diesen Typen musst du so umgehen. Die lügen dir doch das Blaue vom Himmel in die Tasche. Ihr Gutmenschen höhlt mit euren Vorstellungen von einem Rechtsstaat unser Justizsystem völlig aus. Die Gerichte sind schon gar nicht mehr handlungsfähig.«

Ein unpassendes Wort gab das andere, bis Anna das Thema fallen ließ. »Dein Job hat dich ganz schön fertiggemacht. Wird Zeit, dass du in Rente gehst«, hatte sie kopfschüttelnd gesagt.

Den Rest der Fahrt hatten sie sich angeschwiegen.

Jetzt stand er am Eilbekkanal und schaute ehrfurchtsvoll auf das grün gestrichene, schmucke Hausboot, in dem Hauptkommissar a. D. Frenzel seinen Ruhestand verlebte.

Keine schlechte Idee, so ein idyllischer Rückzugsort. Zweieinhalb Jahre noch, dann muss ich mir auch irgendetwas überlegen, dachte Jansen mit einem Anflug von Neid.

Er war an diesem Dienstag gar nicht erst ins Büro gefahren, sondern hatte sich gleich auf den Weg in den Osten der Stadt aufgemacht. Dem Hinweis der Anwältin bei der Vernehmung wollte er sofort nachgehen. Der Mord im September 1991 war eines von drei unaufgeklärten Tötungsdelikten in jenem Jahr. Gute Quote, wie Jansen fand. Leitender Ermittler damals war eben jener Reinhard Frenzel gewesen, den er gestern gleich noch angerufen hatte.

»Du hast es ja nett hier, Reini«, sagte Jansen, als sie oben auf dem Dach windgeschützt unter einem Baldachin beim Kaffee saßen. Gerade zog ein Ruderboot mit vier Insassen vorbei. Die Schlagzahl ließ auf ambitionierte Sportler schließen.

»Das Boot habe ich mir von meinen Ersparnissen gekauft und in Eigenarbeit hergerichtet. Drei Jahre Arbeit. Aber ich glaube, es hat sich gelohnt. Ich führ dich nachher mal rum«, sagte der Ex-Kollege stolz.

Jansen nahm einen Schluck Kaffee. Er schmeckte wie aufgewärmtes Kanalwasser. Wahrscheinlich hatte der arme Kerl irgendein Herzleiden und durfte nur entkoffeinierten trinken.

»Aber der Job geht vor. Bevor wir eine Schlossbegehung machen, lass uns über Maria Sagowski reden«, fuhr Frenzel fort. »Als du mich gestern angerufen hast, habe ich gleich in meinen Memoiren nachgeschaut. Über alle meine ungelösten Fälle habe ich mir damals nämlich Aufzeichnungen gemacht. Man weiß ja nie.«

»Ich hoffe, das Buch ist nicht zu dick geworden«, flachste Jansen.

Der Hauptkommissar a. D. zog langsam ein kleines braunes Büchlein aus seiner Jackentasche und legte es auf den Tisch. »Nein, nein, wie du siehst. Doch der Fall Sagowski in Hamburg-Rahlstedt war damals irgendwie besonders. Äußerst brutal. Der Täter – wir sind damals von einem Mann ausgegangen – hat dem Opfer mit einer Drahtschlinge fast den Kopf vom Rumpf getrennt. Muss eine Garotte oder so was Ähnliches gewesen sein. Wurde früher in Spanien und Südamerika für Hinrichtungen verwendet«, schulmeisterte Frenzel. »Die Wohnung war total durchwühlt, was natürlich zuerst auf einen Raubmord schließen ließ. Wir haben in der ganzen Wohnung keine verwertbaren Spuren gefunden.«

»Wie ist der Täter denn reingekommen?«

»Durch die Terrassentür. Es war ein warmer Tag und das Opfer hatte die Tür auf Kipp gestellt.«

»Und draußen auf der Terrasse oder vor dem Eingang? Dort auch keine Spuren? Gar nichts?«

»Na ja, laut meinen Aufzeichnungen haben wir auf der Straße direkt neben dem Eingangstor eine filterlose Zigarettenkippe sichergestellt. Ob die vom Täter stammt, weiß der

Himmel. Das müsste aber alles noch in der Spurenmappe von damals stehen.«

»Ja, die Akte habe ich selbstverständlich angefordert«, sagte Jansen.

»Maria Sagowski hatte einen zehn oder elfjährigen Sohn, Bernhard. Der war zum Glück an dem Abend nicht zu Hause, sondern hat bei einem Freund übernachtet. Ob das Zufall war, wissen wir natürlich nicht. Der Junge ist dann kurze Zeit später in eine Pflegefamilie gekommen.«

»Ja, zu den Fillingers«, sagte Jansen.

»Siehst du, dann weißt du noch mehr als ich. Das habe ich mir gar nicht notiert.«

»Und hatte Maria Sagowski sonst keine Angehörigen? Was war denn mit dem Vater des Jungen?«

»Ja, das war auch besonders an diesem Fall. Maria Sagowski stammte aus der alten DDR und war mit einem Peter Sagowski verheiratet. Der war der Vater des Jungen.« Der Hauptkommissar a. D. nahm einen kräftigen Schluck Kanalwasser. »Wie wir dann mühsam ermittelt haben, hat sich dieser Peter Sagowski Mitte der Achtzigerjahre im Knast für politisch Verfolgte in Bautzen das Leben genommen. Warum und weshalb der einsaß, weiß ich aber auch nicht mehr.«

Jansen stand auf und lehnte sich an die weiß lackierte Reling. »Sonst habt ihr nichts rausbekommen?«

»Ach, warte mal. Da war noch so ein Schweizer Naturbursche. Angeblich Sagowskis damaliger Freund. Willinger, hieß der glaube ich, oder so ähnlich.«

Frenzel blätterte in seinem Büchlein. »Hier. Sigurd Willemsen hieß der. Der hat uns erzählt, dass Maria Sagowski vor der Wende bei der KoKo, irgend so ein Verein der Stasi, als Buchhalterin gearbeitet hat. Aber damals war es schwer, von den Kollegen aus Berlin brauchbare Informationen zu bekommen. Die hatten zwar eine Sonderkommission für Vereinigungskriminalität gegründet, waren aber heillos überlastet.«

»Und war dieser Willemsen sauber?«

»Also wir haben nichts feststellen können. Der besaß eine große Holzhandlung in der Nähe von Zürich, glaube ich, und hat die Sagowski wohl wirklich geliebt. Er war auch ganz verrückt nach dem Jungen. Hat uns dauernd mit irgendwelchen Anfragen genervt.«

»Immerhin hätte der natürlich von der Sagowski über die Schiebereien mit dem ehemaligen KoKo-Vermögen erfahren haben und schnell mal zugreifen können. Steht in deinem Buch, wo dieser Willemsen gewohnt hat und was aus ihm geworden ist?«

»Nein, keine Ahnung.«

»Diese Tätigkeit der Sagowski bei der KoKo. Habt ihr nicht feststellen können, ob sich aus dieser Ecke ein Motiv ergeben hat? Das hätte doch nahegelegen?«

»Wie gesagt, bei den Berliner Kollegen sind wir ziemlich abgeblitzt.« Reinhard Frenzel hob entschuldigend seine Hände und beugte sich dann über Jansens Tasse. »Mensch Jan, dein Kaffee wird ja ganz kalt. Soll ich dir etwas heißen nachschenken?«

»Lass mal, Reini, danke. Ich habe heute Morgen irgendetwas am Magen. Mir ist ein bisschen grummelig. Und ich muss auch langsam wieder ins Büro.«

Jansen bedankte sich bei seinem Ex-Kollegen ausgiebig und machte Anstalten zu gehen. Sein Gastgeber ließ den morgendlichen Besucher allerdings nicht so schnell von Bord. »Erst werde ich dir noch mein Bestes Stück zeigen. So viel Zeit muss sein. Sie ist zwar nicht die neue *Mein Schiff*, dafür ist sie aber mein Schiff.«

Frenzel kicherte über sein Wortspiel und stieg die kleine Wendeltreppe hinunter auf das Hauptdeck.

25

»Wie sagte schon der griechische Philosoph Epikur? Ein weiser Mann wird sich niemals um sein eigenes Begräbnis kümmern«, sagte der hagere Bestattungsunternehmer anerkennend, als Katharina seine Frage nach einem Bestattungsvorsorgevertrag verneinte. Obwohl ja nicht ausgeschlossen war, dass Bernhard Fillinger so einen Vertrag abgeschlossen hatte. Aber sie besaß darauf keinen Hinweis, geschweige denn eine solche Versicherungspolice.

Hauptkommissar Jansen hatte sie angerufen und ihr mitgeteilt, dass die Rechtsmedizin den Leichnam von Bernhard Fillinger freigegeben hatte. Er war ziemlich kurz angebunden gewesen und bat lediglich noch um eine schriftliche Beantragung der Freigabe von Sophia als Vormund für Ramón, dem einzigen Erben, so wie es aussah. Das ist nichts anderes als die blöde Retourkutsche eines Bürokraten, ärgerte sich Katharina.

Jetzt saß sie in dem kleinen spießigen Büro in der Rothenbaumchaussee, ganz in der Nähe ihrer Wohnung, und erledigte die Formalitäten für eine einfache Erdbestattung. Der leichte Essensgeruch, der langsam den Raum durchzog, sorgte bei Katharina für eine gewisse Eile, dieses Etablissement möglichst schnell wieder verlassen zu können.

Nachdem alle Papiere unterschrieben waren, wollte sie aufstehen. Da schlug sich der Bestattungsunternehmer plötzlich mit der flachen Hand vor die Stirn. »So was Dummes, das hätte ich fast vergessen, Sie zu fragen. Herr Fillinger hatte doch sicher persönliche Sachen bei sich? Koffer oder Taschen? Sollen wir die bei der Polizei gleich mit abholen, Frau Tenzer?«

Die persönlichen Sachen von Bernhard Fillinger! Wieso hatte sie die bisher völlig vergessen? Vielleicht befanden sich die beiden USB-Sticks ja in seinem Gepäck!

Andererseits – wenn die Polizei die Datenträger entdeckt hätte, wäre das bei ihrer Vernehmung sicherlich zur Sprache gekommen.

»Nein, um die Sachen kümmere ich mich persönlich. Aber trotzdem vielen Dank«, sagte Katharina.

Der kleine Mann in dem tiefschwarzen Anzug kam geschäftig um den Tisch herum und streckte der Anwältin seine Hand entgegen. »Wie Sie wünschen. Wir sehen uns dann nächsten Dienstag um vierzehn Uhr auf dem Friedhof Schiffbek in der kleinen Kapelle, Frau Tenzer.«

Er verneigte sich formvollendet und Katharina machte, dass sie auf die Straße kam. Sie ging die wenigen Meter zu Fuß nach Hause. Das Wetter hatte umgeschlagen und es fegte eine frische Brise aus Nordwest. Im Laufen wählte sie die Nummer des Kommissariats.

Inga Steenken nahm ihren Anruf entgegen und bestätigte, dass die persönlichen Sachen von Ramón und seinem Vater abgeholt werden konnten. »Nur das Handy muss noch bei uns bleiben. Wann das herausgegeben werden kann, wissen wir noch nicht«, sagte die Kommissarin.

Ramón saß im Wohnzimmer und war mit seinem Prepaidhandy beschäftigt. Katharina setzte sich zu ihm, nahm ihm behutsam das Telefon aus der Hand und legte es auf den Tisch.

»Ramón, hör mir mal bitte zu. Am nächsten Dienstag um zwei Uhr am Nachmittag findet die Beerdigung deines Vaters statt. Wir beide gehen da in jedem Fall zusammen hin, wie wir das schon besprochen haben, ja?«

Ramón nickte stumm. Zwei Mal.

»Und jetzt rufen wir in der Schweiz an, vielleicht kommen Noah, Beat und Sigurd dazu. Die müssen nur sehen, dass sie Flüge und Hotelzimmer kriegen.«

Sie wählte die Handynummer von Beat, aber es meldete sich nur die Mailbox. Sie bat um Rückruf.

Gerade hatte sie aufgelegt, da rief Wolf von Behringer an.

»Ich wollte dir nur eine Neuigkeit mitteilen, die ich soeben erfahren habe.«

Pause.

»Nun lass dir nicht alles aus der Nase ziehen. Schieß los.«

»Eben hat sich das Notariat gemeldet, bei dem Maria Sagowski 1991 tatsächlich einen Umschlag hinterlegt hatte.«

Katharina schnellte aus dem Sofa, als hätte sie einen Stromschlag abbekommen.

Ramón schüttelte verblüfft den Kopf.

»Ja, und? Erzähl doch endlich.«

»Glaubst du, die geben einem Wildfremden so einfach am Telefon Auskunft?«

»Wolf, tu nicht so scheinheilig. Du hast doch wahrscheinlich alle Register gezogen und genau das rausbekommen, was du wolltest.«

Beide mussten lachen.

»Na gut, Kathi. Ja, zumindest hat mir der Sohn des bereits verstorbenen Notars erzählt, dass der hinterlegte Umschlag vor einem Jahr an den Sohn von Maria Sagowski nach Costa Rica verschickt worden ist. Mehr hat er nicht rausgerückt, aber wir wissen ja, wer das war.«

»Mist. Und was mache ich jetzt?«, seufzte sie.

»Kannst du nicht jemanden in Costa Rica beauftragen, in Fillingers Wohnung nachzusehen? Oder frag doch Ramón, ob sie eine Haushaltshilfe hatten. Eine andere Idee habe ich auch nicht.«

Katharina dachte nach. Sollte sie mit Ramón nach Costa Rica fliegen? Wie würde er reagieren, wenn er plötzlich das leere Elternhaus betreten würde? Ohne Vater. Nur mit ihr. Den Gedanken verdrängte sie jedoch ganz schnell wieder, denn in jedem Fall bräuchten sie auch dort einen Erbschein. Und das konnte noch dauern.

Sie verabschiedete sich, doch Wolf wollte noch etwas loswerden. »Ach, bevor ich es vergesse. Unser Senior hat mich für morgen Abend ins *Il Ristorante* eingeladen. Und stell dir vor, Sophia auch. Da hast du doch deine Finger drin? Meinst du wirklich, das bringt etwas?«

»Ja, ich habe Herrn Hausner von den Problemen erzählt und um Hilfe gebeten. Er wollte sich etwas überlegen. Wolf, ich möchte die Kanzlei, so wie sie jetzt ist, zusammenhalten. Mir liegt was daran … und ich finde auch, es lohnt sich.«

Sie legte auf und wandte sich an Ramón. »So, mein Lieber, und jetzt zu dir. Ich habe mir heute nur für dich freigenommen und schlage vor, wir gehen in den Zoo. Und danach gehen wir Eis essen. Bist du mit dem Tagesprogramm einverstanden?«

Es folgte eine jubelunterstützte Trampolineinlage, die jäh

durch ein ächzendes Knirschen unterbrochen wurde. Dem Geräusch nach zu urteilen, hatte das Billigmöbel dem Belastungstest nicht standgehalten.

Ramón erstarrte schuldbewusst.

Katharina legte sich bäuchlings auf den Fußboden und betrachtete den Schaden von unten. Zwei armdicke Holzlatten waren gebrochen, die Enden ragten frech aus dem Stoffboden heraus.

»Das war's wohl mit dem guten Stück. Ich fürchte, statt des Tierparks werden wir ein Möbelhaus aufsuchen müssen«, sagte sie leicht gequält.

26

Inga Steenken war die Letzte, die den Besprechungsraum betrat. Sie eilte ans Kopfende der Tische und setzte sich neben Jansen. Sie wirkte gehetzt, wie er fand. Jansen eröffnete die Runde und gab das Wort mit einem ausladenden Handzeichen an Inga weiter.

»Ja, guten Morgen. Tut mir leid, dass ich mich etwas verspätet habe, aber ich war noch unten in der Poststelle und habe mich erkundigt, ob die Akten von der Stasi-Unterlagenbehörde eingetroffen sind. Pustekuchen, ich hoffe aber, die kommen morgen. Ich habe die Akten über Maria und Peter Sagowski angefordert, die die Eltern unseres Mordopfers waren. Also zu diesem Thema müssen wir uns zunächst noch vertagen.«

Sie blickte Jondracek an, der gerade seinen Kaffee mit zwei Stücken Zucker und reichlich Sahne verfeinerte.

»Was habt ihr über den Fruchtgroßhandel von Fillinger herausbekommen?«, wollte sie wissen.

»Der lief zuletzt hier nur noch auf Sparflamme. Und kurz nachdem Fillinger aus Hamburg verschwunden ist, hat er den Geschäftsbetrieb eingestellt und das Gewerbe abgemeldet. Schulden hat er angeblich keine hinterlassen«, sagte Jondracek.

»Und was ist mit der Person, die sich um Fillingers Wohnung gekümmert haben muss?«, hakte die junge Kommissarin nach. »Hat mit der inzwischen jemand gesprochen?«

»Das ist ein Problem. Laut Auskunft eines Rentners im Erdgeschoss soll das eine Russin oder so ähnlich sein. Die anderen Bewohner des Hauses wissen von nichts. Allerdings ist eine Familie zurzeit verreist, die ist erst nächste Woche wieder da.«

Jetzt ergriff Jansen das Wort und berichtete von seinem Besuch bei dem pensionierten Kollegen auf dem Hausboot.

»Die Kollegen damals haben den Fall ziemlich schnell als Raubmord eingestuft.«

»Gab es keine Verdachtspersonen?«, wollte Jondracek wissen.

»Nein, nicht wirklich«, antwortete Jansen. »Nur einen Sigurd Willemsen, einen Schweizer, der wohl der damalige Freund von Maria Sagowski war, aber tatverdächtig war der nicht.« Er hielt inne. »Aber ich hatte da so ein bestimmtes Gefühl im Magen. Diese Anwältin von Fillinger hat am Montag bei ihrer dürftigen Aussage doch davon gesprochen, dass sie mit dem Jungen einen Freund ihres Mandanten in der Schweiz aufgesucht hat … Ich wette, dass dieser Freund Sigurd Willemsen heißt. Und ich habe auch bereits die Schweizer Kollegen darauf angesetzt. Mal sehen, wie schnell wir eine Antwort bekommen.«

Die Runde grinste.

Jansen fuhr fort. »Bernhard Sagowski kam nach dem Tod seiner Mutter in die Pflegefamilie Fillinger. Doch dazu kann uns Hasberg mehr erzählen.«

Er nickte zum Zeichen, dass er nicht mehr zu berichten hatte, und Hasberg fühlte sich sogleich angesprochen.

»Gut, Kollegen, spitzt die Ohren. Im Winter 1991 auf 1992 nahmen Beate und Hermann Fillinger hier in Hamburg den elfjährigen Bernhard Sagowski bei sich als Pflegekind auf. Beate Fillinger kündigte ihren Job als Sekretärin bei einer Spedition und kümmerte sich nur noch um den Jungen. Nach den Erzählungen von ehemaligen Freunden hatte das Paar das Kind gleich in ihr Herz geschlossen. Hermann Fillinger betrieb zu der Zeit hier in Hamburg den besagten Fruchtgroßhandel in der Schanze.« Er blätterte in seinen Aufzeichnungen. »Bernhard nimmt später sogar den Namen Fillinger an. 1994 zog die Familie berufsbedingt nach Costa Rica, wo Hermann Fillinger sich an einer Bananenplantage beteiligt hatte. 1998 kehrte die Familie nach Hamburg zurück. Laut den Kollegen von der Steuerfahndung war ihr Einkommen in der Folge aber eher dürftig …«

»Na ja, wer in Costa Rica eine Bananenplantage besitzt, müsste bescheuert sein, wenn er seine Einkünfte hier versteuert«, warf Jondracek grinsend ein.

Hasberg nickte. »Bernhard Fillinger machte 2000 sein Abitur und studierte dann Betriebswirtschaft. 2008 übernahm er die Firma des Vaters. Ebenfalls 2008 heiratete er hier in Hamburg Elvíra de la Peña, eine ›Tica‹. So nennt man in Costa Rica die jungen Frauen, wie man mir gesagt hat.« Hasberg zog mit einem süffisanten Lächeln die Augenbrauen hoch. »Im selben Jahr wurde der gemeinsame Sohn Ramón geboren.«

Er blickte wieder auf seine Aufzeichnungen.

»Was mit der Frau von Bernhard Fillinger genau passiert ist, habe ich noch nicht herausbekommen. Die Anfrage bei der Botschaft läuft noch. Jedenfalls ist sie Ende 2012 verstorben und kurz darauf starb der Vater, Hermann Fillinger. Die Mutter, Beate Fillinger, wohnt seit 2014 im Alten- und Pflegeheim *Sonnenland*, das ist südlich von Neumünster, so fünfzig Kilometer von hier ... So, das war's von mir. Mehr hab ich momentan nicht.«

Die Runde klopfte anerkennend auf die Tische.

»Weiß Frau Fillinger eigentlich von dem Tod ihres Pflegesohns?«, wollte Steenken wissen.

»Ich habe in dem Heim angerufen, aber auf der Station war gerade niemand erreichbar. Man hat mir versichert, dass man es ihr über einen Arzt schonend beibringen wird. Die alte Dame soll gesundheitlich ziemlich angeschlagen sein«, erwiderte Hasberg.

»Also wir dürfen keine Spur aus den Augen lassen. Hasberg, du fährst in das Pflegeheim und überprüfst die Angaben. Sprich mit der alten Dame. Vielleicht erinnert sie doch noch etwas, was uns weiterhilft«, sagte Jansen. Dann wandte er sich an die Kollegin Zanker. »Na, Gesa, was kannst du uns über die Hintergründe der KoKo und ihr verschwundenes Vermögen erzählen? Aber bitte kurz und knapp.«

»Ja, das ist ein Problem. Ich weiß nämlich nicht, was für unseren Fall relevant sein könnte, aber ich fasse mal auf die Schnelle zusammen.« Auch sie blätterte in ihren Aufzeichnungen. »Wie allgemein bekannt, gab es in der Wendezeit in Berlin eine besondere Ermittlungsgruppe für Regierungs- und Vereinigungskriminalität, die ZERV. Nach Informationen von ehemaligen Mitarbeitern dieser Gruppe sind große

Teile des SED-Vermögens und des Staatsvermögens der DDR in dunkle Kanäle versickert und teilweise bis heute verschwunden. Eine unabhängige Kommission hat 1996 herausgefunden, dass zwischen dem 1. Oktober 1989 und dem 31. August 1991 rund vier Milliarden D-Mark aus dem SED/PDS-Vermögen transferiert wurden. Vermögen, das die KoKo zu einem Teil verwaltet hat, insbesondere Firmenbeteiligungen. Seit dieser Zeit laufen unsere Behörden hinter diesem Geld her. Aber bisher ziemlich erfolglos.«

»Vor einem Jahr etwa gab es doch einen Prozess in der Schweiz, den die Bundesrepublik gegen eine Schweizer Privatbank verloren hat. Der ging groß durch die Presse«, erinnerte sich Hasberg.

»Ja, da ging es um einhundertachtzig Millionen Euro Schadenersatz. Die Bank soll unbefugt über Vermögen einer dieser KoKo-Firmen verfügt haben, die klammheimlich verschwunden sind. Aber das Gericht hat die Klage abgewiesen, die Berufung läuft noch.«

»Na, das war doch auch nicht anders zu erwarten, oder? Die Schweizer halten eben zusammen«, warf Steenken ein.

»Das viele Geld von SED & CO bestand aus über sechstausend Immobilien, zig Firmen, Schiffen und sogar Kunstwerken«, sagte Gesa Zanker. »Das war's.«

Jetzt war wieder Jondracek an der Reihe, der schon die ganze Zeit nervös auf seinem Stuhl herumrutschte. »Ich habe mir gemeinsam mit einem Kollegen von der Steuerfahndung die *Firma Mellinger GmbH* noch einmal angesehen. Neue Erkenntnisse habe ich aber nicht. Vor dieser Betriebsprüfung, bei der die Provisionszahlungen hochgekommen sind, gab es schon ein paar steuerliche Prüfungen. Da war immer alles sauber. Und beim Zoll habe ich mich auch erkundigt.«

»Die, die immer die Schwarzarbeiter einfangen?«, warf Hasberg ein.

»Genau die. Aber die *Firma Mellinger GmbH* ist da unbekannt.«

»Und was ist mit den Gesellschaftern und den Geschäftsführern?«, wollte Jansen wissen.

»Also über diesen Dr. Hohlmann und den Müller habe ich nichts in Erfahrung bringen können, was uns irgendwie weiterhilft. Absolut unauffällige Viten. Und an der *Betax AG* in der Schweiz, der dritten Gesellschafterin, beiße ich mir noch die Zähne aus. Die Inhaber der Aktien sind nicht zu ermitteln. Die Kollegen vom Finanzamt wollen sich darum kümmern.«

»Also sind wir keinen wesentlichen Schritt weiter. Wir werden den Druck erhöhen müssen. Insbesondere auf unsere junge Anwältin, wie mir scheint«, stellte Jansen fest und stand auf.

27

Die beiden Frauen vom Jugendamt waren schätzungsweise in Katharinas Alter. Sie hatten sich gestern am späten Nachmittag für heute Morgen angekündigt.

Die Besucherinnen machten einen unerwartet aufgeräumten Eindruck auf Katharina. Die Schlankere hatte offensichtlich türkische Wurzeln mit schönen, melancholisch blickenden Augen. Ihr schwarzes, dichtes Haar war kunstvoll zu einem gewaltigen Knoten verflochten. Ihre etwas kräftigere Begleiterin hatte kurze, braune Haare, in denen neben der mintfarbenen, überdimensionierten Brille bunte Strähnchen einen Blickfang bildeten. Die unter dem Arm der Frau klemmende Aktentasche strahlte eine nicht dazu passende Seriosität aus.

Katharina hatte dem Treffen mit gemischten Gefühlen entgegengesehen. In den letzten Jahren hatte es in Hamburg immer wieder groß aufgemachte Schlagzeilen über angebliche Versäumnisse bei den Sozial- und Jugendämtern gegeben, wenn wieder einmal ein Kind schwer misshandelt oder sogar getötet worden war. Zwar waren es immer junge Familien aus sogenannten Problembezirken gewesen, bei denen man den Behörden gravierende Versäumnisse nachgesagt hatte, aber da keiner der Bezirksamtsleiter die Titelseiten der Boulevardpresse zieren wollte, hatten alle ihre Aufsichtspflichten bei der Jugendfürsorge verschärft.

Ramón saß in nagelneuer Jeans und frischem Hemd am Esstisch und spielte auf dem iPad, das sie aus der Schweiz mitgebracht hatten. Die Dateien von Bernhard Fillinger waren gelöscht. Sie ruhten gesichert auf einer CD in Katharinas Schreibtisch im Büro.

»Ich kann Ihnen leider keinen Platz im Wohnzimmer anbieten, mein Sofa hat nach der letzten Trampolineinheit von Ramón seinen Geist aufgegeben. Das neue kommt erst in vier Wochen«, sagte Katharina.

Die beiden Frauen lächelten und setzten sich zu Ramón an den Tisch. Katharina servierte Tee und Mineralwasser. Es entwickelte sich ein gekonntes Frage-und-Antwortspiel, bei dem Ramón seine anfängliche Zurückhaltung immer mehr abbaute. Oberste Priorität besaß für Ramón der kommende Montag, an dem ihn Katharina zu einem Fußballprobetraining angemeldet hatte.

Nach gut einer Stunde führte er die dunkelhaarige Frau durch die kleine Wohnung und zeigte, wo er schlief. Ihre Begleiterin nahm die Abwesenheit des Jungen zum Anlass, um Katharina von den Schwierigkeiten zu berichten, eine passende Pflegfamilie für Ramón zu finden.

»Aber fürs Erste hat er es ja hier bei Ihnen sehr gut getroffen. In der nächsten, spätestens in der übernächsten Woche sollte sich eine andere Lösung gefunden haben. Und wenn wir wissen, wohin Ramón kommt, werden wir auch kurzfristig die Schulsituation klären«, sagte sie.

Die macht sich ja gar keine Gedanken, welchen Spagat mich diese Aufgabe im Moment kostet, dachte Katharina. Andererseits stimmte sie die Vorstellung, dass Ramón schon bald aus ihrem Leben verschwunden sein sollte, wahnsinnig traurig.

Die Frau mit den Strähnchen entnahm ihrer Aktentasche einige Schulbücher und legte sie auf den Tisch. »Wenn Ramón Lust hat, kann er ja hier drin schon mal ein bisschen stöbern, so quasi als Vorbereitung ... Natürlich nur, wenn der Fußball ihm die Zeit dafür lässt«, lachte sie.

Als die beiden Frauen verschwunden waren, sah Katharina, dass während des Gespräches zwei Anrufe auf ihrem auf lautlos gestellten Handy eingegangen waren. Die eine Nummer gehörte Sophia. Sie hatte keine Nachricht hinterlassen. Der zweite Anrufer war Hauptkommissar Jansen gewesen. Er hatte auf die Mailbox gesprochen und mit unfreundlicher Stimme verkündet, dass sie den Jungen durch einen Kinderpsychologen vernehmen lassen wollten. Katharina sollte umgehend einen Termin vereinbaren.

Auch das noch. Sie würden Ramón nach allen Regeln der Kunst ausquetschen. Auch über das, was sie in der Schweiz gemacht hatten. Und der arme Kerl würde nichts ahnend alles ausplappern. Über Sigurd Willemsen und die Daten auf dem iPad. Dann hatte sie ein echtes Problem. Das musste Sophia als Vormund unbedingt verhindern.

Sie zog sich ins Schlafzimmer zurück, um ungestört telefonieren zu können. Als Erstes wählte sie Sophias Nummer.

»Danke, dass du zurückrufst, Kathi. Ich wollte dir von gestern Abend erzählen. Dem Treffen mit Wolf und Herrn Hausner.«

So euphorisch hatte ihre Partnerin lange nicht mehr am Telefon geklungen.

»Unser Senior ist mal wieder zu großer Form aufgelaufen. Ich will dir die Einzelheiten ersparen, aber das Ergebnis kann sich sehen lassen. Und vor allem können Wolf und ich damit gut leben. Vorausgesetzt natürlich, du stimmst allem zu.«

»Na, da bin ich ja gespannt«, sagte Katharina und meinte es auch so.

»Also, wir stellen einen jungen Kollegen ein, der Wolf entlasten soll und mir ebenfalls etwas den Rücken freihält. Dafür muss ich mich verpflichten, meine private Situation etwas straffer zu organisieren, wenn du weißt, was ich meine.«

Katharina hatte zwar keine Vorstellungen, wie Sophia das bewerkstelligen wollte, aber sie würde sich überraschen lassen.

»Gleichzeitig verzichtet Hausner des lieben Friedens willen und, um die Kanzlei zusammenzuhalten, auf einen entsprechenden Gewinnanteil, sodass wir die neue Stelle finanzieren können und am Ende alle drei davon profitieren.«

»Klingt erst einmal gut«, sagte Katharina zögernd.

»Ja. Wolf war auch sofort Feuer und Flamme. Und ich finde den Vorschlag auch gut. Der Senior will einen entsprechenden Beschluss vorbereiten und uns dann zuschicken. Vorher wird er dich aber noch einmal anrufen.«

»Na, mich freut jedenfalls, dass du und Wolf euch nicht gleich zerfleischt habt und wir erst einmal zusammenbleiben. Ich werde mich da natürlich nicht querlegen.«

»Übrigens hat dich der Alte mal wieder so über den grünen Klee gelobt, das ist ja nicht normal. Wenn ich dich nicht besser kennen würde, müsste ich glauben, ihr hättet was miteinander.«

»Sophia, also bitte ...«

Sie berichtete nun ihrerseits von dem Besuch der beiden Mitarbeiterinnen des Jugendamtes. Zum Schluss kam sie auf den Anruf des Kommissars zu sprechen.

»Du musst unbedingt verhindern, dass Ramón von der Polizei vernommen wird. Du bist sein Vormund und irgendetwas musst du dir einfallen lassen, Sophia«, bedrängte sie ihre Partnerin.

»Ich besorge ein ärztliches Attest, in welchem bestätigt wird, dass der Junge psychischen Schaden nehmen könnte, wenn man ihn jetzt schon mit den Ereignissen vom Flughafen konfrontiert. Das müsste klappen.«

»Ich verlass mich auf dich. Ich fahre heute Mittag sowieso zur Polizei, um die persönlichen Dinge von Fillinger und Ramón abzuholen. Ich werde Jansen sagen, dass du dich bei ihm meldest.«

Sie gab die Telefonnummer der Mordkommission weiter und legte auf. Dann wählte sie die Nummer von Beat.

Er nahm das Gespräch sofort an.

»Na, sitzt du gerade wieder an deinen unzähligen Bildschirmen und jonglierst mit dem Geld deiner Kunden?«

»Ich berate«, antwortete er süffisant.

Sie erzählte ihm von dem Besuch des Jugendamts.

»Ramón weiß noch nicht, dass er wahrscheinlich schon in der nächsten Woche in eine Pflegefamilie kommt. Ich hoffe, er kommt klar damit.«

»Wie kommst du denn damit klar?«

»Frag mich was anderes.«

»Schon verstanden. Ich habe übrigens inzwischen mit Willemsen gesprochen und die Flüge gebucht. Nur ein Hotel muss ich noch suchen. Noah und ich bleiben eine Woche und werden uns deine schöne Stadt anschauen.«

»Sieh zu, dass das Hotel möglichst nah am Bahnhof Dammtor liegt. Ich würde dir das *Grand Elysée* empfehlen. Von da aus habt ihr es nur ein paar Gehminuten zu mir nach Hause.«

»Danke für den Tipp. Ich schick dir eine Mail, wann genau wir landen und wo wir unterkommen.«

»Du, Beat ... wärst du mir böse, wenn ich euch nicht vom Flughafen abhole? Der Ort ...«

»Selbstverständlich nicht. Wir nehmen ein Taxi und gut ist«, sagte er sofort. »Ich habe übrigens noch eine Überraschung für dich.«

»Na sag schon!«

»Du hattest mich doch nach der *Beluga-Stiftung* mit einem Bankkonto bei der *HBG-Bank* in Zürich gefragt, nicht wahr?«

»Sag bloß, dein Kumpel von der Bank hat dir schon wieder geholfen? Der ist ja fast so etwas wie eine Auskunftei.«

»Nein, nein. Diesmal brauchte ich seine Kontakte gar nicht ... jedenfalls nicht direkt. Ich hatte dir doch erzählt, dass mir der Name dieser Stiftung irgendwie bekannt vorkommt.« Er machte eine kurze Pause und holte Luft. »Bis vor fünf Jahren habe ich ja bei einer Großbank in Zürich gearbeitet. Bei meinem Ausscheiden habe ich natürlich einige persönliche Kundenkontakte mitgenommen ...«

»Natürlich ... Sag bloß, du bist einer dieser Ex-Banker, die an unsere Finanzämter laufend für viel Geld diese Steuer-CDs verticken?«, empörte sich Katharina.

»Nein, natürlich nicht«, erwiderte er brüskiert. »Aber wir hatten damals die offizielle Erlaubnis, unsere Kunden auch von unseren privaten Laptops aus anzuschreiben. Und mein damaliger Kollege und ich hatten für Urlaubszwecke unsere Kundendaten ausgetauscht ...«

»Was für ein Zufall ...«, spöttelte Katharina.

»Willst du nun eigentlich hören, was ich herausgefunden habe, oder nicht?«, fragte er ärgerlich.

»Ja, natürlich. Entschuldige bitte«, ruderte sie kleinlaut zurück.

»Mein Kollege hatte eine Personengruppe als Kunden, die einen Teil ihres Vermögens in einer *Beluga-Stiftung* in Vaduz untergebracht hatten. Und diese *Beluga-Stiftung* hatte bei uns in Zürich ein Bankkonto. Hast du was zum Schreiben?«

»Moment. Ja, kann losgehen«

»PQR 75230050-00. Das ist die Stammnummer. Dazu gibt es noch einige Unterkonten mit jeweils 01, 02 bis 05 am Ende. Das sind meistens Fremdwährungskonten. Hast du das?«

»Ja.«

»Also, ob das deine *Beluga-Stiftung* ist, kann ich natürlich nicht sagen. Aber mit der Kontonummer dürfte es dir ja nicht schwerfallen, das zu überprüfen.«

Mist, dachte Katharina, die Unterlagen liegen alle im Büro. Den Vergleich kann ich nicht sofort anstellen.

»Weißt du, wie eine Stiftung nach liechtensteinischem Recht aufgebaut ist?«

»Nun sag schon«, drängte sie ihn.

»Nach außen tritt immer nur der Verwaltungsrat auf. Der ist allerdings meistens nicht der wirtschaftlich Berechtigte, wie es offiziell heißt. Den Namen des wirtschaftlich Berechtigten erfährt man nur, wenn man die Statuten der Stiftung kennt. Und da die Banken immer wissen wollen, wer denn bei ihren Kunden das Sagen hat ...«

»Nun spann mich bitte nicht auf die Folter, Beat.«

»Die *Beluga-Stiftung* hatte in der Zeit, in der sie bei uns ein Konto besaß, vier wirtschaftlich Berechtigte. Schreib mit.«

»Ja, ja.«

»Eine Frau mit Namen Simone Gundlach, einen Dr. Peter Hohlmann, einen Siegbert Kröger und einen Robert Müller.«

Dr. Peter Hohlmann und Robert Müller. Die Namen hatte Katharina noch vor Augen. Das waren doch die Geschäftsführer und Gesellschafter der *Firma Mellinger GmbH*, von der Fillinger seine unversteuerten Provisionen erhalten hatte.

Eigentlich überraschte sie es nicht, dass Hohlmann und Müller von der Provisionszahlung ihrer Firma an die *Silent Trust LLC* von Fillinger einen ordentlichen Batzen zurückerhalten hatten. Eine klassische Kick-Back-Zahlung.

Die Welt war einfach schlecht.

28

Nach dem Telefonat brach Katharina sofort auf und fuhr zum Polizeipräsidium. Der Kollege namens Jondracek, der auch schon bei ihrer Vernehmung dabei gewesen war, händigte ihr zwei Koffer, eine Umhängetasche Fillingers, seine Lederjacke sowie einen Umschlag mit Wertsachen und Schlüsseln aus. Der Polizist war recht wortkarg, versprach aber, seinem Chef auszurichten, dass sich der Vormund von Fillingers Sohn melden würde.

Dieses Problem hatte sie damit erst einmal vertagt.

Mit der letzten Habe ihres ehemaligen Mandanten im Kofferraum und einem mulmigen Gefühl im Magen fuhr sie weiter zum Büro.

Sie wollte unbedingt wissen, ob die Kontonummer, die Beat ihr durchgegeben hatte, identisch war mit derjenigen auf den Kontoauszügen der *Silent Trust LLC*.

Ramón war zu Hause geblieben, sie hatte ihm versprochen, in spätestens zwei Stunden wieder zurück zu sein.

Jetzt saß sie an ihrem Schreibtisch und starrte auf die vor ihr liegenden Kopien der Kontoauszüge aus Hongkong.

Die Kontonummer stimmte überein. Sogar die 00 am Ende passte. Der Geldkreislauf hatte sich geschlossen.

Katharinas Gedanken gingen wild durcheinander. Die Steuerfahndung kannte diese Belege nicht. Davon war auszugehen. Die Beamten waren bisher nur Fillinger auf die Schliche gekommen. Andererseits: Es wäre schon dreist gewesen, oder besser gesagt dämlich, wenn Hohlmann und

Müller angesichts ihrer eigenen Leichen im Keller ihren Mandanten bei der Betriebsprüfung so einfach ans Messer geliefert hätten. Die beiden mussten doch damit rechnen, dass Fillinger sie seinerseits mit den Kick-Back-Zahlungen belasten würde.

Ein Glied in der Kette fehlte.

Waren es die beiden Geschäftsführer der *Mellinger GmbH*, derentwegen Fillinger keinem mehr traute, wie er Katharina kurz vor seinem Tod geschrieben hatte?

Dass die beiden für seine Ermordung verantwortlich waren, schien ihr jedoch eher unwahrscheinlich. Wenn sie ihn hätten beseitigen wollen, um nach der Prüfung des Finanzamtes nicht aufzufliegen, hätten sie ihn bereits damals umgebracht, unmittelbar nachdem sie ihn verpfiffen hatten.

Jetzt, ein Jahr später, machte das wenig Sinn.

Es war alles so fürchterlich verworren.

Aber eine Sache durfte sie nicht aus dem Auge lassen: Fillingers Erbe.

Wenn Ramón die Erbschaft annehmen würde, würde er neben dem prallen Bankkonto in Hongkong natürlich auch die Steuerschulden seines Vaters erben, das war klar. Mit den Kontoauszügen hier lag zumindest der Beweis vor, dass gar nicht die gesamten vierzehn Millionen bei seinem Vater verblieben waren.

Sie packte ihre Akten zusammen und zog die Bürotür hinter sich zu, Ramón wartete sicher schon.

Der Wagen verließ gerade die Tiefgarage, da bimmelte Katharinas Handy. Der Klingelton, den sie der eingehenden Rufnummer zugeordnet hatte, verhieß eine Litanei von Klagen.

Zu ihrer Überraschung heute nicht.

Ihre Mutter war bester Laune und ziemlich schnell war auch klar, warum. Sie hatte über eine Online-Kontaktbörse einen Josef aus Berlin-Wannsee kennengelernt. Nach halber Wegstrecke in die Johnsallee kannte Katharina Josefs gesamte Lebensgeschichte, die in etwa so aufregend war wie eine Semestervorlesung in Rechtsgeschichte.

Josef war Anfang siebzig, verwitwet wie ihre Mutter und stammte ursprünglich aus Frankfurt an der Oder, war aber vor fünf Jahren nach Berlin gezogen. Bis zur Wende hatte er als Leiter des *SERO* über die Rückführung von Altstoffen in den sozialistischen Wirtschaftskreislauf zu wachen.

»Erinnerst du dich noch? *VEB Kombinat Sekundär-Rohstofferfassung* hieß das damals«, klärte die Mutter ihre Tochter auf. »Josef hatte achtzig Leute zu überwachen. Und weißt du, was er in der Garage stehen hat? Du wirst es nicht glauben. Eine schwarze MZ, Baujahr 1985 aus dem *VEB Zschopau*. Und letztes Wochenende bin ich hinten drauf mitgefahren.« Sie kicherte leise.

Katharina konnte es nicht fassen. Ihre Mutter auf dem Sozius eines Motorrads! Aber sie freute sich, dass sie vorerst den Kampf gegen die Einsamkeit gewonnen hatte. Hoffentlich erlebte sie keine zweite Enttäuschung. Noch eine Erniedrigung würde sie nicht überstehen, da war sich Katharina sicher.

»Schick mir doch mal ein Bild von euch«, sagte sie.

»Mache ich. Wir hatten sowieso vor, demnächst ein Wochenende in Hamburg zu verbringen. Ich habe eigentlich angerufen, um mit dir einen Termin abzustimmen.«

Katharina vertröstete sie auf das übernächste Wochenende in der Hoffnung, sich dann vielleicht wirklich Zeit für die beiden nehmen zu können.

Sie parkte ihren Wagen in der Tiefgarage und ließ die Sachen, die sie von der Polizei abgeholt hatte, erst mal im Kofferraum.

Sie würde morgen früh Ramón zum Probetraining in dem naheliegenden Fußballverein bringen und sich dann den persönlichen Sachen seines Vaters widmen. Vielleicht würde sie ja etwas entdecken, was die Spurensicherung übersehen hatte.

Immerhin wusste sie, wonach sie suchen musste.

29

Bernhard Fillinger schien ein Pedant gewesen zu sein. Allerdings einer mit einem teuren Geschmack. Und bei der Auswahl seiner Kleidung hatte er die Möglichkeit, eine oder mehrere Nächte im Hamburger Untersuchungsgefängnis verbringen zu müssen, wohl vollkommen ausgeschlossen.

Zwischen seine akkurat gefalteten Hemden und den Kaschmirpullovern hatte er dünnes Seidenpapier gelegt, als wären die Kleidungsstücke gerade erst vom Herrenausstatter angeliefert worden. Seine Wäsche stammte von einem edlen Hersteller aus England und die handgesteppten *Gucci*-Slipper aus der Serie *Princetown* hätten einen Hofgang garantiert nicht schadlos überstanden. Ganz zu schweigen von den lammfellgefütterten Hausschuhen mit dem goldenen *Horsebit*-Label, welche ein halbes Monatsgehalt eines Schließers gekostet haben dürften.

Katharina fühlte sich zunehmend unwohl, als sie die persönlichen Dinge ihres verstorbenen Mandanten inspizierte.

Sorgfältig nahm sie jedes einzelne Utensil aus dem Koffer und untersuchte es nach möglichen Verstecken für einen USB-Stick, der schließlich nicht größer war als eine halbe Streichholzschachtel.

Nichts.

Das edle Necessaire aus schwarzem Glattleder im *Intreciato*-Design barg zwar hinreichende Möglichkeiten, kleine Dinge geschickt zu verbergen, aber auch hier blieb ihre Suche erfolglos. Der Inhalt des braunen Umschlages mit Brieftasche, Armbanduhr, Ehering, Halskettchen und mehreren Schlüsseln enthielt ebenfalls keinen Hinweis auf das Versteck der fehlenden Sticks.

Aber beim Anblick der Schlüssel fiel ihr der Gedanke wieder ein, den sie beim Quittieren des Empfangs von Fillingers Sachen bei der Polizei gehabt hatte.

Seine Hamburger Wohnung im Hofweg, auf der Uhlenhorst. Mit Sicherheit hatte er dort während seines Deutschlandaufenthalts unterkommen wollen. Einer dieser Schlüssel dürfte zu der verwaisten Wohnung gehören. Und irgendwer musste sich während der Abwesenheit Fillingers um die Entleerung des Briefkastens und alles andere gekümmert haben. Jansen und seine Truppe wussten wahrscheinlich schon, wer das war. Aber natürlich hatten sie ihr gegenüber nichts erwähnt.

Die Wohnung im Hofweg musste sie sich unbedingt ansehen, das stand fest. Möglicherweise fand sich ja dort ein Hinweis, wem Fillinger die USB-Sticks anvertraut hatte.

Nachdem auch die Umhängetasche und die Lederjacke ihres verstorbenen Mandanten keine neuen Erkenntnisse gebracht hatten, packte sie alles zurück in den Koffer und legte diesen auf ihren Schlafzimmerschrank.

Ob sich in Ramóns Gepäck etwas Interessantes verbarg? Nein, auch die Inspektion der Kindersachen verlief enttäuschend.

Ihre letzte Hoffnung war jetzt Sigurd Willemsen. Der musste ihr ja sowieso noch seine Geschichte zu Ende erzählen. Und vielleicht hatte er eine Idee, wo Bernhard Fillinger die beiden verdammten Datenträger versteckt haben könnte.

30

Die *Swiss Air* war pünktlich am späten Samstagnachmittag in Hamburg gelandet. Ramón hatte den Flug die ganze Zeit auf einer App verfolgt und war jetzt völlig aus dem Häuschen.

»Noah ist da! Noah ist da!«, rief er aufgeregt und rannte ständig um den Wohnzimmertisch.

Katharina schaute auf die Uhr und überlegte, wann die drei wohl frühestens im Hotel eintreffen würden. Sie hatte mit Beat vereinbart, dass er ihr eine Nachricht schickte, wenn sie mit dem Taxi am Flughafen losfuhren.

Am Flughafen.

Ob die schrecklichen Bilder, die sie mit diesem Ort verband, sie wohl jemals wieder loslassen würden? Vor ihrer nächsten Flugreise graute es ihr schon jetzt.

Sie hatte mit Ramón besprochen, dass sie ihren Besuch aus der Schweiz bei der Ankunft im Hotel in Empfang nehmen wollten, und so saßen sie jetzt in der Lobby des *Grand Elysée* direkt gegenüber dem Dammtorbahnhof und warteten.

Die Begrüßung fiel trotz des traurigen Anlasses der Reise sehr herzlich aus. Beat schien sich vorgenommen zu haben,

Katharina nicht mehr aus seinen Armen zu lassen. Und sie empfand die Nähe zu ihm als ausgesprochen angenehm. Er roch nach mehr.

Die Jungs klatschten sich ab und zogen tratschend durch die gläserne Drehtür nach drinnen. Sigurd Willemsen löste den Taxifahrer aus.

Da es Abendessenszeit war, beschlossen sie, nach dem Einchecken und dem Beziehen der Zimmer in der Brasserie einen Snack zu sich zu nehmen.

»Habt ihr schon überlegt, was ihr von Hamburg alles sehen wollt?«, fragte Katharina kurz darauf, während sie auf ihre Getränke warteten.

»Nein, Programm haben wir noch nicht gemacht. Das können wir ja gleich besprechen«, erwiderte Beat.

Sigurd Willemsen schüttelte seinen fast kahlen Schädel. »Also, Frau Tenzer, ich fliege nach der Beerdigung noch am Dienstagabend wieder zurück«, sagte er.

Katharina nickte stumm. Sie konnte den alten Mann verstehen.

Der Ober brachte die Getränke und die Jungen verabschiedeten sich, um nachzuschauen, ob Noahs Drohne die Reise unversehrt überstanden hatte.

Katharina schaute Beat Ferri wortlos an.

Er erwiderte ihren Blick und nickte. Dann wandte er sich an Willemsen. »Ich glaube, Frau Tenzer hat noch etwas mit Ihnen zu besprechen. Ich schaue derweil mal nach den Jungs«, sagte er und leerte sein Glas Mineralwasser mit einem Zug.

Als sie dann allein waren, beugte sich Katharina zu Willemsen und legte ihre Hand auf seinen Arm. »Herr Willemsen, Sie wollten mir Ihre Geschichte doch noch zu Ende erzählen. Ich muss unbedingt wissen, was weiter passiert ist«, sagte sie.

Der Schweizer nickte und Katharina hatte den Eindruck, mit ihrer Bitte bei dem alten Mann durch eine ganz breite Tür getreten zu sein.

Er lehnte sich zurück.

Ich hatte Bernhard Sagowski wiedergefunden.

Besser gesagt, er hatte mich gefunden.

Es war Weihnachten 2013. Ich erinnere mich genau, als wäre es gestern gewesen.

Wir hatten einen richtigen Winter und Bernhard stand völlig verfroren vor meiner Tür. Er starrte mich an und ohne ein Wort des Grußes nahm er mich einfach in den Arm.

Ich hatte vor einiger Zeit meinen Holzhandel in Hüttikon verkauft und lebte seither zurückgezogen in der Verenaschlucht.

Er machte anfangs einen niedergeschlagenen Eindruck auf mich, als er mir in der Küche gegenübersaß und wortlos in seinen Teebecher stierte. Aber schließlich öffnete er sich und erzählte mir von den Tiefschlägen, die er in jenem Jahr hatte einstecken müssen. Erst war seine junge Frau einem Krebsleiden erlegen und anschließend hatte sein Pflegevater einen Schlaganfall nicht überlebt.

Sein Leben schien in den zurückliegenden Jahren ziemlich turbulent verlaufen zu sein, denn er hatte oft seinen Wohnort wechseln müssen, wie er mir erzählte. Er hatte den Namen seiner Pflegeeltern angenommen und hieß jetzt Fillinger. Nach einem erfolgreichen Studium der Wirtschaftswissenschaften hatte der Pflegevater ihm noch zu Lebzeiten großzügig seinen Fruchtgroßhandel in Ham-

burg übertragen, der damals wohl noch einigermaßen profitabel war. Dazu gehörte auch eine Bananenplantage in Costa Rica und ein paar Jahre musste Bernhard deshalb zwischen Deutschland und Zentralamerika hin und her pendeln. Ich muss zugeben, ich hatte gar keine Ahnung, wo Costa Rica überhaupt liegt. Als Bernhard spätabends gegangen war, habe ich meinen verstaubten Globus aus dem Keller geholt und nachgesehen.

Aber egal. Wir sprachen an diesem Abend viel über Maria und den Sommer 1991, in dem wir ja fast jedes Wochenende gemeinsam verbracht hatten. Im Gegensatz zu mir konnte sich Bernhard noch an viele Ausflüge erinnern, die wir damals von Berlin aus unternommen hatten. Auch in seinen Erinnerungen hatte dieser Sommer einen ganz besonderen Platz behalten.

Bernhard schien es bei seinen Pflegeltern gut getroffen zu haben. Kein Wort der Kritik kam über seine Lippen. Sie hatten ihn liebevoll aufgezogen und es ihm an nichts fehlen lassen. Er durfte sein Abitur machen und auch das Studium war für die Familie Fillinger eine Selbstverständlichkeit gewesen.

Nur über meine Person hüllten sie sich in Schweigen, wie er mir kopfschüttelnd erzählte. Immer, wenn er einmal nach mir fragte, wechselten sie schnell das Thema oder hoben nur fragend die Schultern. So kam es, dass langsam seine Erinnerung an mich verblasste.

Doch einige Wochen, bevor Bernhard vor meiner Haustür stand, war er im Haus seiner Pflegeeltern ganz zufällig wieder auf meinen Namen gestoßen. Seine Pflegemutter hatte nach dem Tod ihres Mannes eine schwere Grippe ans Bett gefesselt und es zeichnete sich ab, dass sie den

Haushalt nicht mehr alleine würde bewerkstelligen können. Sie sollte in ein Seniorenheim umziehen.
Bernhard war mit dem Sichten und Aussortieren der persönlichen Papiere der Familie Fillinger beschäftigt, als ihm im Wohnzimmerschrank eine kleine schwarze Ledermappe in die Hände fiel, auf der ein Sticker mit seinem Namen klebte. Die Mappe enthielt neben handschriftlichen Aufzeichnungen seiner Pflegeeltern aus dem Herbst 1991 auch die Korrespondenz aus diesen Wochen mit dem Jugendamt in Hamburg. In einem Schreiben an seine Pflegeeltern wurde ein Holzhändler aus Hüttikon bei Zürich mit dem Namen Sigurd Willemsen erwähnt, der sich wiederholt nach dem Verbleib ihres Pfleglings erkundigt hätte. Meine damalige Anschrift hatte das Amt vorsorglich gleich mitgeteilt. Hermann und Beate Fillinger sollten selbst entscheiden, ob sie den Kontakt zu dem letzten Freund der verstorbenen Mutter herstellen wollten oder nicht. Warum sie dann dem Jungen meine Existenz all die Jahre verheimlichten, werde ich wohl nie mehr erfahren.
Als Bernhard diese Zeilen las, kehrten viele Erinnerungen zurück. Er nahm den Brief an sich, ohne jedoch mit seiner Mutter über die Gründe ihrer Heimlichtuerei um meine Person gesprochen zu haben.
Er machte sich noch in derselben Woche auf den Weg nach Hüttikon, wo sich viele der älteren Dorfbewohner gut an mich und meinen Holzhandel erinnern konnten. Aus dem Geschäft war mittlerweile ein großer Baumarkt geworden, wie mir Bernhard erzählte. Und tatsächlich arbeiteten dort immer noch drei ehemalige Mitarbeiter von mir und die hatten ihren alten Chef nicht vergessen. Einer dieser

Angestellten hatte mir damals tatkräftig bei meinem Umzug in die Verenaschlucht geholfen und erzählte Bernhard, wie man mich erreichen konnte.
Ich war an jenem Abend überglücklich, von ihm persönlich zu erfahren, dass mich an unserer Trennung über die vielen Jahre keine Schuld traf. Ich habe ihm berichtet, dass auch ich 1991 gerne den Kontakt zu ihm aufrechterhalten hätte, aber mir vom Jugendamt ja nicht einmal der Name seiner Pflegefamilie mitgeteilt worden war.
An diesem Abend habe ich ihm den verschlossenen Umschlag ausgehändigt, den mir seine Mutter kurz vor ihrem Tod mit den merkwürdigen Worten übergeben hatte, das sei seine Lebensversicherung. Er öffnete den Umschlag und blätterte oberflächlich durch die ungeordneten Papiere. Er sagte kein Wort, aber auf seiner Stirn zeigten sich tiefe Falten, während er die Unterlagen sichtete. Nach wenigen Minuten packte er die Papiere wieder in den Umschlag. Es wären sehr persönliche Unterlagen über seine leiblichen Eltern aus der DDR-Zeit und er bat mich um Verständnis dafür, die Dokumente erst in Ruhe alleine durchsehen zu wollen.
Ich hätte natürlich schon gerne gewusst, was ich da die ganzen Jahre für ihn verwahrt hatte, aber ich merkte auch, wie tief berührt er in diesem Moment war.
Seit diesem Weihnachtsabend riss unser Kontakt nie wieder ab. Ein Handy habe ich zwar, aber ich benutze es nie. Einen Telefonanschluss besitze ich natürlich. Ich sagte ihm, dass ich nur sehr ungern telefoniere und er mir doch lieber schreiben möge. Erst als er im Hausflur stand und sich verabschieden wollte, gestand er fast beiläufig, dass er mittlerweile Vater geworden war und seinen Sohn alleine

erziehen musste. Er würde mir demnächst schreiben und ein Bild des Jungen mitschicken.
Während der nächsten Jahre pflegten wir einen regen Briefwechsel, aber niemals verlor er auch nur eine Silbe über die Dokumente seiner Mutter, die ich ihm an jenem Abend übergeben hatte. Und ich habe ihn auch niemals danach gefragt. Ich dachte mir, er wird für sein Schweigen schon einen Grund haben.
Ramón und er besuchten mich in den anschließenden Sommerferien für zwei Wochen, in denen wir eine Rundreise durch die Schweiz machten. Wir haben uns prächtig verstanden und uns danach jedes Jahr zu einem gemeinsamen Urlaub getroffen. Zweimal bin ich sogar zu den beiden nach Costa Rica geflogen und hätte nie gedacht, dass in dem Land dort so eine wunderschöne Natur beheimatet ist.
Schon bei meinem ersten Besuch in Mittelamerika wurde ich allerdings den Eindruck nicht los, dass sein Früchtehandel nicht mehr besonders gut lief. Bernhard hatte nur wenige Angestellte und die Bananenplantage machte einen ziemlich verwilderten Eindruck auf mich. Er gab dann auch zu, seit Kurzem in der Hauptsache als Wirtschaftsmakler tätig zu sein. Seine alten Kontakte in Hamburg und bei der Handelskammer in San José böten angeblich beste Möglichkeiten, um Geschäftsabschlüsse jeglicher Art herbeiführen und schöne Vermittlungsgebühren kassieren zu können. Selbst während meiner Besuche kam es vor, dass er für einen oder zwei Tage plötzlich zu einem geschäftlichen Treffen verreisen musste. Bereitwillig kümmerte ich mich dann um seinen Sohn, der mir schnell bedenkenlos vertraute.

Ich glaube, der Junge sieht so etwas wie einen Großvater in mir, den er ja eigentlich gar nicht mehr hat. Umgekehrt sehe ich in ihm immer den kleinen Bernhard, dem ich auf dem Hamburger Hafengeburtstag vor dem Kassenschalter ein Eis spendiert habe.
Mit Entsetzten habe ich dann erfahren, dass Bernhard diese tückische Krankheit heimgesucht hatte. Die Ärzte gaben ihm wenig Hoffnung, aber er kämpfte, ließ keine neuen Therapien unversucht und konsultierte einen Spezialisten nach dem anderen.
Den wirklichen Grund dafür, dass er nicht nach Deutschland reisen konnte, habe ich erst vor wenigen Wochen erfahren. Dass er sich einer millionenschweren Steuerhinterziehung strafbar gemacht haben soll, konnte ich nicht glauben.
Ich glaube es eigentlich auch jetzt noch nicht, trotz des Haftbefehls. Er bat mich, keine Fragen zu stellen, sondern nur seine Wünsche zu befolgen, die er präzise aufgeschrieben hatte.
Ein Wunsch stand ganz oben auf seiner Liste. Es kam von Anfang an nur eine Person für ihn in Betracht, die er in sein Vertrauen ziehen wollte. Eine junge Rechtsanwältin in Hamburg.
Das waren Sie.
Aber er hat mir nie erzählt, warum.

31

Die Autobahn aus der Hansestadt in Richtung Norden war trotz des Sonntagsfahrverbotes für Lkw wieder einmal eine Katastrophe. Die Bezeichnung *Großraumparkplatz des Nordens* hätte eher gepasst. Die größte Autobahnbaustelle der Republik stand zwar nach fast zehn Jahren kurz vor der Fertigstellung, aber von der Hamburger Innenstadt bis zur Landesgrenze wurde die Geduld der Reisenden immer noch auf eine harte Probe gestellt.

Katharina hatte sich nach dem gestrigen Gespräch mit Sigurd Willemsen entschlossen, den längst überfälligen Besuch bei Beate Fillinger nicht länger aufzuschieben. Sie hatte schon häufig daran gedacht, aber den Gedanken immer wieder verdrängt. Dabei war sie es der alten Dame mindestens schuldig, sie zu der Beerdigung ihres Pflegekindes einzuladen, wenn diese denn überhaupt schon von seinem Tod erfahren hatte.

Am Telefon hatte ihr das Heim keine Auskunft über ihren Gesundheitszustand gegeben. Ein Grund mehr, den Sonntagnachmittag für eine Stippvisite im Alten- und Pflegeheim *Sonnenland* zu nutzen.

Sie hatte zunächst überlegt, ob sie Ramón mitnehmen sollte. Aber Beat hatte sofort mit dem Kopf geschüttelt. Er war der Meinung, dass es die alte Dame am Ende vielleicht doch emotional zu sehr aufwühlen würde, wenn sie nicht nur vom Tod ihres Pfleglings erführe, sondern auch noch dessen verwaistem Kind die Hand geben müsste.

Beat war mit Sigurd Willemsen und den beiden Jungs zu einer Stadtrundfahrt im Doppeldeckerbus aufgebrochen. Zum Abendessen wollten sie sich in der *L'Osteria* treffen. Da gab es die größten Pizzen Nordeuropas.

Nach zwei Stunden Fahrtzeit bei einer Strecke von nur sechsundfünfzig Kilometern erreichte sie völlig genervt das verträumte Dörfchen Heidmühlen, in dem das Alten- und Pflegeheim *Sonnenland*, von der Beschilderung her zu urteilen, Zielpunkt der meisten Besucher des Ortes war. Denn bereits kurz hinter der Autobahnausfahrt hatten die ersten Wegweiser gestanden.

Katharina nahm die letzte Kurve in Richtung Ortskern und fuhr auf einen von hohen Kastanien umsäumten Festplatz zu, hinter dessen frisch gemähtem Grün sich ein beeindruckendes altes holsteinisches Herrenhaus erhob.

Die wenigen ausgewiesenen Parkplätze an der Seite des klassizistischen Gebäudes waren wenig überraschend alle besetzt. Katharina quetschte ihren Wagen ganz hinten zwischen einen Volvo und den frisch gestrichenen Hintertreppenabgang, vor dem halb leere Farbtöpfe auf ihre Abholung warteten. In ehrenvollem Abstand zum Haupthaus befanden sich rechts und links ehemalige Wirtschaftsbauten, die jetzt anscheinend als Personalunterkünfte genutzt wurden. Gerade erschienen in einer der grün-weißen Friesentüren zwei junge Frauen in blütenweißen Kasacks und eilten auf die große Freitreppe des Herrenhauses zu.

Die üppige Schwester am Empfang trug ein kabelloses Headset und schien nicht ihren besten Tag zu haben. Ziemlich barsch fragte sie nach dem Grund von Katharinas Besuch.

»Frau Fillinger ist heute nicht besonders gut drauf. Es wäre besser, wenn Sie es an einem anderen Tag noch einmal versuchen würden«, sagte sie schnippisch.

»Ich bin nicht auf einen Freundschaftsbesuch gekommen«, erwiderte Katharina spitz. »Ich habe ein sehr persönliches Anliegen und würde Frau Fillinger gerne hier und heute sprechen. Das dürfte ja wohl möglich sein oder ist das hier eine geschlossene Anstalt?«

Die Schwester schien eine derartige Antwort nicht erwartet zu haben und holte tief Luft. Dann drückte sie erbost eine Taste auf der Telefonanlage. Sie stand auf und ging langsam in Richtung der hinteren Aktenschränke, während sie so leise telefonierte, dass Katharina vom Inhalt des Gespräches nicht das Geringste mitbekam. Endlich erschien sie wieder am Empfangstresen.

»Sie möchten bitte zunächst zu Herrn Dr. Wohlleben in Zimmer 2417 kommen. Zweiter Stock, dann den rechten Flur hinunter. Herr Dr. Wohlleben ist der Arzt von Frau Fillinger.«

Ohne sich zu bedanken, drehte sich Katharina um und ging durch die in einem Schachbrettmuster aus schwarzem und weißem Granit ausgelegte Empfangshalle in Richtung der Fahrstühle.

Dr. Wohlleben war ein junger Arzt, vielleicht Ende dreißig, der ziemlich nervös wirkte, als Katharina ihm eine Kopie der Strafprozessvollmacht von Bernhard Fillinger über den Tisch schob.

»Äh … der Sohn, ich meine der Pflegesohn von Frau Fillinger ist doch umge…, äh … verstorben?«, stammelte er, als er das Papier in die Hand nahm.

Katharina hatte mit so einer Frage gerechnet. »Ja, natürlich, Herr Dr. Wohlleben. Ich weiß, das hier ist eine Vollmacht von Herrn Fillinger für ein Strafverfahren. Aber sehen Sie, ich bin eigentlich auch gar nicht formell als Herrn Fillingers ehemalige Rechtsanwältin hier, sondern um seine Pflegemutter zu der Beerdigung am Dienstag einzuladen. Ich hielt das für angebracht.«

Der junge Arzt nickte verständnisvoll. »Ein Hamburger Polizist hat hier kürzlich angerufen und uns über seinen Tod informiert. Den Anruf hat leider eine Aushilfskraft entgegengenommen und keine Rückrufnummer notiert. Frau Fillinger weiß im Übrigen noch nicht Bescheid.« Er nahm erneut die Kopie der Vollmacht in die Hand. »Äh … aus ärztlicher Sicht halten wir es im Moment nicht für ratsam, es ihr zu sagen.«

»Geht es ihr denn so schlecht?«, wollte die Anwältin wissen.

»Frau Fillinger ist dement und zudem ist ihr Herz sehr angegriffen. An die Teilnahme bei einer Beerdigung ist jedenfalls nicht zu denken«, sagte Dr. Wohlleben.

»Aber Frau Fillinger kann sich doch noch an ihren ehemaligen Pflegling erinnern, oder?«, hakte Katharina nach.

»Ja, das kann sie. Gut sogar. In Momenten der inneren Ruhe erzählt sie von ihrem Sohn Bernie, der nach Afrika ausgewandert sei … Damit ist ja wohl Herr Bernhard Fillinger gemeint.«

»Davon ist auszugehen, obwohl Herr Fillinger tatsächlich nicht nach Afrika ausgewandert ist. Er lebte zwischenzeitlich in Mittelamerika«, sagte Katharina nickend.

»Seit dem Vorfall vor zwei oder drei Wochen spielt ihr Herz nicht mehr so mit und sie ist bettlägerig und schwer ansprechbar. Die Aufregung durch die Konfrontation mit der Vergangenheit war wohl zu groß für sie.«

»Welcher Vorfall?«, fragte Katharina neugierig.

»Na ja, sie hatte ein kleines Päckchen mit der Mittagspost bekommen. Die Pflegekraft hat es ihr auf das Zimmer gebracht. Als man ihr wenig später das Mittagessen servieren wollte, saß sie regungslos in ihrem Sessel, neben ihr auf dem Tischchen befand sich das geöffnete Päckchen. Auf ihrem Schoß lag ein noch verschlossener Brief und in der Hand hielt sie ein Bild, auf dem wohl Herr Fillinger und sein Sohn zu sehen waren.« Dr. Wohlleben wischte sich über seinen Bürstenschnitt und seufzte. »Das Foto muss sie erheblich aufgeregt haben, denn sie hatte einen leichten Schlaganfall erlitten und war nicht ansprechbar. Um ihren Hals hing eine dünne Kordel mit einem USB-Stick daran, der anscheinend mit dem Brief zusammen in dem Päckchen gewesen war. Sie hat Kordel und Stick wohl für einen Schmuckanhänger gehalten.« Er schüttelte mitleidig lächelnd den Kopf.

Katharina durchzuckte es wie nach einem Stromstoß. Der erste der beiden Sticks war aufgetaucht.

Mutter. Eines der letzten Worte des sterbenden Bernhard Fillinger.

Nur kein übertriebenes Interesse zeigen, sagte sie sich. »Und von wem war der Brief?«, fragte sie.

»Von Bernhard Fillinger natürlich.«

»Haben Sie ihn denn gelesen und den Inhalt des Sticks untersucht?«

»Ja, wir haben den Umschlag vorsorglich geöffnet. Das Schreiben enthielt außer persönlichen Worten an Frau Fillinger die Bitte, dass sie den Inhalt des Päckchens nur an ihn persönlich herausgeben dürfe. Er würde sich in Kürze bei ihr melden.« Dr. Wohlleben kratzte sich schuldbewusst das Kinn. »Der Inhalt des USB-Sticks ist mit einem Passwort geschützt, das nicht in dem Brief erwähnt wird.«

Katharina überlegte fieberhaft.

Hatte sie bei der Durchsicht der Daten auf Fillingers iPad irgendwo ein Passwort übersehen? Egal, den Stick musste sie auf jeden Fall an sich bringen, und zwar ohne lange Formalitäten und Erbnachweise. Koste es, was es wolle.

»Herr Dr. Wohlleben, da ich die letzte bevollmächtigte Anwältin von Herrn Fillinger bin, muss ich Sie um die Herausgabe des USB-Sticks bitten, bevor er in die falschen Hände fällt. Dafür werden Sie sicher Verständnis haben.«

Der junge Arzt schaute auf die Kopie der Strafprozessvollmacht und überlegte nur kurz. Eigentlich war er froh, ohne großen Schreibkram diesen Datenträger loswerden zu können. Sie konnten ja sowieso nichts mit ihm anfangen. »Aber den Empfang quittieren Sie mir bitte. Dann können Sie den Stick mitnehmen.«

»Selbstverständlich bestätige ich Ihnen den Erhalt«, sagte Katharina erleichtert. »Und wenn Sie so nett wären und mir auch eine Kopie des Briefes mitgeben könnten?« Sie setzte dabei ihr charmantestes Lächeln auf.

Der Arzt nickte und holte ein Stück Papier aus einer Schublade. Er schob es Katharina hin und zog einen Kugelschreiber aus seiner Brusttasche. Dann stand er auf und ging in das Nebenzimmer. Während Katharina eine kurze Empfangsbestätigung zu Papier brachte, hörte sie, wie nebenan mehrere Schubfächer geöffnet und wieder geschlossen wurden. Dann nahm ein Kopiergerät seine Arbeit auf und wenige Minuten später erschien Dr. Wohlleben mit dem USB-Stick und der Briefkopie in der Tür.

Katharina stand auf, bedankte sich noch einmal bei dem Arzt für sein Entgegenkommen und verabschiedete sich.

Plötzlich fiel ihr aber doch noch etwas ein. »Ach, eine

Frage hätte ich da noch, Herr Dr. Wohlleben. Weiß die Polizei von dem Stick und dem Brief?«

Wie aus der Pistole geschossen, antwortete der Angesprochene: »Nein, die Aushilfskraft, die am Donnerstag in der Halle Telefondienst hatte, war von einer anderen Station.«

32

Inga Steenken klappte die letzte Seite der vor ihr liegenden Akte zu und lehnte sich kopfschüttelnd in ihrem Stuhl zurück. »Wahnsinn. Peter Sagowski ist 1985 wegen versuchter Republikflucht zu zweieinhalb Jahren Haft verurteilt worden. Den hat man damals ganz schön fertiggemacht. Nach mehreren Monaten Dunkelhaft in Bautzen hat er sich in seiner Zelle erhängt. Es war angeblich der letzte Suizid eines Gefängnisinsassen der DDR. Offiziell jedenfalls.«

Jansen stand auf und holte sich einen Becher Kaffee. »Bautzen, das war doch dieser Sonderknast für politische Gefangene?«, fragte er.

»Ja, gleich nach dem Mauerfall wurden alle Insassen wohl auf Druck des Westens entlassen«, erwiderte Steenken.

»Und sonst? Irgendetwas, was uns weiterbringt?« Jansen war genervt. Sie hatten immer noch nichts, was irgendwie als heiße Spur bezeichnet werden konnte.

»Nein, das Schicksal des leiblichen Vaters unseres Opfers bringt uns auch nicht weiter.« Steenken schnappte sich die andere dunkelblaue Akte und schlug diese auf. »Im Fall von Maria Sagowski sieht es nicht besser aus. Die hat man kurz nach der Festnahme ihres Mannes erstaunlicherweise nicht gleich mit eingebuchtet, sondern nur degradiert. Bis 1985 war sie als Chefbuchhalterin bei der Staatsbank der DDR angestellt, danach wurde sie in das Sekretariat von Schalck-Golodkowski versetzt.«

»Die muss doch dann eine ganze Menge von den Internas mitbekommen haben, die damals bei der KoKo angeblich gelaufen sind?«, fragte Jansen seine Kollegin.

»Das kann schon sein, aber das geht natürlich nicht aus den Akten des ehemaligen Ministeriums für Staatssicherheit hervor. Hier steht nur, dass Sagowski als einfache Tippse in die Abteilung KoKo abgeschoben werden sollte.«

»Und dann?«

»Was und dann?«

»Na, was ist dann mit ihr passiert?«

Steenken blätterte in den letzten Seiten und zog die Schultern hoch. »Das ergibt sich nicht mehr aus den Aufzeichnungen. Die hören auf mit einem Vermerk, dass Maria Sagowski im Bezirkskrankenhaus in Greifswald war ... Genau zu der Zeit, als ihr Mann sich erhängt hat.« Sie schüttelte ärgerlich den Kopf. »Das führt uns doch nicht weiter, Jan. Diese alten Geschichten bringen nichts. Reine Zeitverschwendung, wenn du mich fragst.«

»Ich frage dich aber nicht. Bleib dran und krieg raus, warum die Sagowski damals im Krankenhaus war. Ich habe da so ein komisches Gefühl.«

Jansens Telefon klingelte. Seinem Gesichtsausdruck nach zu urteilen, hatte der Anrufer keine guten Nachrichten. Das Gespräch dauerte auch nur einen kurzen Augenblick, dann warf Jansen wutschnaubend den Hörer auf den Apparat.

»Das war das Jugendamt. Sie haben keine Akten mehr aus dem Jahr 1991. Es ist wie verhext.«

Hasberg kam herein, um sich auf dem Kocher einen Tee zu machen.

»Habt ihr endlich was über den schwarzen Pkw am Flughafen herausbekommen?«, raunzte Jansen ihn genervt an.

»Hör mal, Jan, keiner kann etwas dafür, dass es hakt und wir feststecken. Wir machen alle unseren Job«, wies Steenken ihren Chef zurecht.

»Weißt du eigentlich, wie viele schwarze, größere Pkw in Hamburg zugelassen sind?«, ergänzte Hasberg, während er einen Teebeutel aus der Schachtel nahm.

»Jaja, schon gut«, sagte Jansen reuig und schmiss seinen Kuli auf den Schreibtisch.

»Von 780.000 Pkw kommen etwa siebzehntausend für uns in Betracht. Noch Fragen? Besorg mir genügend Leute, dann ziehen wir los«, sagte Hasberg sarkastisch. Auch er machte einen ziemlich desillusionierten Eindruck.

Zu allem Überfluss erschien in diesem Moment ihre Chefin auf der Bildfläche.

»Herr Jansen, wie kommen Sie voran? Ich vermisse seit Tagen einen Bericht von Ihnen. Mir sitzt die Innenbehörde im Nacken. Die Kollegen wollen wissen, ob wir schon eine konkrete Spur haben.«

»Es tut mir leid, Frau Dr. Stange, aber wir treten etwas auf der Stelle, wenn ich das so sagen darf.« Jansen war aufgestanden und zum Fenster gegangen.

»Brauchen Sie mehr Leute? Müssen wir eine Sonderkommission zusammenstellen?« Die Staatsanwältin machte einen ungewohnt nervösen Eindruck.

Steenken vermutete, dass sie gehörig Druck bekam. Und zwangsläufig entlud sich dieser Druck auf ihre Mordkommission.

»Nein, nein. Alle jammern zwar, aber wir schaffen das mit der Truppe hier. Bis wir die neuen eingearbeitet haben …«, winkte Jansen ab. Er wischte sich mit der flachen Hand über die Stirn. »Wir glauben, dass wir nur über das Motiv der Tat weiterkommen. Und ich bin mir sicher, dieses liegt in der Vergangenheit von Bernhard Fillinger, vormals Sagowski. Es hat entweder mit dieser Steuerhinterziehung von 2014 zu tun oder mit dem noch weiter zurückliegenden Mord an seiner leiblichen Mutter, Maria Sagowski.«

»Haben Sie die Akten der Stasi-Unterlagenbehörde schon bekommen?«, wollte die Oberstaatsanwältin wissen.

»Ja, die Kollegin Steenken hat sich die beiden Akten vorgenommen.«

»Aber wieder Fehlanzeige. Uns fehlt eine Verbindung zwischen dieser Steuersache von Bernhard Fillinger und dem Mord an ihm. Aber diese Verbindung gibt es, da bin ich mir sicher«, sagte Steenken.

Jansen hatte sich wieder auf seinen Stuhl gesetzt und schlug die dünne Ermittlungsakte auf. »Hier, die Vernehmung dieser Anwältin von Fillinger …«, er tippte mit dem Finger auf die aufgeschlagene Seite, »… da liegt meiner Meinung nach der Schlüssel. Wenn wir mehr über das Mandatsverhältnis der beiden wüssten, kämen wir vielleicht weiter. Wir müssen unbedingt den Druck auf die junge Dame erhöhen. Und ich habe mir da auch schon etwas einfallen lassen.« Er klappte die Akte geräuschvoll zu.

»Und was wäre das, Herr Jansen?«, wollte die Oberstaatsanwältin wissen.

»Ich habe die Vernehmung des Sohnes von Fillinger veranlasst und der Anwältin mitgeteilt, dass sie einen Termin vereinbaren möge.«

»Und, wie hat sie reagiert?«

Jansen verzog das Gesicht. »Heute Morgen kam ein Fax von dem Vormund des Jungen, einer Rechtsanwältin Dr. Dressler, mit einem Attest, dass eine Konfrontation des Kindes mit den Geschehnissen aus ärztlicher Sicht nicht vertretbar sei. Nun habe ich den kinderpsychologischen Dienst eingeschaltet, der wird sich zusammen mit dem Amtsarzt den Jungen anschauen.«

»Was versprechen Sie sich denn von seiner Aussage?«, fragte die Staatsanwältin.

»Ramón Fillinger wird uns über den Tathergang am Flughafen aller Voraussicht nach tatsächlich nichts Neues sagen können, aber schon alleine eine mögliche Vernehmung lässt diese störrische Anwältin vielleicht etwas gefügiger werden.«

Die Staatsanwältin schüttelte zweifelnd ihren Kopf.

In diesem Moment klingelte Jansens Telefon. Er nahm das Gespräch an.

»Stopp, Jondracek. Komm rüber, wir sind bei Inga und mir. Die Chefin ist auch hier. Erzähl es uns gleich allen«, unterbrach Jansen seinen Kollegen.

Nach einer Minute stürmte Jondracek ins Zimmer. »Ich habe mal alle Flüge der letzten beiden Tage nach Hamburg mit den bisher aufgetauchten Namen abgeglichen. Immerhin ist morgen um vierzehn Uhr die Beerdigung von Fillinger angesetzt … und ich habe einen Treffer gelandet.« Er machte demonstrativ eine Pause.

»Komm schon, schieß los«, drängelte Hasberg.

»Gestern Morgen ist mit der Frühmaschine aus Zürich ein gewisser Sigurd Willemsen in Hamburg gelandet.«

»Das ist ein Ding!«, war Jansens trockener Kommentar. »Den werden wir nach der Veranstaltung schnappen und uns mal eingehend mit ihm unterhalten. Und das Schöne ist, Willemsen kann sich nicht auf irgendein Zeugnisverweigerungsrecht berufen. Der muss erzählen«, fügte er grinsend hinzu.

»Der hat aber bereits für den späten Nachmittag einen Rückflug gebucht, wieder nach Zürich«, sagte Jondracek.

»Den wird er wohl verschieben müssen«, erwiderte Jansen.

»Überprüfe bitte, wer sonst noch in der Maschine saß. Besonders direkt neben ihm«, sagte Steenken.

Jansen hob den rechten Daumen. »Super Idee.«

33

Das Wetter hatte umgeschlagen und es nieselte bei unfreundlichen Temperaturen. Eigentlich kein Wetter für eine Fahrt durch die Kanäle der Speicherstadt, dachte Katharina und schlug der kleinen Reisegruppe stattdessen einen Besuch im *Miniatur Wunderland* vor, der größten Modelleisenbahn der Welt.

Die beiden Jungen waren sofort begeistert und auch Beat und Sigurd Willemsen stimmten zu, nachdem sie aus dem Fenster im Frühstücksraum des Hotels in das graue Nass geblickt hatten. Katharina hatte sich nach dem Frühstück mit einem schlechten Gewissen entschuldigt und war zum Büro gefahren. Aber Beat hatte ihr verständnisvoll zugenickt. Er schien ihre Lage nachvollziehen zu können.

Beat war überhaupt unbezahlbar. Er kümmerte sich um Eintrittskarten, studierte die Hamburger Bus- und U-Bahn-Pläne, hielt nebenbei die beiden Jungen unter Kontrolle und sorgte während ihrer Touren gleichzeitig dafür, dass das Besichtigungsprogramm für Sigurd Willemsen nicht zu anstrengend wurde.

Katharina überlegte, womit sie ihre Besucher als Ausgleich für ihre ständige Abwesenheit überraschen konnte. Da entdeckte sie im Vorbeigehen an der Hotelrezeption einen Werbeflyer des *Schweizer National-Circus*, der gerade in der Stadt gastierte. Die letzte Vorstellung fand allerdings schon am morgigen Dienstag statt. Am Tag der Beerdigung von Bernhard Fillinger. Konnte sie das machen?

Für sie persönlich war diese Trauerfeier eher eine geschäftliche Veranstaltung. Ein Mandant war gestorben. Nicht mehr und nicht weniger.

Beat und Noah kamen nur Ramón wegen mit. Und für Ramón, den der Verlust am stärksten traf, wäre ein solch anschließendes Event wahrscheinlich eine willkommene Abwechslung.

Aber wie würde Sigurd Willemsen reagieren?

Sie erinnerte sich daran, dass dieser unmissverständlich erklärt hatte, morgen am späten Nachmittag bereits wieder im Flugzeug zurück nach Zürich sitzen zu wollen.

Sie stellte sich einen fröhlichen Abend zu viert vor und dass die Ferris sich vielleicht auch über einen Gruß aus der Heimat freuten. Damit verwarf sie alle aufkommenden Zweifel.

Als sie im Büro ankam, beauftragte sie sofort Frau Peters, vier Karten zu besorgen. Die richtete ihr von Lasse Hamran aus, dass er mittags zum Hofweg kommen würde, um mit Katharina die Wohnung Fillingers zu durchsuchen.

Katharina schloss die Tür hinter sich, fuhr den Rechner hoch und stöpselte den Stick, den sie gestern in der Klinik bekommen hatte, in den dafür vorgesehenen Platz.

Gleich der erste Versuch war erfolgreich. Das Passwort lautete *Mutter.*

Fillinger hatte sich nicht viel Mühe mit der Verschlüsselung seiner Daten gegeben. Aber vielleicht hatte er sich auch etwas dabei gedacht und derjenige, der den Stick bei seiner Mutter entdecken würde, sollte ohne große Anstrengung an die abgespeicherten Daten gelangen können. Das bedeutete natürlich, dass Bernhard Fillinger durchaus damit gerechnet hatte, selbst nicht mehr in der Lage sein zu können, ein Passwort einzugeben.

Diese Gedanken gingen Katharina durch den Kopf, als sie vor ihrem Laptop saß und den USB-Stick entschlüsselte, den sich Beate Fillinger in ihrem Dämmerzustand nichtsahnend um den Hals gehängt hatte.

Der Name des Ordners, in dem die Daten abgelegt waren, ließ darauf schließen, dass sie endlich erfahren würde, was Fillinger genau vorgehabt hatte: *Teil 3 – Der Plan.*

An den noch fehlenden *Teil 2* verschwendete Katharina im Moment keine Gedanken.

Es gab genau wie auf dem iPad mehrere Unterordner, in denen Fillinger Dokumente verewigt hatte, die alle von Maria Sagowski stammen mussten. Zunächst entdeckte Katharina eine Liste mit Namen von Mitarbeitern des *Ministeriums für Staatssicherheit*, die im Jahr 1990 zum engeren Führungskreis der KoKo gehört hatten. Zu jedem Namen existierte auch ein Lichtbild. Die Qualität der Bilder ließ zwar zu wünschen übrig, aber die Gesichter waren zu erkennen.

Bei einem Bild stutzte sie. Es war das von Oberst Julius Erken, welches sie schon in den Dateien auf dem iPad gefunden hatte. Hinter dem Namen war ein handschriftlicher Zusatz vermerkt: *Neue Identität: Robert Müller*

Jetzt fing der Kreis an, sich zu schließen.

Der Geschäftsführer und Mitinhaber der *Firma Mellinger GmbH* war also ein alter Stasi-Mann. Das ist der Hammer!, fand Katharina.

Ein Stück weiter unten auf der Liste tauchte ein weiterer Name auf, den Katharina schon mal gehört hatte: Simone Gundlach.

Das waren zwei Namen, die Beat Ferri ihr als Inhaber dieser ominösen *Beluga-Stiftung* genannt hatte, die in den Genuss von Fillingers Kick-Back-Zahlung gekommen waren.

Die Namen Dr. Hohlmann und Friedbert Kröger konnte sie auf der Liste der ehemaligen Stasi-Mitarbeiter nicht entdecken.

Katharina ordnete ihre Gedanken. Robert Müller war zugleich Mitinhaber der *Beluga-Stiftung* und ein ehemaliger Stasi-Oberst, der sich Teile des DDR-Vermögens unter den Nagel gerissen hatte. Nämlich die gesamten Aktien dieser Holdinggesellschaft, der *Tranvia AG.*

Sie klickte auf den nächsten Unterordner. Er trug die Überschrift: *Die Besucher.* In ihm waren maschinenschriftliche Aufzeichnungen über Besuche von westdeutschen Personen in der KoKo-Zentrale in den Jahren zwischen 1987 und 1990 abgespeichert. Maria Sagowski hatte minutiös Buch darüber geführt, wer sich dort mit wem regelmäßig getroffen hatte. Katharina hatte den Eindruck, als hätte die Verfasserin die kommenden Ereignisse vorausgeahnt und vorsorglich alle greifbaren Informationen akribisch gesammelt. Über Inhalte dieser Treffen war aus den Aufzeichnungen wenig zu entnehmen. Immer nur dann, wenn von ihr später auch Aktenvermerke oder Briefe getippt worden waren, hatte sie kurze Inhaltsbeschreibungen hinterlassen.

Meistens waren jedoch nur die Namen der Personen, ihre Funktion und der Empfänger des Besuchers hinter dem Besuchsdatum vermerkt. Hin und wieder fehlte jedoch auch ein Name. Entweder hatte Maria Sagowski dann nur eine Personenbeschreibung notiert oder einen vertraulichen Decknamen. Zwischen Herbst 1989 und März 1990 tauchte auffällig oft die Bezeichnung ›IM-Schweizer‹ auf. Nach den Aufzeichnungen hatte unter diesem Pseudonym ein Mann fünf Mal Oberst Julius Erken in Berlin besucht. In Klammern stand hinter dem Aliasnamen ›Ministerium für innerdeutsche Beziehungen‹.

In der nächsten Datensammlung hatte Fillinger Auszüge aus den Stasi-Akten von Maria und Peter Sagowski abgespeichert.

Derartige Akten hatte Katharina bisher noch nicht gesehen. Ihre Eltern hatten sich nach ihrer Kenntnis nie dafür interessiert, ob es bei der Stasi Akten über sie gab. So wie es aussah, hatte Bernhard Fillinger, nachdem Sigurd Willemsen ihm die Aufzeichnungen seiner leiblichen Mutter übergeben hatte, professionelle Recherche bei der Stasi-Unterlagenbehörde betrieben und Akteneinsicht in die Dokumente seiner Eltern erhalten.

Katharina las Seite für Seite und war zunehmend schockiert über das, was Maria und Peter Sagowski in den letzten Jahren der DDR wiederfahren war.

Peter Sagowski hatte ab Herbst 1985 wegen versuchter Republikflucht als Häftling Nr. 187 im Stasi-Sonderknast in Bautzen eingesessen. Im Volksmund Bautzen II. Die meistgefürchtetste Haftanstalt der DDR.

Oberst Julius Erken war zu dieser Zeit der verantwortliche Vernehmungsoffizier gewesen. Die detailreichen Protokolle seiner menschenverachtenden Befragungen ließen erahnen, dass Erken nichts anderes als ein parteigesteuerter Sadist war.

Namen waren in der Anstalt grundsätzlich verpönt. Häftlinge hatten schließlich Nummern. Honeckers Schergen hatten Peter Sagowski in seiner letzten Vernehmung ein Ultimatum gesetzt. Entweder würde er endlich die Namen seiner Komplizen preisgeben, die ihm bei seinem Fluchtversuch aus der Altmark geholfen hatten, oder er würde seinen Sohn nie mehr wiedersehen. Eine Zwangsadoption wäre nur eine Sache von wenigen Tagen. Die entsprechenden Papiere hatten sie ihm schon vorgelegt. Zwei Stunden später hatte sich der Häftling Nr. 187 in seiner Zelle das Leben genommen.

Auch Maria Sagowski hatte offenbar unter Julius Erken gelitten. Als Ehefrau eines Republikflüchtlings hatte sie mehrere schikanöse Behandlungen über sich ergehen lassen müssen. Nach einem erfolglosen Verhandlungsmarathon über elf Stunden hatte man sie aber nicht inhaftiert. Einer Randnotiz entnahm Katharina, dass sie zum Zeitpunkt des Suizids ihres Mannes im Bezirkskrankenhaus Greifswald gelegen hatte. Warum, ging aus der Notiz nicht hervor.

Katharina war erschüttert. Sie hatte natürlich viel über die Machenschaften der Staatssicherheit zu DDR-Zeiten gelesen, aber die unmittelbare Konfrontation mit dem Schicksal eines Opfers war doch etwas anderes.

Aufgewühlt klickte sie sich durch die weiteren Dokumente. Hatte Bernhard Fillinger später dem Peiniger seiner Eltern etwa Auge in Auge gegenübergestanden?

In einem weiteren Unterordner wurde sie fündig. Auf einer maschinengeschriebenen DIN-A4-Seite fand sie das Drehbuch zu einem Film, der nun nicht mehr realisiert werden würde, weil der Hauptdarsteller tot war – Bernhard Fillinger hatte einen perfiden Plan gehabt.

Er hatte Julius Erken im Laufe des Jahres 2013 mithilfe von mehreren Schweizer Anwälten über die *Tranvia AG* ausfindig gemacht. Da er aus den Unterlagen seiner Mutter die Namen der Aktieninhaber dieser ehemaligen KoKo-Gesellschaft kannte und sogar ein Lichtbild des Gesuchten vorzeigen konnte, war es am Ende ganz einfach gewesen.

Katharina fragte sich, was er wohl gedacht hatte, als er auf der Website der *Firma Mellinger GmbH* das gealterte Konterfei von Julius Erken alias Robert Müller wiedererkannt hatte …?

Über seine Rechtsanwälte hatte Fillinger dann allerdings erfahren müssen, dass diesem Julius Erken juristisch nicht mehr beizukommen war. Die Vermögensschiebereien aus dem Jahr 1990 waren genauso verjährt wie die Vernehmungspraktiken im Stasi-Sonderknast im Jahr 1985.

Der Zufall spielte Bernhard Fillinger jedoch schon ziemlich bald nach der Aufdeckung der Identität des schändlichen Obristen eine Möglichkeit in die Hände, der Gerechtigkeit doch noch zu einem Sieg verhelfen zu können.

Über seine Wirtschaftskontakte in Mittelamerika erhielt er plötzlich die Chance, einen millionenschweren Auftrag für die Herstellung und Montage mehrerer Umweltprojekte zu vermitteln. Er gründete daraufhin zunächst die *Fa. Silent Trust LLC* in der Steueroase Dubai und trat dann als freiberuflicher Wirtschaftsmakler mit besten Kontakten an die *Firma Mellinger GmbH* heran.

Die Provision für seine Vermittlung, die er großkotzig mit vierzehn Millionen Euro ins Spiel gebracht hatte, war kein Thema mehr, nachdem er angeboten hatte, sechs Millionen davon als Kick-Back-Zahlung an die Geschäftsführer auf ein Konto ihrer Wahl quasi zu erstatten. Habgier war halt schon immer ein ausschlaggebendes Motiv.

Man wurde sich so ziemlich schnell einig und Fillinger wurde die *Beluga-Stiftung* aus Vaduz genannt, die ein Bankkonto in der Schweiz besaß und die in den Genuss des Geldsegens kommen sollte. Wohlweislich hatte sich Fillinger diese Zahlungsanweisung von Hohlmann per E-Mail geben lassen.

Damit hatte er sie in der Hand. Alle. Auch Gundlach und Kröger, die von dieser Kick-Back-Zahlung profitierten. Wer immer diese Leute auch waren.

Fillinger wollte sich dann später selbst beim Finanzamt anzeigen, seine eigenen Steuern nachzahlen und sich entspannt zurücklegen. Müller alias Erken wäre aufgeflogen und schnurstracks in den Bau gewandert. Quasi als verspätete Anerkennung seiner Stasi-Machenschaften. Die anderen drei Nutznießer seiner Kick-Back-Zahlungen hatte Fillinger in seinen Aufzeichnungen als Kollateralschaden bezeichnet.

Aber Katharinas Mandant hatte wahrscheinlich das Schicksal zu sehr herausgefordert. Seine plötzlich auftretende Krankheit und die überraschende Betriebsprüfung bei der *Mellinger GmbH* hatten ihm einen dicken Strich durch die Rechnung gemacht.

Seine Zugehfrau in Hamburg mit Namen Irina fand eines Tages mitten auf dem Wohnzimmertisch einen Durchsuchungsbeschluss der Steuerfahndung. Sie rief völlig aufgelöst bei Fillinger an, der sich mit seinem Sohn in Costa Rica aufhielt. Dadurch erfuhr er, dass sie ihn am Haken hatten. An eine Rückreise nach Deutschland war nicht mehr zu denken.

Katharina entnahm dem Ende der Aufzeichnungen, dass Fillinger anschließend fast nur noch mit Arztbesuchen in den USA beschäftigt gewesen war. Die Möglichkeit einer Selbstanzeige hatte sich mit der Einleitung des Verfahrens natürlich in Luft aufgelöst. Statt Müller alias Erken und seinen Mitstreitern sah sich Fillinger nun selbst der Drohung einer längeren Haftstrafe ausgesetzt.

Der letzte Satz der Aufzeichnungen lautete: *Ich werde niemals ins Gefängnis gehen!*

Katharina klappte ihren Laptop zu, stand auf und öffnete das Fenster. Sie inhalierte die frische Abendluft wie ein Kettenraucher das Nikotin.

Fillingers Plan war eigentlich genial gewesen. Auch wenn er am Ende richtig in die Hose gegangen war. Aber fast wäre dieser Stasi-Oberst tatsächlich ins Gefängnis gewandert. Und zwar aus Habgier, zu der ihn ausgerechnet der Sohn von Peter Sagowski verführt hatte.

Umso tragischer war das Ende der Geschichte: Stattdessen war es Fillinger gewesen, der ins Fadenkreuz der Steuerfahnder geraten war. Er hatte sich in seinem fein gesponnenen Netz selbst verfangen.

Allerdings verstand Katharina nicht, warum Hohlmann und Müller Bernhard Fillinger nicht gleich von der Betriebsprüfung informiert hatten. So viel Erfahrung hatte die junge Anwältin mittlerweile schon gesammelt, sie kannte die ungeschriebenen Gesetze dieser Klientel: Hatte man gemeinsam den Fiskus ordentlich beschissen, so war bei ernsten Problemen der zügige Informationsaustausch untereinander oberstes Gebot. Man kippte seine Mitstreiter nicht einfach so vom Spielbrett, ohne vorher nach einer gemeinsamen Lösung gesucht zu haben.

Katharina rauchte der Kopf. Die Informationen, die sich hier auf diesem Stick befanden, enthielten zusammen mit dem, was Fillinger auf seinem iPad hinterlassen hatte, eine brisante Mischung aus Wissen über die Veruntreuung von Staatsvermögen und einer möglicherweise damit zusammenhängenden Mittäterschaft eines Mitarbeiters des ehemaligen Ministeriums für innerdeutsche Beziehungen.

Wer war ›IM-Schweizer‹ und wo hielt er sich auf? Wahrscheinlich würden sich diese Fragen mit dem letzten Stick beantworten lassen.

Sie selbst verspürte jedenfalls vor allem das drängende Verlangen, dass Ramón und sie selbst heil aus der ganzen Sache herauskamen. Und dafür war es eigentlich notwendig, dass sie ihre Erkenntnisse an die professionellen Ermittler weiterleitete. Die Motivlage für den Mord an ihrem Mandanten lag eindeutig auf dem Tisch. Außerdem machte sie sich möglicherweise einer Strafvereitelung schuldig, wenn sie die Existenz der Dokumente Jansen und seiner Truppe verschwieg. Der Anwaltskammer würde das nicht unbedingt gefallen, wie sie ehrlich zugeben musste.

Sie musste sich irgendwem bei der Polizei offenbaren und ihn gleichzeitig davor warnen, dass in der Behörde ein Maulwurf sein Unwesen trieb.

Aber wem?

Ihr fiel nur eine Person ein, bei der sie einigermaßen sicher war, dass sie nicht der Verräter war: Oberstaatsanwalt Mankowsky.

Sie würde sich persönlich irgendwo unter vier Augen mit ihm treffen und ihn mit den Dokumenten von Fillinger und ihrem ungeheuren Verdacht konfrontieren.

Aber bevor sie den Oberstaatsanwalt anrufen würde, wollte

sie unbedingt noch die Wohnung ihres Mandanten in Augenschein nehmen. Vielleicht würde sie oder Lasse ja etwas finden, was die Polizei übersehen hatte. Zum Bespiel einen Hinweis, wo sich der letzte USB-Stick befand.

34

Die Wohnungstür von Bernhard Fillinger war nicht versiegelt. Schien nie versiegelt gewesen zu sein, denn nirgendwo zierte ein hartnäckiger Kleberest die Türzarge.

Einer der Schlüssel, die Katharina von der Polizei bekommen hatte, passte in das Schloss. Hamran schwang die Wohnungstür langsam auf und ging voran. Katharina überkam ein mulmiges Gefühl, als sie hinter ihm den kleinen Flur betrat.

Rechts hinter der Wohnungstür befand sich ein Gäste-WC. Daneben ein weiteres Zimmer, dessen Tür weit offen stand. Unübersehbar war dieser Raum zuletzt von einem Kind bewohnt worden. Ramóns Zimmer. Was würde er wohl empfinden, wenn er nach so vielen Jahren sein Kinderzimmer wieder betreten würde? Würde er es überhaupt wiedererkennen?

Die Wohnung entpuppte sich als großzügige, aber nicht besonders schick eingerichtete Penthousewohnung mit großer Dachterrasse. Die Möblierung war alt, teilweise ziemlich abgenutzt. Aber alles wirkte sauber und aufgeräumt. Hier hatte in der Tat jemand über die Jahre hinweg nach dem Rechten gesehen. Und die Spurensicherung hatte erstaunlicherweise alles andere als ein Chaos hinterlassen.

Beim Betreten des Esszimmers stach das Papier sofort ins Auge. Der Durchsuchungsbeschluss aus dem Jahr 2014, den die Steuerfahnder damals zurückgelassen hatten, lag immer noch mitten auf dem Tisch. Ein Aschenbecher aus schwarzem Granit diente als Briefbeschwerer.

Katharina trat auf die Dachterrasse hinaus. Hier schlug das Herz dieser Immobilie. Sie holte tief Luft und genoss trotz des miesen Wetters den weiten Blick über das trendige Stadtviertel auf der Uhlenhorst. Man sah über den Hofwegkanal hinweg bis zum Feenteich, hinter dem ganz hinten die weißen Segel auf der Außenalster zu erahnen waren.

Sie musste wieder an Ramón denken. Er war hier zu Hause gewesen. Jetzt war er Eigentümer dieser Wohnung. Vorausgesetzt er trat sein Erbe überhaupt an. Sie musste Sophia als seinen Vormund daran erinnern, dass sie sich mit der Hausverwaltung in Verbindung setzten sollte.

»Nicht schlecht. Die Bude ist mindestens zwei Mille wert«, sagte Hamran anerkennend, als er zu Katharina auf die Terrasse trat, sich über das Geländer lehnte und hinunter in den Garten schaute.

Sie inspizierten die weiteren Räume, öffneten Schränke und Schubladen, aber es fand sich kein Hinweis auf auch nur eine Kontaktperson Fillingers. Auch ein Name oder die Telefonnummer desjenigen, der die ganzen Jahre in dieser Wohnung nach dem Rechten gesehen hatte, war nicht zu entdecken. Katharina war enttäuscht. Was konnte sie noch unternehmen, um herauszufinden, wo sich der fehlende USB-Stick befand?

Als sie vor dem Fahrstuhl standen, machte Hamran einen Vorschlag. »Lass uns bei den Nachbarn klingeln und fragen. Du hast doch sicher deinen Anwaltsausweis dabei. Der schindet ja immer Eindruck. Vielleicht weiß irgendjemand hier im Haus, wer sich um Fillingers Wohnung gekümmert hat.«

Von den zehn Parteien, die in dem Mehrfamilienhaus wohnten, waren lediglich zwei ältere Ehepaare zu Hause, die aber nicht einmal wussten, ob ihr Nachbar überhaupt eine Haushaltshilfe hatte.

Als Katharina und Hamran das Erdgeschoss erreichten, stand eine junge Frau mit einem Kinderwagen vor dem Fahrstuhl und wartete. Sie war schlank und hatte blonde Haare, die ihr bis zur Hüfte reichten. Katharina schätzte sie auf ungefähr dreißig.

Sie ging auf sie zu und grüßte freundlich. Dann stellte sie sich als Anwältin von Bernhard Fillinger und Hamran als ihren Mitarbeiter vor und hielt der jungen Mutter ihren Ausweis unter die Nase.

»Wissen Sie vielleicht, ob Herr Fillinger eine Haushaltshilfe hat und wie ich die erreichen kann?«

»Wozu wollen Sie das denn wissen?«, fragte die Angesprochene schnippisch.

»Herr Fillinger meldet sich leider seit einigen Tagen nicht und geht nicht an sein Telefon. Und ich weiß nicht, wie ich ihn sonst erreichen kann. Er sagte mir noch, dass seine Haushaltshilfe nach dem Rechten sehen würde, wenn er unterwegs sei. Ich glaube, die Frau heißt mit Vornamen Irina oder so ähnlich. Vielleicht kann sie mir ja einen Tipp geben«, verbog Katharina die Wahrheit etwas und hoffte inständig, dass die Frau nicht mitbekommen hatte, dass Fillinger tot war.

Die junge Frau musterte Katharina einen Augenblick und schaute dann zu Lasse Hamran. »Irina Demotchovina. Nachher, ab zwölf Uhr, putzt sie bei mir und passt auch auf den Kleinen auf, denn ich muss zur Arbeit. Ich bin oben die Nachbarin von Bernhard und habe ihm Irina vermittelt.«

Sie fummelte nervös an der Kinderwagenabdeckung herum. »Äh … mir ist schon klar, wozu Bernhard eine Anwältin braucht. Die Durchsuchung der Steuerfahndung vor einigen Jahren haben alle hier im Haus mitbekommen. Und nach der Razzia sind er und Ramón nicht wieder aufgetaucht. Die Wohnung steht seitdem einfach leer«, sagte sie irgendwie enttäuscht.

Katharina war verdutzt ob der unverhohlenen Offenheit der jungen Frau. Sie schaute in den Kinderwagen und überlegte.

Die Blondine schien Katharinas Gedanken erahnt zu haben. »Der Kleine ist nicht von ihm, wenn Sie das denken. Lenny ist erst elf Monate alt. Aber Bernhard ist trotzdem ein netter Kerl …« Sie langte in den Kinderwagen und strich ihrem Kind zart über den Kopf.

»Spricht Frau Dechova…«

»Demotchovina.«

»Gut, also Demotchovina. Spricht sie Deutsch?«, fragte Katharina.

»Sie ist Deutsche.«

»Würden Sie ihr nachher bitte meine Karte geben und ihr sagen, dass sie mich gleich anrufen soll, wenn sie bei Ihnen ist? Es ist wirklich dringend.«

Die Nachbarin steckte wortlos die Visitenkarte ein, die Katharina ihr hinhielt, und schob den Kinderwagen in den Fahrstuhl.

Katharina und Lasse verließen das Haus und fuhren zurück zum Büro. Unterwegs machte Katharina ihrem Herzen Luft.

»Sag mal, Lasse, würde es dir etwas ausmachen, wenn du morgen während der Beerdigung im Hintergrund das Terrain sondieren würdest? Nur einfach umschauen, ob sich irgendwo verdächtige Gestalten herumdrücken. Dir fällt doch jeder Schurke, selbst im dunklen Zweireiher, sofort auf. Ich habe so ein ungutes Gefühl. Du weißt, was ich meine?«

»Mensch Katharina, wer soll sich da rumdrücken? Am helllichten Tag! Und mit Sicherheit werden ein paar Polizisten aus pietätvollem Abstand die Veranstaltung verfolgen. Die werden nämlich ähnliche Gedanken habe wie du.« Er schüttelte verständnislos den Kopf. »Aber meinetwegen, wenn du dich dann besser fühlst, spiele ich den Bodyguard.«

»Ich danke dir.«

Das Café war ziemlich leer und Katharina setzte sich an einen der kleinen Bistrotische direkt am Fenster zur Straße. Von hier aus hatte sie einen freien Blick auf den Haupteingang der Staatsanwaltschaft. Es war vier Uhr am Nachmittag und Mankowsky saß hoffentlich noch im fünften Stock und kämpfte sich durch irgendeinen Aktenstapel.

Sie hatte mit sich gerungen, aber jetzt war sie entschlossen, ihm alles zu erzählen. Sie musste einfach darauf vertrauen, dass Mankowsky die richtigen Schritte unternehmen würde, um den Maulwurf in seinen Reihen zu entlarven.

Sie wählte die Durchwahlnummer des Oberstaatsanwaltes und er war sofort am Hörer.

»Rechtsanwältin Tenzer hier. Herr Mankowsky … äh … ich habe ein Anliegen. Ich sitze hier unten in dem Café gegenüber von Ihrem Büro. Gleich am Fenster. Ich möchte Sie bitten, auf eine halbe Stunde zu mir herunterzukommen. Und Sie müssen dieses Telefonat absolut vertraulich behandeln und dürfen niemandem erzählen, dass wir uns treffen. Es ist wirklich wichtig.«

Stille.

Mankowsky überlegte. Dann sagte er: »Frau Tenzer, was soll diese Geheimniskrämerei? Warum können wir das nicht am Telefon besprechen?«

»Bitte, Herr Mankowsky, ich habe meine Gründe. Sie werden mich nachher schon verstehen.«

»Also gut, dann bestellen Sie mir schon mal einen Cappuccino.«

35

Die Abenddämmerung und die kunstvolle Illumination der historischen Quartiers- und Kontorhäuser leuchtete orange und ließ die roten Backsteine der Speicherstadt in warmem Gelbgold erglühen.

Der sechste Boden des Hauses in der Dienerreihe war als Wohnbüro hergerichtet, blieb aber bis auf wenige Tage im Jahr verwaist. Die unverdächtige Beschilderung warb für ein Start-up-Unternehmen aus der Marktforschung. Eine nicht unübliche Branche in diesem Quartier.

Die drei Männer saßen um einen hellbraunen Konferenztisch, der dem Mobiliar in der ehemaligen Stasi-Zentrale in der Berliner Ruschestraße nachempfunden war. Alle Anwesenden hatten oft genug oben in Haus 1 in Stühlen mit diesen quietschblauen Bezügen und den zuletzt immer diffuseren Befehlen von Erich Mielke zugehört.

Nach seinem überfälligen Rücktritt im November 1989

hatte für die drei eine neue Zeitrechnung begonnen. Es galt, sich rechtzeitig auf den Kapitalismus vorzubereiten, der für jeden, der nicht blind und taub gewesen war, vor der Tür gestanden und Sturm geklingelt hatte. Die Bürgerbewegung mit ihren Montagsdemonstrationen hatte die gesamte Parteiführung in völlige Agonie versetzt. Und Erich Honecker hatte sich in eine Krankheit geflüchtet, nachdem ihm sein großer, russischer Bruder knallhart signalisiert hatte, dass er seine Probleme dieses Mal allein lösen müsse.

Während die Führungsspitze der Partei in eine ratlose Starre verfallen war, waren es die Frauen und Männer aus dem zweiten und dritten Glied gewesen, die sich darüber bewusst waren, dass in wenigen Monaten in Erichs Lampenladen die Lichter ausgehen würden. Ihnen war sehr früh sonnenklar, was damals keiner von den Träumern auf der Straße hatte wahrhaben wollen. Über kurz oder lang würde der Klassenfeind grinsend mit der D-Mark winken und anschließend einmal kurz, aber tief Luft holen. Ihre marode Wirtschaft, oder besser gesagt, das, was noch davon übrig war, würde fortan in der Bilanz der BRD nur noch als ein kleiner Rechnungsabgrenzungsposten geführt werden.

Sie waren ursprünglich eine Gruppe von drei Personen gewesen und hatten sich rechtzeitig als Geschwister im Geiste gefunden. Im Grunde standen sie zu der Sache des friedlichen Sozialismus. Es hatten über Jahre hinweg eben einfach nur immer die falschen Leute am Ruder gesessen. Ahnungslose Dilettanten, die, verblendet von unerreichbaren Planzielen, die hehre Idee von der guten Sache gnadenlos in den Abgrund geführt hatten. Statt nach Kampforden *Für Verdienste um Volk und Vaterland* zu streben, hätten sie sich Gedanken über Investitionen in die Wirtschaft machen sollen. Nun waren sie am Zuge gewesen. Und in politischen Wendezeiten gab es nur eine Parole: Zugreifen und untertauchen!

Und das hatten sie gemacht.

Und zwar richtig.

»Wir müssen endlich wissen, was diese Anwältin tatsächlich für Unterlagen besitzt. Und ob sie schon jemanden eingeweiht hat«, bellte Oberst Erken sein Kommando durch den Raum und schlug dabei mit der flachen Hand auf die blank polierte Tischplatte, sodass die Kaffeetassen scheppernd einen Satz machten.

»Genosse Oberst, soll ich mir die Frau mal richtig vornehmen? Ich werde sie schon zum Reden bringen«, erwiderte Maschke, sein ehemaliger Unteroffizier, der immer noch kniefällig nach der Pfeife seines Obristen tanzte. Als Chef des Sicherheitsdienstes der *Firma Mellinger GmbH* wurde er dafür großzügig entlohnt.

»Mensch Maschke, dafür ist es doch viel zu früh. Am Ende stellt sich alles harmlos dar und sie verfügt gar nicht über belastende Belege. Dafür gibt es eine weitere Leiche und mögliche Spuren zu uns«, fuhr Erken ihn ärgerlich an. Er schaute auf seine Armbanduhr. »Wo bleibt denn Siegbert, der sollte doch längst hier sein?«, fügte er in normalem Tonfall hinzu.

»Der wird schon kommen, Julius, beruhige dich. Mit dem Auto aus Berlin ist das Fahren ein Glücksspiel bei der Verkehrslage im Moment«, sagte Hohlmann und schaute entspannt auf seine Fingernägel.

Dr. Peter Hohlmann gehörte nicht zum Kern der ehemaligen Kadergenossen der SED. Er war ein gebürtiger Wessi. Diplom-Betriebswirt und ehemaliger Unternehmensberater.

Ein kalter Rechner. Noch kurz vor der Wende gehörte diese Spezies in den Kreisen von Erken, Maschke und ihren Genossen zu den faschistoiden Kapitalisten. Also zu den Klassenfeinden der ersten Kategorie.

Aber nachdem Genosse Oberst in den politischen Wirren Staats- und Parteivermögen beiseitegeschafft hatte, sah die Welt plötzlich anders aus. Um im Konzert der Wirtschaftsbosse mitspielen zu können, brauchte er leider Leute wie Hohlmann.

Den Kontakt hatte ein Rechtsanwalt aus Liechtenstein hergestellt, den Erken bereits von einigen kleineren Umstrukturierungen im Firmengeflecht der *Tranvia AG* kannte. Für den strammen Oberst und seine linientreuen Mitstreiter gehörten Rechtsanwälte oder Treuhänder aus Steueroasen zwar zu einer parasitären Berufsgruppe, aber sie waren nun einmal unverzichtbar. Und wenn sie zu den Großen ihrer Zunft gehörten, unterhielten sie zudem entsprechende Netzwerke, die es zu nutzen galt.

Es war ein sich regelmäßig wiederholender Prozess, der wie von Geisterhand in Gang gesetzt wurde und mit einer ungebremsten Eigendynamik ausgestattet war. Immer dann, wenn im Mandantenkreis dieser Anwälte irgendwo eine größere Vermögensmasse führungslos im Orkus zu verschwinden drohte, tauchten solche Leute plötzlich wie aus dem Nichts auf und boten ihre Dienste an. Seriöse und unseriöse Vermögens- und Anlageberater genauso wie windige Finanzjongleure und schlichte Betrüger. Wie Mücken das Licht umschwirrten sie fortan ihre meist in Wirtschaftsfragen unerfahrenen Opfer und stachen dort zu, wo die geschwätzigen Anwälte ihre Fingerabdrücke hinterlassen hatten.

So hatte auch Hohlmann in den frühen Neunzigern einen

heißen Tipp bekommen. Daraufhin hatte er sich sogleich an den Stasi-Oberst gewandt, der beim Zerfall der alten DDR anscheinend von einigen hohen Parteifunktionären mit der Rettung von Teilen des sozialistischen Volkseigentums beauftragt worden war.

Im Grunde seines Herzens sei er schon immer Marxist gewesen und der Zerfall des alten Ostblockes sei in Wirklichkeit die Chance eines neosozialistischen Neustartes, hatte Hohlmann bei ihrem ersten Treffen leise und verschwörerisch behauptet. Wo und in welcher Form dieser Neustart auch immer stattfinden würde, sei schließlich doch völlig egal. Wenn der Genosse Oberst zum Beispiel Hilfe bei der Überführung des ehemaligen Parteivermögens in eine eigens für einen sozialistischen Neuaufbau zu gründende Stiftung bräuchte, sei er genau der richtige Mann. Er könne bereits auf zwei erfolgreich angezettelte Militärputsche in Zentralafrika verweisen.

Damit hatte Hohlmann den richtigen Ton getroffen.

Man war sich schnell einig und der neue Wirtschaftsberater erhielt neben einigen kleinen Firmenbeteiligungen satte Gewinntantiemen aus dem Vermögensstock.

»Noch mal zu der Anwältin«, fuhr Erken fort. »Maschke sollte aber ihrer Wohnung und ihrem Büro mal einen Besuch abstattet und sehen, ob er etwas findet, was Fillinger ihr gegeben hat.«

»Die beiden sind doch nicht doof. Fillinger hat der Anwältin die Unterlagen vermutlich als Datei zukommen lassen. Da nützt uns so eine Durchsuchung wenig. Weiß der Himmel, ob die Daten nicht am Ende in einer Cloud liegen«, erwiderte Hohlmann. Er stand auf, um sich ein Mineralwasser zu holen.

»Das ist doch ganz egal, ob Maschke etwas findet oder nicht.« Der Oberst lächelte böse und nickte seinem ehemaligen Unteroffizier zu. »Hauptsache, sie hat Angst und hält weiterhin die Klappe.«

In diesem Moment ging die Tür auf und Siegbert Kröger betrat den Raum. Er war groß gewachsen, kräftig und hatte für seine achtundsechzig Jahre einen ausgesprochen üppigen Haarwuchs, den er allerdings entweder nicht zähmen wollte oder konnte. Die großen, grauen Locken waren zerzaust und erinnerten an eine englische Gerichtsperücke nach dem dritten Waschgang. Kröger war der Älteste von ihnen. Er war einer von ungefähr sechshundert freien Rechtsanwälten gewesen, die es in der DDR gegeben hatte. Natürlich war auch er Mitglied der Partei gewesen. Sie hatte letztlich darüber entschieden, ob man als Rechtsanwalt tätig sein durfte oder nicht. Und da es für die Staatssicherheit immer interessant gewesen war, Spitzel in den Rechtsanwaltskollegien zu gewinnen, hatte Kröger schnell Karriere gemacht.

Er hatte sich in den letzten zehn Jahren vor der Wende hauptsächlich mit politischen Strafprozessen beschäftigen dürfen und das Prinzip des kurzen Prozesses schnell verinnerlicht. Die in jenen Zeiten gegen Republikflüchtlinge durchgeführten Verfahren waren Massenveranstaltungen. Es galt der für politische Prozesse übliche Dreisatz: Der Staatsanwalt entscheidet, der Richter vollstreckt und der Anwalt schweigt.

Aus vielen dieser Verfahren kannte er Julius Erken und seinen Hofhund Maschke. Da ein Vernehmungsoffizier des MfS in einem politischen Prozess selbst für einen Rechtsanwalt unantastbar war, hatte er regelmäßig weggesehen. Selbst wenn Erken und Maschke es wieder einmal übertrieben hatten.

Nachdem das alte System zusammengebrochen war, hatte der Oberst schnell erkannt, dass es für alle besser war, wenn Siegbert Kröger mit im Boot sitzen würde. Wenn er denn wollte.

Und Siegbert Kröger hatte gewollt. Er hatte zwar nach der Wiedervereinigung auch als ehemaliger DDR-Anwalt in Berlin seine Rechtsanwaltszulassung erhalten, aber eine wirkliche Anerkennung hatte er nie erfahren. Die Anwaltskammern der alten Bundesrepublik waren Sturm gelaufen, als bekannt wurde, dass der Einigungsvertrag eine Gleichstellung der DDR-Juristen vorsah. Und da jemand wie Kröger natürlich auch fachlich nicht ansatzweise mit den Westanwälten konkurrieren konnte und sich mit gelegentlichen Fällen aus dem Bereich der offenen Vermögensfragen über Wasser halten musste, war ihm das Angebot von Julius Erken, an einem sozialistischen Neuaufbau mitzuwirken, gerade recht gekommen.

»Guten Abend, Siegbert. Wir sind dann jetzt vollzählig, Simone kann heute Abend nicht.«

Erken schaute auf seine Uhr und blickte dann seinen ehemaligen Unteroffizier an. »So, Maschke, wir fangen dann mit der offiziellen Sitzung an. Sie wissen, was Sie zu tun haben.«

Der Angesprochene nickte steif, erhob sich aus dem Sessel und verließ wortlos das Zimmer.

»Du weißt, worum es geht?«, wandte sich Erken an Kröger.

»Ja, klar. Was ist denn jetzt mit den Beweisen, die Fillinger gehabt haben will?«, fragte der grauhaarige Anwalt nervös.

»Beruhige dich. Bei dem Thema waren wir schon, bevor du gekommen bist. Noch ist ja gar nicht klar, wie stichhaltig die Informationen sind, die die Anwältin hat. Zur Sicherheit sollten wir aber ihre Angst schüren.« Erken hüstelte leise.

»Wie konnten wir nur so blöd sein und uns von Fillinger derart vorführen lassen?«, regte sich Kröger weiter auf und schlug sich mit der Hand vor die Stirn.

»Das kann ich dir sagen«, mischte sich Hohlmann mit herablassendem Tonfall ein. »Weil wir alle den Hals nicht vollkriegen konnten und die Nummer mit dieser *Beluga-Stiftung* durchziehen wollten. Aber du hast doch gesagt, dass wir gar nicht mehr so viel zu befürchten haben, denn die Sache mit den Aktien der *Tranvia AG* ist schließlich verjährt. Und immerhin bist du Anwalt, wenn auch nur ein halber. Aber ich glaube dir trotzdem.«

»Und die Sache mit Fillinger am Flughafen? Warum war das dann überhaupt notwendig?«, blaffte Kröger.

»Damit habe ich nichts zu tun!«, sagte Hohlmann und hob abwehrend beide Hände.

Erken schlug erneut auf die Tischplatte. »Ihr habt sie ja wohl beide nicht mehr alle. Reißt euch zusammen. Wir können froh sein, dass wir so schnell erfahren haben, was Fillinger vorhatte. Und wir müssen weiterhin auf der Hut sein.«

In diesem Moment gab sein Handy einen summenden Signalton von sich. Erken blickte auf das Display. Stirnrunzelnd las er die Kurznachricht.

»Das hätte nicht passieren dürfen«, stöhnte er. »Die Anwältin hat geplappert.«

Hohlmann sprang von seinem Stuhl. »Scheiße! Jetzt müssen wir unbedingt den Schweizer informieren.«

36

Der Wind fegte über den kleinen Friedhof, als wollte er die Standfestigkeit der Grabsteine prüfen. Dunkle Wolken rasten über den Himmel. Katharina hoffte, dass nicht auch noch Regen einsetzte, wenn sie Bernhard Fillinger zu Grabe trugen.

Sie stand mit Ramón in dem kleinen Empfangsraum in der Friedhofskapelle, als das Taxi mit den Ferris und Sigurd vorfuhr. Beat hatte erst nicht mitkommen wollen, da er der Meinung war, dass die Beerdigung eine reine Angelegenheit von Katharina, Ramón und Sigurd wäre. Aber Katharina hatte ihn davon überzeugt, dass die Anwesenheit Noahs Ramón helfen könnte, wenn er sich von seinem Vater verabschieden musste. Beat hatte seinen Sohn angeschaut und beide hatten genickt.

Um Punkt vierzehn Uhr betraten sie die kleine Kapelle. Ein ziemlich kümmerliches Häuflein, dachte Katharina, als der Pastor sie an der Eingangstür begrüßte. Das Bestattungsinstitut hatte in Erfahrung gebracht, dass Bernhard Fillinger Mitglied der evangelischen Kirchengemeinde gewesen war. In einem Telefonat hatte Katharina den zuständigen Pastor über die ihr bekannten Lebensumstände ihres verstorbenen Mandanten informiert und ihn gebeten, alles andere so zu arrangieren, wie er es den tragischen Umständen des Todes, des Vorlebens von Bernhard Fillinger und vor allem der Anwesenheit seines kleinen Sohnes für angemessen erachten würde.

Sie setzten sich in die vorderste Reihe und der Pastor trat vor das Rednerpult. Ganz hinten lehnte der hagere Bestatter an der Wand und betrachtete mitleidsvoll die einsamen Kränze vor dem Sarg.

Die Orgel erklang und der Kirchenmann schmetterte gekonnt das obligatorische *So nimm denn meine Hände* vom Rednerpult. Die Trauerrede war kurz und knapp und nach wenigen Minuten war das Leben von Bernhard Fillinger in seinen Grundzügen zusammengefasst. Ramón saß während der gesamten Zeremonie regungslos neben Katharina und hielt fest umschlossen sein Gesangbuch auf dem Schoß.

Am Ende der Veranstaltung hatte sich der Pastor für *Tut mir auf die schöne Pforte* entschieden. Zu der Orgelmusik öffnete sich langsam die Seitentür der Kapelle. Vier Träger kamen herein und ergriffen den Sarg. Der Geistliche und die fünfköpfige Trauergemeinde folgten dem Sarg nach draußen.

Das Wetter hatte sich nicht beruhigt, der Wind blies immer noch unverändert in Orkanstärke über Stadt und Land. Als sie die ausgehobene Grabstätte erreichten, bemerkte Katharina ganz in der Nähe zwei Personen, von denen sie eine sofort wiedererkannte. Es war der Polizist, der ihr die persönlichen Sachen von Fillinger ausgehändigt hatte. Hauptkommissar Jansen hatte also seine Patrouille ganz offen auf Observationstour geschickt, wie Lasse es vorausgesehen hatte.

Irgendwo musste auch er stehen und das Geschehen verfolgen. Sie war gespannt, ob er noch andere Beobachter ausmachte.

Der Sarg verschwand im Erdreich und der Pastor warf zusammen mit den Beisetzungsworten drei Schäufelchen Erde hinterher.

Nur eine gute halbe Stunde hatte es gedauert, dann hatte Bernhard Fillinger seine letzte Reise angetreten. Die kleine Gruppe der Trauergäste begab sich schnellen Schrittes in Richtung Ausgang.

Doch bevor sie den erreichen konnten, bauten sich die beiden Kriminalbeamten neben Sigurd Willemsen auf und zückten ihre Ausweise.

»Herr Willemsen, wir müssen Sie bitten, uns auf das Polizeipräsidium zu begleiten. Wir hätten ein paar Fragen an Sie im Mordfall Bernhard Fillinger.«

Jondracek griff Willemsen sachte unter die Armbeuge und zog ihn leicht zu sich heran.

»Entschuldigen Sie, aber Herr Willemsen muss gleich zum Flugplatz. Er fliegt noch heute am späten Nachmittag zurück nach Zürich«, sagte Katharina empört.

»Daraus wird leider nichts, Frau Tenzer«, sagte Jondracek ganz entspannt. »Wenn wir die Befragung von Herrn Willemsen beendet haben, bringen wir ihn selbstverständlich wieder zurück zu seinem Hotel. Wir wissen ja, wo er abgestiegen ist.«

Die beiden Kommissare nahmen ihr Opfer in die Mitte und strebten geradewegs dem Ausgang entgegen. Sigurd Willemsen drehte sich noch einmal um und warf Katharina einen Hilfe suchenden Blick zu.

Doch helfen konnte sie ihm jetzt nicht. Er würde sich den Fragen von Jansen und seinen Leuten stellen müssen.

Gegen vier Uhr war die nun geschrumpfte Trauergemeinde zurück im Hotel. Das Wetter hatte sich etwas beruhigt und die beiden Jungs schnappten sich Noahs Drohne und verschwanden auf die Moorweide, eine riesige Parkfläche direkt vor dem Hotel. Katharina und Beat setzten sich in eine Ecke des Foyers und bestellten Kaffee.

Katharina war froh, die Beerdigung hinter sich zu haben. Doch die unliebsame Überraschung beim Verlassen des Friedhofs ließ auch Beat nicht kalt.

»Wir können heute Abend nicht einfach weggehen. Wenn die Kripo Sigurd zurückbringt, ist keiner da. Das können wir nicht machen. Ihr drei solltet wie geplant in den Circus gehen und ich warte hier auf ihn. Das gehört sich so unter Eidgenossen«, sagte Beat, während er seinen Kaffee umrührte.

»So ein Quatsch! Das kommt ja überhaupt nicht infrage«, erwiderte Katharina kopfschüttelnd. »Ich habe eine andere Idee«, sagte sie dann und wählte Sophias Nummer.

Sie erklärte der Kollegin die besonderen Umstände und wollte wissen, ob sie mit den beiden Jungen in den Zirkus gehen könne, wenn Sigurd Willemsen bis achtzehn Uhr nicht wieder im Hotel eingetroffen sei. Für eines ihrer Kinder sei dann auch noch eine Karte übrig. Sophia versprach, sich in der nächsten halben Stunde mit einer Antwort zu melden.

Kaum hatte Katharina aufgelegt, da erreichte sie eine E-Mail aus dem Büro. Eine Irina Demotchovina habe angerufen und um Rückruf gebeten, teilte ihr Frau Peters mit.

Fillingers Putzfrau. Die hatte sie ganz vergessen.

Eigentlich hatte Katharina bereits gestern ihren Rückruf erwartet. Aber sie war ja schon dankbar, dass die Frau sich überhaupt noch gemeldet hatte. Sie entschuldigte sich bei Beat und wählte die angegebene Rufnummer. Nach wenigen Freizeichen meldete sich eine weibliche Stimme in akzentfreiem Deutsch. Die Anwältin stand auf und verließ die Sitzecke.

Das Gespräch verlief zunächst enttäuschend. Irina Demotchovina war einen Tag nach der Durchsuchung der Steuerfahndung im Jahr 2014 in Fillingers Wohnung gewesen und hatte die Unordnung vorgefunden, die die Beamten dort hinterlassen hatten. Den Gerichtsbeschluss hatte sie fotografiert und ihrem Arbeitgeber zugemailt. Daraufhin hatte ihr Fillinger mitgeteilt, erst einmal nicht nach Deutschland zurückkommen zu wollen, und sie inständig gebeten, sich um seine Post zu kümmern, bis er und sein Sohn wieder zu Hause wären.

Irina hatte eingewilligt und seine Post an die Adresse in Costa Rica weitergeleitet. Diesen Service hatte Fillinger sich immerhin fünfhundert Euro im Monat kosten lassen.

Leicht verdientes Geld, dachte Katharina. Sie erkundigte sich, ob Fillinger Irina in den letzten Wochen ein kleines Päckchen oder Ähnliches hatte zukommen lassen.

Keine Antwort.

Aber die Putzfrau hatte nicht aufgelegt.

»Frau Demotchovina, sind Sie noch dran?«

»Ich kann jetzt nicht offen reden. Wir treffen uns morgen Mittag um zwölf Uhr auf dem Jungfernstieg, direkt vor dem Apple Store. Das ist ganz in der Nähe Ihres Büros. Ich habe mir Ihre Homepage angesehen, ich werde Sie erkennen.«

Ohne auf eine Antwort zu warten, legte sie auf.

Katharina ging nachdenklich zu Beat zurück, der zwischenzeitlich eine Tageszeitung durchgeblättert hatte.

Erneut wollte er nicht wissen, worum es in Katharinas Gespräch gegangen war. Stattdessen sagte er: »Was machen wir, wenn Sigurd doch bis sechs Uhr zurückkehrt? Sein Flieger heute ist in jedem Fall weg.«

»Wir fragen, ob er mit in den Zirkus will. Eine Karte wird

schon noch zu bekommen sein. Aber vorher muss ich in jedem Fall noch einmal nach Hause, mich frisch machen und umziehen. Ob wir nun in den Zirkus gehen oder nicht. Die Eintrittskarten liegen auch bei mir in der Küche«, sagte Katharina und schaute auf die Uhr. »Kurz vor fünf. Sophia müsste gleich anrufen, ob sie einspringen kann«, fügte sie ungeduldig hinzu.

»Und was machen wir, wenn sie nicht kann?«, wollte Beat wissen.

»Ich könnte noch Lasse Hamran fragen.«

»Deinen Schäferhund, von dem du mir erzählt hast? Du bist übrigens die erste Anwältin, die ich kenne, die einen eigenen Bodyguard hat«, sagte er witzelnd.

»Lasse ist doch kein Bodyguard. In erster Linie ist er so was wie der Haus- und Gartenmeister meines Seniorpartners.«

Katharinas Telefon klingelte. Sophia sagte zu, mit den Jungen und ihrer Tochter Lilian den Zirkus zu besuchen. Um sechs wollte sie Ramón und Noah unten vor Katharinas Wohnung aufsammeln.

Sie lief durch den Seitenausgang des Hotels auf die Moorweide, um Ramón und Noah zu holen. Von Weitem sah sie, dass die Jungs nicht mehr mit der Drohne unterwegs waren, sondern sich einer Gruppe Älterer angeschlossen hatten, die Fußball spielten. Ramóns Hose hatte einen grasgrünen Farbüberzug erhalten und war der augenscheinliche Beweis dafür, dass die Moorweide nicht kurz vor der Austrocknung stand. Noahs Bekleidungszustand war nur geringfügig besser.

Sie schnappte sich die beiden und gab Noah in der Empfangshalle bei seinem Vater ab.

»Ramón und ich gehen jetzt nach Hause und ziehen uns

um. Ich schlage vor, ihr kommt kurz vor sechs zu mir«, sagte Katharina.

»Ja, in Ordnung. Und wenn Sigurd bis dahin zurück ist, frage ich ihn, ob wir drei zusammen essen gehen wollen. Wenn er möchte, bringe ich ihn einfach mit«, stimmte Beat zu.

Sigurd Willemsen war noch nicht wieder im Hotel erschienen, als sich die Ferris auf den kurzen Fußweg zu Katharina machten. Beat hatte an der Rezeption die Bitte hinterlassen, dass man ihn unbedingt auf dem Handy anrufen möge, wenn Willemsen auftauchen würde.

Pünktlich um sechs stand Sophia mit laufendem Motor unten vor dem Haus. Katharina brachte die beiden Jungen nach unten und wünschte allen viel Spaß. Sie winkte dem knallroten Mini-Cooper hinterher, bis er auf der Rothenbaumchaussee um die Ecke bog.

Als sie wieder in ihre Wohnung trat, stand Beat am Wohnzimmerfenster und blickte auf den gegenüberliegenden Campus der Universität.

»Die scheinen den armen Kerl aber ordentlich in die Mangel zu nehmen. Kannst du mir verraten, was Sigurd überhaupt zur Aufklärung an dem Mord an deinem Mandanten beitragen kann?«, fragte er, leicht verärgert.

Katharina nahm an, dass Willemsen der Polizei seine und Maria Sagowskis Geschichte erzählen würde. Und natürlich würde er auch das iPad mit den brisanten Unterlagen erwähnen. Zum Glück hatte sie gestern Nachmittag Mankowsky bereits alles brühwarm serviert und mit Ausdrucken aller Dokumente vom iPad und vom USB-Stick garniert.

Das war jetzt das erste Mal, dass Beat Ferri im Fall Fillinger eine konkrete Frage an sie richtete. Bisher hatte immer nur sie ihn um Informationen gebeten. Mit Ausnahme der Tatsachen, dass das iPad Fillingers irgendwelche wichtigen Dokumente enthielt und dass eine gewisse *Beluga-Stiftung* eine Rolle spielte, kannte Beat keine Einzelheiten.

Sie entschied für sich, dass es dabei auch bleiben sollte. Jedenfalls zunächst.

»Er wird ihnen nichts sagen können, was sie nicht schon wissen. Ich glaube, die ganze Aktion ist wieder einmal eine reine Schikane. Eigentlich müsste Sigurd jeden Moment zurückkommen«, sagte sie mit gespieltem Desinteresse und trat neben ihn ans Fenster. »Lass uns etwas essen gehen, Beat. Um die Ecke gibt es einen urgemütlichen Spanier. Jorge Campo heißt der Inhaber. Ich mache seit drei Jahren seine Steuern für ihn. Netter Typ und er hat sensationelle Tapas im Angebot.«

Sie stockte und überlegte. »Ich würde dir ja einen Aperitif anbieten, aber bei mir ist es ziemlich ungemütlich, seit Ramón das Sofa demoliert hat.« Sie nickte in Richtung des Möbels an der gegenüberliegenden Wand, bei dem die Mitte der Sitzfläche bis auf den Boden eingedrückt war.

Beide mussten sie lachen. Katharina warf den Kopf zurück und fuhr sich mit der rechten Hand durch ihr Haar. Beat machte einen Schritt auf sie zu. Dann schlang er seine Arme um ihre Hüften und zog sie sanft zu sich heran.

Ihr wurde bewusst, dass sie die ganze Zeit auf eine Berührung von ihm gewartet hatte. Willig gab sie sich seiner Umarmung hin. Seine Küsse waren warm und fordernd. Beide waren wie ausgehungert und kamen ziemlich schnell zur Sache.

Während Sigurd Willemsen im Vernehmungsraum der Hamburger Mordkommission an seinem dritten Cappuccino nippte und das Publikum im *Circus Knie* erwartungsfroh auf den Beginn der Vorstellung wartete, drang Beat Ferri leidenschaftlich in Katharina ein.

37

Katharina erwachte aus einem kurzen, aber tiefen Schlaf. Das Bett neben ihr war leer. Sie hörte, dass Beat unter der Dusche irgendein Lied summte, und schaute auf die Uhr.

19:30 Uhr.

Und Sigurd Willemsen schien immer noch von Jansen und seinen Leuten bearbeitet zu werden, denn das Hotel hatte sich nicht gemeldet.

Der arme Kerl, dachte sie mit schlechtem Gewissen. Während er bei der Polizei durch die Mangel gedreht wurde, haben wir beide hier rücksichtslos gevögelt.

Aber es war schön gewesen. Sie hatte Beats erfahrenes Wechselspiel zwischen Leidenschaft und Zärtlichkeit genossen.

Beat Ferri kam aus der Dusche und warf sich neben sie auf das Bett. Sein noch feuchter Arm glitt langsam unter ihre Decke.

»Bevor du auf dumme Gedanken kommst, zieh dich lieber an«, sagte Katharina lachend und entzog sich seiner Umarmung mit einem flüchtigen Kuss. »Ich schlage vor, wir gehen gleich zum Hotel und sehen nach, ob Sigurd endlich wieder da ist.«

Beat setzte einen gekonnten Schmollmund auf. »Jaja. Natürlich hast du recht«, sagte er kopfschüttelnd und schwang sich wieder aus dem Bett.

Nachdem sie sich angezogen hatten, machten sie sich auf den kurzen Weg über die Rothenbaumchaussee.

Sie hatten kaum das Foyer betreten, da schritt Sigurd Willemsen bedächtig durch die große Drehtür. Katharina lief ihm entgegen, er wirkte erschöpft. Sichtlich freute er sich aber auch, Beat und Katharina zu sehen. Die drei suchten sich eine Sitzecke und bestellten sich etwas zu trinken.

Er hatte den Beamten die ganze Geschichte von Maria Sagowski und dem kleinen Bernhard Fillinger erzählt

»Die wollten alles über die Familie wissen. Aber ich hab doch keine Ahnung. Und am Ende haben sie mir vorerst verboten, die Stadt zu verlassen.« Sigurd Willemsen hob beide Hände nach oben und schaute flehend zur Decke. Dann blickte er Katharina an. »Frau Tenzer, aber ich glaube, *Sie* müssen aufpassen. Als ich den Polizisten gesagt habe, dass ich diesen Computer von Bernhard an Sie weitergegeben habe, hat der Oberkommissar, der sonst immer nur still und leise im Hintergrund gesessen hat, plötzlich laut aufgelacht und ›na, also‹ gerufen.«

Katharina holte tief Luft. Sie war heilfroh, dass sie schon gestern Mankowsky ins Vertrauen gezogen hatte. Aber wieso hatte der Oberstaatsanwalt Jansen und seinen Ermittlungstrupp noch nicht informiert? Na ja, er würde seine Gründe dafür haben.

38

Das Telefon klingelte und Gudrun Peters meldete zwei Personen vom Landeskriminalamt, die mit ihr sprechen wollten. Es sei dringend, sagte sie fast im Flüsterton.

Die haben sich ja nicht viel Zeit gelassen, dachte Katharina.

Sie ging den Besuchern entgegen. Der männliche Beamte stellte sich als Kommissar Hasberg vor. Die etwas fülligere Frau wies sich als Gesa Zanker aus.

»Guten Morgen, Frau Tenzer, Hauptkommissar Jansen bat uns, Sie kurzfristig zu einer weiteren Vernehmung auf das Präsidium abzuholen. Es sind neue Erkenntnisse aufgetaucht, die ... äh ... zu einer umgehenden weiteren Befragung Ihrer Person Anlass geben«, sagte die Kriminalbeamtin gestelzt.

Katharina schaute auf ihre Uhr. Um zwölf war sie mit dieser Irina vor dem Apple Store am Jungfernstieg verabredet und sie hatte das Gefühl, dass sie diesen Termin nicht versäumen sollte.

»Ich will mich grundsätzlich nicht gegen eine weitere Befragung wehren, obwohl ich nicht weiß, was diese bringen soll. Aber um halb zwölf muss ich zu einem Termin aufbrechen.«

Die Polizisten sicherten ihr zu, dass es nicht so lange dauern werde, und eine halbe Stunde später fand sich Katharina in den Räumen der Mordkommission wieder, nur dass ihr diesmal Hauptkommissar Jansen alleine gegenübersaß.

»Frau Tenzer, Sie werden von Herrn Willemsen gehört haben, was er uns über Bernhard Fillinger und Maria Sagowski erzählt hat. Sie kennen die Geschichte schon. Stimmt das?« Jansen lehnte sich langsam in seinem Stuhl zurück.

Katharina nickte.

»Gut, dann möchte ich gerne von Ihnen wissen, wo sich der Laptop ...«

»iPad, Herr Jansen«, unterbrach ihn Katharina freundlich.

»Also meinetwegen auch iPad. Wo befindet sich Fillingers iPad jetzt und was ist darauf abgespeichert? Aber bevor Sie antworten ...«, er klopfte mit dem Zeigefinger auf den vor ihm liegenden Aktendeckel, »... sollten Sie wissen, dass ich hier einen Durchsuchungsbeschluss für Ihre Kanzleiräume und Ihre private Wohnung habe. Wenn mir Ihre Antwort nicht gefällt, brechen wir sofort auf und spulen unser volles Programm ab. Außerdem wird dann Ramón Fillinger morgen früh richterlich vernommen. Sie können sich vorstellen, was das bedeutet. Wollen Sie das?«

Katharinas Gedanken schlugen Purzelbäume. Was war mit Mankowsky? Hatte er die Mordkommission und seine Kollegin, diese dürre Bohnenstange, nicht gleich nach ihrem Gespräch am Montagnachmittag informiert? Sie hatte ihm doch alle Daten ausgedruckt und übergeben. Und Jansen? Bluffte er?

»Ich merke, in Ihnen arbeitet es, Frau Anwältin. Und das ist gut so«, sagte Jansen mit einem Kopfnicken. »Um Ihnen die Entscheidung noch etwas leichter zu machen, kann ich Ihnen sagen, dass wir zwischenzeitlich auch mit dem Stationsarzt von Herrn Fillingers Pflegemutter gesprochen haben.«

Er ließ die Worte wirken.

»Und dieser Herr Dr. Wohlleben hat uns eine nette Anekdote über einen als Halskette missbrauchten USB-

Stick erzählt. Frau Tenzer, so langsam müssen Sie sich dem Vorwurf einer versuchten Strafvereitelung in einem Mordfall stellen. Ich glaube, da nützt Ihnen auch Ihre anwaltliche Schweigepflicht nichts mehr.« Er beugte sich vor und blickte Katharina direkt in die Augen.

Ihr Pulsschlag stieg an und sie fühlte, wie sich Schweiß in ihren Achselhöhlen bildete. »Ich möchte auf der Stelle mit Herrn Oberstaatsanwalt Mankowsky sprechen. Ich habe meine Gründe dafür«, erwiderte die Anwältin schnippisch.

Jansen ließ sich nicht anmerken, dass er mit einer derartigen Antwort nicht gerechnet hatte. Er lehnte sich wieder zurück und trug Langeweile zur Schau. »Warum möchten Sie denn jetzt auf einmal Herrn Mankowsky sprechen? Damit kann ich Ihnen leider nicht dienen. Der Oberstaatsanwalt ist für den Mordfall Fillinger nicht zuständig. Aber ich kann die zuständige Dezernentin, Frau Dr. Stange, anrufen, wenn Sie möchten?«

Katharina überlegte. Ihr war klar, dass Jansen recht hatte. Sie könnte sich auf den Kopf stellen, hier und jetzt musste sie ohne Mankowsky klarkommen.

»Also gut, Herr Jansen, dann will ich Ihnen erzählen, warum ich unbedingt mit Herrn Mankowsky sprechen möchte.«

Sie berichtete dem Hauptkommissar von ihrem Treffen am Montagnachmittag im Café gegenüber von Mankowskys Büro. »Und ich habe mich an ihn gewandt, weil ich der festen Überzeugung bin, irgendwer in Ihrer Behörde spielt ein falsches Spiel. Sonst hätte ich niemals vor meiner ersten Vernehmung hier bei Ihnen eine derartig offene Drohung erhalten. Und die galt nicht nur mir, sondern auch Fillingers Sohn.«

Jansen stand auf, holte sich ein Mineralwasser und bot Katharina ebenfalls etwas zu trinken an. Dankend nahm sie den dünnen Pappbecher und trank ihn mit einem Zug aus.

»Mich wundert, dass Herr Mankowsky Sie nicht gleich noch am Montagabend über das Gespräch mit mir informiert hat«, sagte sie und warf den Becher in den Papierkorb neben Jansens Schreibtisch.

»Das wundert mich ebenfalls, Frau Tenzer. Aber ich bin mir sicher, er wird seine Gründe dafür haben«, antwortete Jansen bedächtig. »Sie sagen, Sie haben ihm von sämtlichen Dateien, die sich auf den beiden Datenträgern befinden, Ausdrucke übergeben?«

Katharina nickte energisch.

Jansen griff zum Telefon und wählte Mankowskys Nummer.

Der Oberstaatsanwalt nahm aber nicht ab.

»Wahrscheinlich sitzt der in irgendeiner Hauptverhandlung«, grummelte Jansen und sah auf seine Uhr. »Hasberg hat mir erzählt, Sie hätten gleich noch einen Termin. Ich lasse Sie jetzt erst einmal gehen, Frau Tenzer. Ich werde der Sache hier nachgehen und sehen, dass ich von Mankowsky die Unterlagen bekomme. Dann melde ich mich wieder bei Ihnen. Spätestens morgen früh rufe ich Sie an und gebe Ihnen Bescheid, ob wir Sie hier noch einmal brauchen.«

Wenige Minuten später saß Katharina in ihrem Wagen und schnaufte tief durch. Sie fuhr zurück in die Tiefgarage ganz in der Nähe ihres Büros und stellte den Wagen ab.

Pünktlich um zwölf stand sie vor der imposanten Glasfassade, hinter der der amerikanische Technologiegigant seine heiß begehrten Artikel an den Mann brachte.

Sie musste nicht lange warten.

»Sie sind Frau Tenzer, nicht wahr?«

Irina Demotchovina war eine Frau undefinierbaren Alters. Sie war klein und zierlich, mit kurzen Haaren in Straßenköterblond. Die knallblauen Stilettos passten nicht wirklich zu den löchrigen Blue Jeans, ließen sie aber eindeutig jünger aussehen. Die roten Flecken im Gesicht und am Hals waren entweder ihrer Aufregung geschuldet oder zeugten von einer lästigen Hautkrankheit. Sie trug einen verwaschenen braunen Trenchcoat und an ihrem Arm baumelte eine schwarze Handtasche, die Katharina an eine Großtante aus Stralsund erinnerte, die immer ein ähnliches Modell getragen hatte, wenn sie bei ihren Eltern zum Kaffeetrinken eingeladen war.

Die Hand, die Irina Demotchovina Katharina entgegenstreckte, wies deutliche Anzeichen harter Arbeit auf.

»Ich erkenne Sie von Ihrer Homepage wieder«, sagte die Putzfrau leise und trat einen Schritt näher, sodass Katharina einen leichten Körpergeruch wahrnahm.

»Warum haben Sie denn am Telefon so geheimnisvoll getan? Ich hatte Sie doch bloß gefragt, ob Herr Fillinger Ihnen in den letzten Wochen etwas zugeschickt hat«, kam Katharina sogleich auf den Punkt.

Die Deutschrussin schaute sich nervös um. »Ja, das hat er tatsächlich. Einen USB-Stick. Vor drei Wochen etwa. Zusammen mit der Aufforderung, dass ich den entweder nur ihm persönlich oder jemandem, den er mir benennen würde, aushändigen soll. Allerdings hat er sich danach nicht mehr bei mir gemeldet.«

Tote können nun mal nicht telefonieren, dachte Katharina und überlegte, ob sie Fillingers Putzfrau über das Schicksal ihres Arbeitgebers aufklären sollte.

»Die Nachbarin hat mir dann erzählt, dass Sie als seine Anwältin ihn auch nicht erreichen können? Dem muss doch was passiert sein«, sagte sie aufgebracht.

»Frau Demotchi…«, stammelte Katharina und ärgerte sich über ihr schlechtes Namensgedächtnis.

»D-E-M-O-T-C-H-O-V-I-N-A, aber sagen Sie ruhig Irina, das ist schon in Ordnung.«

»Also gut, Irina, ich kann Ihnen nur so viel sagen, dass Herr Fillinger im Moment in ziemlichen Schwierigkeiten steckt. Deshalb benötige ich dringend den USB-Stick. Die Daten, die sich darauf befinden, brauche ich für weitere juristische Schritte«, sagte Katharina in bewusst freundlichem Ton.

Irina schaute der Anwältin ins Gesicht und schüttelte langsam den Kopf. »Sie lügen doch. Irgendetwas stimmt hier nicht. Wie können Sie überhaupt wissen, was da drauf ist? Die Daten sind passwortgeschützt. Ich hab sie nicht lesen können.« Bockig stemmte sie ihre Hände in die Hüften. »Bernhard Fillinger könnte mir doch eine schriftliche Anweisung schicken. Zum Beispiel durch Sie. Seine Handschrift erkenn ich schon.«

Katharina musste zugeben, dass sie das Verhalten von Fillingers Zugehfrau nachvollziehen konnte. Und was machte es schon aus, wenn sie ihr vom Tod Bernhard Fillingers erzählte?

»Gut, Irina, ich will Ihnen reinen Wein einschenken. Aber bitte behalten Sie das, was ich Ihnen jetzt sage, für sich.«

»Sie können sich auf mich verlassen.«

»Bernhard Fillinger ist vor gut zwei Wochen verstorben. Sein Sohn Ramón ist jetzt Vollwaise, den dürften Sie ja auch kennen. Mehr kann ich Ihnen zum jetzigen Zeitpunkt leider nicht sagen. Und wenn Sie den Stick nicht mir geben wollen, so händigen Sie ihn bitte Ramóns Vormund aus. Schließlich ist er der einzige Erbe.«

»Der arme Junge. Was wird denn nun aus ihm?«, sagte sie mitfühlend.

»Eine schriftliche Anweisung von Ramóns Vormund, einer Kollegin von mir, und eine Kopie vom Totenschein kann ich natürlich besorgen«, ergänzte Katharina.

Irina überlegte. Irgendwie schienen ihr die Worte nicht zu gefallen. Der Putzfrau war deutlich anzusehen, dass etwas in ihrem Kopf arbeitete.

»Ich weiß etwas Besseres«, sagte sie schließlich langsam.

Sie kramte eine zerknitterte Zigarettenpackung aus ihrer Handtasche und steckte sich in aller Ruhe eine Kippe an. »Ich weiß, dass der gute Bernhard Fillinger Besuch von der Steuerfahndung hatte und danach verschwunden ist. Wahrscheinlich hat der doch einige Millionen beiseitegeschafft, die jetzt der Junge einsackt. Und ihr Anwälte verdient euch eine goldene Nase daran. Euch schert es doch einen Dreck, ob so einer wie Bernhard Fillinger über den Jordan gegangen ist oder nicht.« Sie inhalierte tief. »Ich will von dem Kuchen auch ein Stück. Fünfzigtausend in bar. Unter dem geht nichts.«

Katharina verschlug es die Sprache ob der Dreistigkeit dieser Person. Sie machte einen Schritt zur Seite und schüttelte ungläubig den Kopf. »Das ist ja wohl nicht Ihr Ernst! Ihnen muss klar sein, dass Sie verpflichtet sind, dem Erben von Herrn Fillinger diesen Datenträger auszuhändigen«, fuhr sie Irina Demotchovina an.

»Welchen Datenträger? Du Dummerchen! Du kannst mich ja verklagen«, antwortete sie hämisch.

Katharina wurde bewusst, dass ihr gar nichts anderes übrig blieb, als erst einmal auf die Erpressung einzugehen, denn sie hatte nichts gegen diese Frau in der Hand.

Plötzlich kam ihr eine Idee in den Sinn, wie sie dieses Miststück übertölpeln konnte.

»Also gut. Und wie stellen Sie sich die Abwicklung vor?«, fragte Katharina.

»Bis wann können Sie das Geld beschaffen?«, lautete die Gegenfrage.

Katharina dachte nach. Sie hatte in ihrem bisherigen Berufsjahren nicht so viel zurückgelegt, dass sie mal eben fünfzigtausend Euro locker machen konnte. Sie würde sich das Geld von irgendwem leihen müssen. Friedemann Hausner, da war sie sich sicher, konnte und würde ihr helfen.

»Zwei, drei Tage werde ich brauchen«, sagte sie.

»Okay, dann treffen wir uns am Freitagmittag wieder hier um zwölf Uhr. Sie bringen die Kohle mit und ich den Stick.«

39

Nachdem die Anwältin weg war, hatte Jansen noch einmal bei der Wirtschaftsabteilung der Staatsanwaltschaft angerufen. Zumindest die Geschäftsstelle hatte er erreicht. Oberstaatsanwalt Mankowsky sei gestern den ganzen Tag bei Gericht gewesen und heute auch noch nicht zum Dienst erschienen. Weder sei ein Urlaubstag noch eine Gerichtsverhandlung im Kalender eingetragen. Aber das sei keine Besonderheit. Die Mitarbeiterin meinte, dass es hin und wieder vorkam, dass der Oberstaatsanwalt besonders schwierige

Akten zu Hause durcharbeiten würde. Sie gab Jansen Mankowskys Handynummer und die seines Festnetzanschlusses.

Bei beiden Nummern lief die Mailbox.

»Inga, irgendwie habe ich ein komisches Gefühl«, sagte er zu seiner Kollegin, die ihm gegenübersaß.

»Dann lass uns doch zu ihm nach Hause fahren und nachsehen«, sagte Steenken.

»Weißt du denn, wo der privat wohnt?«, fragte Jansen.

»Na, das wird ja wohl rauszukriegen sein. Wir treffen uns in zehn Minuten unten bei der Bereitschaft.«

Auf dem Flur lief ihm Jondracek in die Arme.

»Also Jan, der Flug von Zürich nach Hamburg für Willemsen ist zusammen mit zwei anderen Tickets von der Kreditkarte eines Beat Ferri bezahlt worden. Mitgeflogen ist auch noch ein Noah Ferri. Die drei haben in einer Reihe gesessen. Und alle drei wohnen im *Grand Elysée*«, sagte er, während er mit Jansen auf den Fahrstuhl wartete.

»Seht zu, was ihr über diesen Ferri rausbekommt. Inga und ich sind in etwa zwei Stunden wieder zurück«, erwiderte der Hauptkommissar und stieg in den Aufzug.

Steenken saß schon hinter dem Steuer und wartete mit laufendem Motor. Die Fahrt ging nach Poppenbüttel, einem etwas außerhalb gelegenen nordöstlichen Stadtteil. Die Immobilienpreise in dieser Gegend waren eigentlich nicht für das Portemonnaie eines Beamten zugeschnitten, aber Oberstaatsanwalt Mankowsky hatte das kleine beige getünchte Siedlungshaus vor vielen Jahren von seiner Mutter geerbt.

»So viel ich gehört habe, ist Mankowsky doch Witwer?«, fragte Jansen, während Steenken einen Müllwagen überholte.

»Keine Ahnung. Aber das würde ja dazu passen, dass bei ihm zu Hause keiner abnimmt«, antwortete Steenken.

Die Gegend war schon etwas ländlich und vor den Grundstücken befanden sich unbefestigte kleinere Grünstreifen, die als Parkplätze dienten.

»Ist Mankowsky in seiner Freizeit Hobbygärtner? Das sieht ja richtig toll aus hier!«, kommentierte Steenken, als sie durch den gepflegten Vorgarten gingen.

Der hohe Gong war von außen deutlich zu hören und erinnerte Jansen an das Startsignal einer alten Fernsehshow.

Sie klingelten mehrmals, doch es öffnete niemand.

Jansen schaute auf die Uhr. »Halb zwei. Vielleicht ist er irgendwohin, um Mittag zu essen?«

Steenken zuckte mit den Schultern und ging zu der kleinen Garage neben dem Haus. Vergeblich versuchte sie, das Wellblechtor hochzuziehen.

»Verschlossen.«

Sie blickten sich an und spazierten langsam um die Garage herum in Richtung des rückwärtigen Grundstückes. An die Garage schloss eine großzügige Terrasse aus Natursteinen an, die mit Sicherheit nachträglich errichtet worden war. Die Gartenstühle lehnten an dem Tisch und das ganze Ensemble ruhte unter einer großen, durchsichtigen Plastikplane.

»Auf der Terrasse hat sich der Oberstaatsanwalt jedenfalls schon länger nicht aufgehalten«, stellte Steenken fest und schritt auf die schmale Terrassentür zu.

Jansen trat in das Rosenbeet und schaute durch das Wohnzimmerfenster. »Inga, sieh dir das an! Ich glaube, wir müssen da rein.«

Der Hauptkommissar konnte den vorderen Bereich des angrenzenden Raums erkennen. Die Zimmertür stand sperrangelweit auf. Es musste sich um das Arbeitszimmer handeln, denn ein Stück des Schreibtisches war zu sehen. Genauso wie ein Paar bewegungslose Füße. Der Anblick ließ darauf schließen, dass die am Schreibtisch sitzende Person entweder eingeschlafen oder tot war.

Jansen lief um die Hausecke und kehrte einen kurzen Augenblick später wieder zurück. »Die Gardinen sind zugezogen. Von außen sieht man nichts. Aber so tief kann man gar nicht schlafen. Bei dem Gongkonzert, das wir veranstaltet haben«, sagte er.

Eine Viertelstunde später standen sie vor dem Schreibtisch des Oberstaatsanwaltes und blickten in seine glasigen Augen. Mankowskys Kopf lag auf der hohen Rückenlehne und war zur Seite gefallen. Mitten auf der Stirn prangte ein hässliches, aber kreisrundes Einschussloch. Eine Waffe war nirgendwo zu sehen. Auf dem braunen Sisalteppich hatte sich eine Blutlache gesammelt, die mittlerweile eingetrocknet war.

Vor dem Schreibtisch befand sich eine Art Besucherstuhl, der allerdings zu weit vom Schreibtisch entfernt stand, als dass jemand mit Mankowsky zusammen am Schreibtisch gesessen hätte.

Jansen blickte nachdenklich auf den aufgeräumten Arbeitsplatz. »Was hat er hier gemacht? Es liegt nichts auf dem Tisch. Wo sind die Unterlagen von der Rechtsanwältin? Keine Schublade oder Schranktür ist auf. Nirgendwo steht ein Ordner rum oder liegt eine Mappe.«

»Komm, Jan, wir gehen raus, bis die Kollegen von der Spurensicherung durch sind«, sagte Steenken.

Jansen nickte bedächtig und zog sein Handy aus der Jackentasche. Als er auf der Terrasse stand, wählte er die Telefonnummer von Rechtsanwältin Tenzer.

40

Katharina saß mit Beat noch am Mittagstisch. Sie waren auf Willemsens Wunsch ins Hofbräuhaus am Domplatz gegangen. Bereits am ersten Tag ihrer Sightseeingtour waren die Schweizer daran vorbeigekommen und Willemsen hatte es nicht fassen können. In genau so ein riesiges Lokal seien er, Bernhard und Maria vor fast dreißig Jahren in Berlin immer gegangen. Einmal würde er gerne darin essen gehen. Das war sein ausdrücklicher Wunsch gewesen.

Sie saßen an einem der langen, glatt gehobelten Holztische und warteten auf ihre Getränke. Willemsen hatte den langen Weg zum WC angetreten. Noah und Ramón tobten vor dem Restaurant auf der Wiese des Domplatzes mit mehreren Hunden um die Wette.

Wortlos sahen sie sich an. Es war keine vierundzwanzig Stunden her, da hatten sie in Katharinas Schlafzimmer ihre Leidenschaft miteinander ausgelebt. Seither hatten sie keinen Moment mehr alleine verbracht. Katharina nahm Beats Hände, war aber gleichzeitig auf der Hut, ob die Jungen oder Willemsen wieder auf der Bildfläche erschienen.

»Warum erzählen wir ihnen nicht einfach, dass wir ein Paar sind?«, sagte Beat und erwiderte sanft ihren Händedruck.

Sie hatte sich gestern Abend ihrem körperlichen Verlangen einfach hingegeben und bisher noch keine Zeit gefunden, über ihre Gefühle nachzudenken.

Er schien sich hingegen ziemlich sicher zu sein.

Konnte es für sie beide eine gemeinsame Zukunft geben? Und wenn ja, wo? Die Schweiz war zwar ein wunderschönes Land, aber leben wollte Katharina dort nicht. Ihren Beruf als freie Rechtsanwältin konnte sie dort nicht so ausüben wie hier.

»Sind wir das denn, Beat?«, fragte sie leise.

Er bemerkte ihre unsichere Gefühlslage und zog seine Hände zurück. »Vielleicht ist es einfach noch zu früh. Und ich sehe ja, die Sache mit Ramón nimmt dich im Moment ziemlich mit. Ich will dich nicht drängen.« Er streichelte ihr zart über die Wange. »Wir haben alle Zeit der Welt.«

In diesem Moment blinkte Katharinas Handy, das sie auf Lautlos gestellt hatte. Eine unbekannte Nummer leuchtete im Display auf. Sie blickte Beat schuldbewusst an.

»Geh ran. Es könnte wichtig sein«, sagte er mit einem Lächeln.

Hauptkommissar Jansen war am anderen Ende der Leitung, der Katharina darüber informierte, dass sie den Oberstaatsanwalt soeben erschossen in seinem Arbeitszimmer aufgefunden hatten.

»Jetzt wissen wir wenigstens, warum er mich oder unsere zuständige Staatsanwältin nicht kontaktiert hat, nachdem er von Ihnen die Unterlagen erhalten hatte«, sagte der Kommissar.

Katharina hatte es die Sprache verschlagen. Mit wem hatte Mankowsky nach dem Treffen mit ihr gesprochen? Wie konnte sein Mörder von ihrem Gespräch wissen?

»Leider können wir auf den ersten Blick nicht feststellen, ob die Unterlagen von Ihnen hier irgendwo zu finden sind. Bis unsere Kriminaltechniker den Tatort freigeben, kann es noch dauern«, fuhr Jansen fort. »Daher möchte ich Sie bitten, Frau Tenzer, mir die Unterlagen, die Sie Mankowsky am Montag übergeben haben, so schnell wie möglich noch einmal auszudrucken. Ich lasse sie dann abholen. Sagen Sie mir, wann und wo.«

Katharina sicherte ihre Unterstützung, ohne zu zögern, zu. Sie würde sich wieder bei ihm melden. Dann legte sie auf.

»O mein Gott, wie furchtbar«, flüsterte sie und blickte Beat an.

»Das scheinen keine guten Nachrichten gewesen zu sein«, sagte er mitfühlend.

»Einer der Staatsanwälte, die im Fall Fillinger zuständig sind, ist ermordet worden.«

Beat pustete die Backen auf.

»Vor zwei Tage erst habe ich ihm vertraulich ein paar Unterlagen von Fillinger übergeben.«

»Und jetzt? Was sagt die Polizei?«

»Sie wissen noch nichts. Die fangen ja erst mit den Ermittlungen an.«

»Kann ich dir irgendwie helfen?«, fragte er.

Sie nahm erneut seine Hände. »Beat, ich bin so froh, dass du hier bist. Du bist Hilfe genug, allein dadurch, dass du dich so um Ramón kümmerst. Ich mag gar nicht daran denken, was ist, wenn ihr erst wieder zu Hause seid. Aber ich weiß natürlich, dass ihr nicht ewig hierbleiben könnt.«

»Womit wir wieder bei dem Thema von eben sind«, sagte er lächelnd.

In diesem Moment brachte der Kellner die Getränke und Beat winkte die Jungen vom Domplatz ins Lokal. Als auch Willemsen an den Tisch zurückgekehrt war, bestellten sie etwas zu essen.

Anschließend fuhr Katharina zurück zum Büro und

druckte für Hauptkommissar Jansen die Dokumente aus. Bevor sie ihn darüber verständigte, dass er die Unterlagen abholen lassen könne, rief sie jedoch bei Friedemann Hausner an und erzählte ihm von den neuesten Geschehnissen. Ihr Seniorpartner war genauso betroffen wie sie, als er von dem gewaltsamen Tod des Oberstaatsanwaltes erfuhr. Anwalt und Strafverfolger hatten sich zwar fast ihr ganzes Berufsleben in vielen Saalschlachten als Gegner gegenübergestanden, aber sie hatten sich trotzdem immer sehr geschätzt.

»Ich weiß nicht, ob Ramón bei mir noch sicher ist. Wenn die Polizei nicht einmal ihre obersten Ermittler schützen kann … Was soll ich machen, Herr Hausner?«, fragte Katharina fast schon verzweifelt.

»Wie schätzen Sie den Hauptkommissar ein? Glauben Sie, dass er sauber ist?«, wollte Hausner wissen.

»Keine Ahnung.«

»Was halten Sie davon: Sie packen ein paar Sachen zusammen, schnappen sich den Jungen und kommen für einige Tage zu Lasse und mir. Sie wissen doch, wenn ich eines hier habe, dann ist es Platz. Was meinen Sie?«

Katharina musste nicht lange überlegen. Bei Hausner waren sie mit Sicherheit besser geschützt als alleine in ihrer Wohnung.

Sie sagte dankend zu und kündigte sich und Ramón für den frühen Abend an. Den Hauptkommissar würde sie am besten persönlich dorthin bitten, um die Unterlagen abzuholen.

Nachdem sie aufgelegt hatte, fiel ihr ein, dass sie Hausner noch gar nichts von Irinas Erpressung erzählt hatte. Das würde sie später nachholen.

Gegen sechzehn Uhr trafen sie sich wieder im Hotel. Noah und Ramón hatten Sigurd überredet, mit ihnen Fußballquartett zu spielen, und erklärten ihm die Regeln, während Katharina und Beat sich in die Cafeteria zurückgezogen hatten.

Sie erzählte ihm, dass sie für ein paar Tage mit Ramón zu Hausner und Lasse Hamran ziehen würde. »Bitte frag nicht, warum. Ich werde es dir schon noch erzählen. Aber nicht jetzt«, sagte sie flehend.

Beat blieb stumm. Zum Zeichen seines Unverständnisses schüttelte er leicht den Kopf. »Noah und ich werden am Wochenende wieder zurück nach Hause fliegen«, sagte er und blickte Katharina in die Augen. »Ich muss arbeiten und für Noah geht die Schule wieder los.«

Er vermied es ganz bewusst, das ihn eigentlich bewegende Thema anzusprechen. Auch Katharina hatte im Moment nicht die Lust, irgendwelche gemeinsamen Zukunftspläne zu diskutieren.

»Ich weiß. Es tut mir auch so leid, dass ich so wenig Zeit für euch … und für dich habe«, sagte Katharina.

»Könntest du wenigstens diesen Kommissar dazu bewegen, dass er Sigurd nach Hause lässt?«, fragte Beat.

»Ja, natürlich. Der will eh etwas von mir, ich werde ein wenig Druck machen.«

Sie rührte in ihrem Cappuccino und blickte dabei in Richtung der beiden Jungen, die immer noch mit Sigurd Karten spielten. »Was habt ihr morgen vor?«, erkundigte sie sich dann.

»Morgen fahren wir nach Lübeck. Ich habe einen Mietwagen organisiert. Wir müssen früh los, da ich schon für neun Uhr einen Guide vor das Holstentor bestellt habe. Ich bin davon ausgegangen, dass wir Ramón wieder mitnehmen«, gab Beat Auskunft.

Katharina dachte nach. Ramón würde sicher wieder lieber den Tag mit den Schweizern verbringen, als bei ihr im Büro rumzuhängen.

Sie verabredeten, dass Beat den Jungen um acht Uhr auf dem Weg nach Norden bei Hausner einsammeln würde. Von da aus war es nicht mehr weit bis zur Autobahn nach Lübeck.

41

Katharina hatte für Ramón und sich ein paar Sachen aus der Wohnung geholt. Anschließend hatten sie sich auf den Weg zu Hausner gemacht. Zum Glück hatte Hauptkommissar Jansen sofort eingewilligt, sie heute Abend dort zu besuchen, um die gewünschten Kopien abzuholen.

Jetzt saßen sie zu dritt um Hausners Esstisch herum, während Ramón im Fernsehzimmer nebenan das Vorabendprogramm konsumierte. Lasse legte ein DIN-A3-Blatt mitten auf den Tisch.

Ganz oben auf einem Organigramm stand *Tranvia AG* in einem schwarz umrandeten Kasten und war dick unterstrichen. Strahlenförmig wiesen von dort aus Pfeile zu diversen anderen Kästchen, in denen wiederum jeweils die Namen der Gesellschaften aufgeführt waren. Lasse Hamran hatte sich ziemlich viel Mühe gemacht, um dieses Raster zu entwerfen.

»Die Holdinggesellschaft, die sich dieser Stasi-Oberst unter den Nagel gerissen hat, hatte Beteiligungen weltweit, aber natürlich auch bei Gesellschaften aus der damaligen BRD, also dem ehemaligen Klassenfeind«, fing er an, sein

Organigramm zu erläutern. »Die Beteiligungen, die ich nachverfolgen konnte, sind alle über trickreiche Verschachtelungen durch Zwischen- und Untergesellschaften oder Treuhandschaften in den verschiedensten Steueroasen entstanden. Und alle Transaktionen in den letzten Jahren der DDR hat ein Bankier aus Bern, ein Dr. Wyli, als Drahtzieher und notariell bestellter Treuhänder für die KoKo abgewickelt. Der hatte nebenbei auch eine Kanzlei in Schaan, Liechtenstein. Von dem guten Mann habe ich allerdings im gesamten Internet kein Lichtbild gefunden.«

Katharina schaute Friedemann Hausner an, als wollte sie sagen: *Sie kennen den doch bestimmt.*

Hausner verzog das Gesicht. »Ja, der war damals ziemlich bekannt. Aber der war damals schon hoch in den Sechzigern und ist seit einigen Jahren tot«, sagte er.

»Der war so etwas wie die graue Eminenz«, ergänzte Hamran. »Selbst wenn es jemand gewollt hätte, dem feinen Herrn hätte niemand an den Karren fahren können. Der hat ja nichts Unredliches getan, nur die Aufträge ausgeführt, für die er bezahlt worden war.«

»Was sind denn das für Beteiligungsgesellschaften?«, wollte Hausner wissen und beugte sich über das Organigramm.

»Es ging immer um ertragreiche nationale und internationale Unternehmen, und das aus den verschiedensten Branchen: Mikroelektronik, Computertechnologie, Rüstung, ja sogar Kunsthandel. Die DDR war nämlich hauptsächlich an Devisen durch die Gewinnausschüttungen interessiert. Und das waren damals pro Jahr zusammengerechnet rund fünfundzwanzig Millionen ehemalige Westmark.«

»Nicht schlecht, nicht schlecht«, meinte Hausner anerkennend, während er Katharina das Papier rüberschob.

Die schaute sich das akribisch zusammengestellte Firmengeflecht an und stutzte. »Moment mal. *Betax AG?* Der Name ist mir schon mal untergekommen.«

Sie überlegte einen Moment und schlug sich mit der flachen Hand gegen die Stirn. »Na klar, das ist doch die Gesellschaft, die neben Müller alias Erken und Hohlmann an der *Mellinger GmbH* beteiligt ist.«

Hausner lachte trocken. »Dieser Müller ist also auch an den jährlichen Gewinnausschüttungen der *Mellinger GmbH* an die *Betax AG* beteiligt. Das dürfte das Finanzamt sicher interessieren«, sagte er süffisant.

»Ja, gut. Die Steuerhinterziehungen bei der *Mellinger GmbH* sind das Eine. Aber die Taten aus 1990 sind längst verjährt«, erwiderte Katharina enttäuscht.

»Moment, Moment, Frau Kollegin. Nicht so übereilt.«, belehrte Hausner die junge Anwältin. »Wir haben doch seit über einem Jahr eine neue Rechtslage. Die Staatsanwaltschaft kann unrechtmäßig erlangtes Vermögen immer noch dreißig Jahre lang abschöpfen, selbst wenn die Straftaten an sich verjährt sind. Die Strafverfolger haben da vom Gesetzgeber ein ziemlich scharfes Schwert in die Hand bekommen.« Der Anwalt lehnte sich demonstrativ zurück und faltete die Hände wie zum Gebet.

Katharina nickte zustimmend. Daran hatte sie noch gar nicht gedacht. Also mindestens bis 2020 war die Sache für alle Beteiligten noch heiß.

»Mit was hat sich eigentlich damals das Ministerium für innerdeutsche Beziehungen beschäftigt?«, fragte sie Hausner und erzählte ihm von Maria Sagowskis Aufzeichnungen über die Besucher in der KoKo-Zentrale.

»Da es offiziell keine diplomatischen Beziehungen zu der

DDR gab, hat sich dieses Ministerium um sämtliche zwischenstaatliche Angelegenheiten gekümmert. Natürlich auch um den Interzonenhandel«, klärte er sie auf. »Es kann gut sein, dass bei den Schiebereien dieses Erken ein westdeutscher Ministerialbeamter mit im Spiel war«, ergänzte er nach einem kurzen Moment.

Frau Patzke steckte ihren fönfrisierten Kopf durch die Tür und bat zum Abendbrot. Katharina holte Ramón aus dem Fernsehzimmer und das Organigramm verschwand unter einer akkurat gebügelten Tischdecke.

Nach dem Abendessen setzten sie sich erneut im Wohnzimmer zusammen, während die emsige Haushaltshilfe gemeinsam mit Ramón die Örtlichkeiten für das anstehende Nachtlager inspizierte.

Währenddessen erzählte Katharina Hausner und Hamran dann von ihrem Treffen mit Irina Demotchovina. Und wie sie gedachte, die Putzfrau zu übertölpeln.

»Natürlich gebe ich Ihnen die fünfzigtausend. Lasse fährt mit einem Barscheck zur Bank und bringt Ihnen das Geld.«

Bevor sich Katharina bedanken konnte, bimmelte ihr Handy. Sophias Nummer erschien im Display.

»Gut, dass ich dich noch erreiche«, fing Sophia an. »Das Jugendamt hat sich vorhin bei mir gemeldet. Sie haben für Ramón eine Pflegefamilie gefunden. In Wandsbek.«

Katharina pustete die Backen auf. Jetzt war es so weit. Wie würde es der Junge auffassen?

»Wann soll ich … sollen wir denn Ramón dort abgeben?«, fragte sie zögernd.

»Am Montagmorgen muss ich mit ihm auf dem Amt erscheinen. Die bringen ihn anschließend zu der Familie. Und ab Mittwoch geht er dann auch in die Schule«, antwortete Sophia.

»Und was ist mit deiner Vormundschaft? Bleibt die bestehen?«, wollte Katharina wissen

»Das habe ich natürlich auch gefragt. Erst einmal ja, aber ob das am Ende auch so bleibt, konnten sie mir noch nicht sagen. Das entscheidet das Betreuungsgericht.«

Katharina beendete das Gespräch. Ramón würde ihr fehlen. Trotz aller Umstände, die sie auf sich nehmen musste, seit er in ihr Leben getreten war.

Sie schaute Friedemann Hausner an. Der hatte verstanden, worum es ging.

»Es ist für alle Beteiligten das Beste, wenn der Junge ein neues Zuhause bekommt. Und das so schnell wie möglich«, sagte er geschäftig und fügte mitfühlend hinzu: »Es war Ihnen doch klar, dass er nicht ewig bei Ihnen wohnen kann.«

Natürlich hatte sie gewusst, dass dieser Zeitpunkt kommen würde. Aber sie hätte nie geglaubt, dass Ramón ihr so ans Herz wachsen würde. Und wann und wie sollte sie ihm das beibringen?

Sie wischte diese Gedanken beiseite und lenkte das Gespräch auf das bevorstehende Treffen mit Hauptkommissar Jansen.

Wenig später klingelte es an der Haustür.

Während Lasse zur Tür marschierte, entnahm Katharina ihrer Aktentasche Duplikate der Dokumente, die sie vor gar nicht so langer Zeit Mankowsky übergeben hatte.

Nachdem der Hauptkommissar alle begrüßt und ein stilles Wasser serviert bekommen hatte, ergriff der massige Anwalt als Erster das Wort. »Das ist ja eine schockierende Nachricht gewesen, Herr Jansen, die mir Frau Tenzer da über Herrn Mankowsky überbracht hat. Gibt es denn schon Hinweise auf den oder die Täter?«, fragte er.

Jansen räusperte sich und nahm einen Schluck Wasser. »Herr Hausner, bitte haben Sie Verständnis, dass ich aus dem laufenden Verfahren heraus hier und jetzt keine Wasserstandsmeldungen durchgeben kann. Wie Sie sich vorstellen können, schlägt die Sache ordentlich Wellen. Bis hoch zum Innensenator.«

Seine Zuhörer nickten verständnisvoll.

»Nur so viel kann ich sagen: Die Unterlagen, die Frau Tenzer Herrn Mankowsky am Montagnachmittag übergeben hat ... haben will ..., haben wir nicht bei ihm zu Hause oder in seinem Büro gefunden.« Er blickte Katharina ins Gesicht.

Die zeigte prompt auf den Papierstapel, der vor ihr auf dem flachen Glastisch lag. »Herr Jansen, ich verstehe nicht, warum Sie meine Aussage anzweifeln. Da liegen Kopien für Sie bereit«, empörte sich Katharina.

Jansen hob abwehrend die Hände. »Ich zweifle gar nichts an, ich treffe nur Feststellungen«, sagte er beschwichtigend.

»Nun gut. Aber bevor ich Ihnen diese Unterlagen überlasse, möchte ich Sie auf einige Punkte hinweisen. Und noch um etwas bitten«, sagte Katharina betont freundlich.

So gut es ging, fasste sie den Inhalt der Papiere zusammen.

Jansen hörte aufmerksam zu. Als Katharina auf Julius Erken alias Robert Müller von der *Mellinger GmbH* zu sprechen kam, hellte sich sein Gesicht auf. »Müllers Vita war absolut unauffällig. Nichts deutete auf eine DDR-Vergangenheit hin. Ich würde zu gerne wissen, wie diese Stasi-Leute das damals gemacht haben. Das ist ja leider kein Einzelfall.«

»Ja, aber vor allem müssen Sie beweisen, dass Müller und Erken identisch sind. Und ob Ihnen das anhand der alten Stasi-Akten gelingt, werden am Ende wieder die Gerichte entscheiden«, wandte Friedemann Hausner ein.

Jansen nickte.

»Also unserer Meinung nach finden Sie hier in diesen Kopien die Motive für die Morde an Bernhard Fillinger und Oberstaatsanwalt Mankowsky, nämlich veruntreutes ehemaliges DDR-Vermögen in Form von Firmenbeteiligungen, die alle noch existent sind«, stellte Katharina fest und hob die Hand. »Apropos Morde. Haben Sie etwas Neues über den Mord an Maria Sagowski im Jahre 1991 in Erfahrung bringen können?«

»Nicht wirklich. Außer einer filterlosen Zigarettenkippe in der Nähe der Eingangstür hat man damals keine Spuren sichern können. Und ob die überhaupt vom Täter stammt …? Zurück zu den Unterlagen hier. Haben Sie Hinweise darauf, wo sich möglicherweise die Originale befinden?«, wich Jansen weiteren Fragen aus.

»Ich vermute, dass sie in Costa Rica liegen. Vielleicht hat Fillinger ja einen Safe in seinem Haus oder ein Schließfach bei einer Bank. Das muss doch rauszufinden sein«, antwortete die Anwältin.

»Na, vielen Dank, das kann dauern, bis wir die Dokumente beschafft haben. Hoffentlich brauchen wir sie am Ende gar nicht«, sagte Jansen genervt.

»Ich will Ihnen aber nicht vorenthalten, dass diese Unterlagen nicht alles sind, was Fillinger hinterlassen hat.« Sie schaute Friedemann Hausner an.

Der nickte unmerklich.

»Es gibt noch einen weiteren USB-Stick, den ich aber

nicht habe. Noch nicht. Fillinger hat ihn *Teil 2* genannt. Auf dem Tisch liegen Kopien von *Teil 1* und *Teil 3*.« Sie erzählte, dass Fillinger den fehlenden USB-Stick seiner Haushaltshilfe geschickt hatte und diese dafür fünfzigtausend Euro forderte.

»Tickt die noch ganz richtig? Ich glaube, die holen wir morgen früh persönlich aus dem Bett«, echauffierte sich Jansen.

Katharina und Hausner tauschten erneut Blicke.

»Ob das so klug ist, weiß ich nicht. Im Zweifel hat sie den Stick irgendwo deponiert. Aber wir kriegen ihn auch so.«

»Sie wollen bezahlen?«, fragte Jansen erstaunt.

»Natürlich, aber nur zum Schein. Und jetzt kommen Sie und Ihre Leute ins Spiel, Herr Jansen. Am Freitag um zwölf Uhr vor dem Apple Store am Jungfernstieg soll die Übergabe stattfinden. Muss ich genauer werden?«, sagte Katharina und lehnte sich zurück.

Jansen schüttelte den Kopf.

Friedemann Hausner und Lasse Hamran konnten sich ein leichtes Grinsen nicht verkneifen.

»Ich habe aber ein paar Wünsche, die ich gerne noch loswerden möchte.«

»Hab ich's mir doch gedacht. Irgendwo gibt es einen Haken«, stöhnte Jansen.

»Wenn wir den Stick haben, gehen wir als Erstes zu mir ins Büro und ich darf mir die Dateien kopieren. Dann können Sie ihn haben. Und ich möchte, dass Sie Sigurd Willemsen zurück in die Schweiz fliegen lassen.«

Jansen überlegte. »Ich glaube, darauf kann ich mich einlassen«, sagte er langsam.

42

»Gegen Verräter oder Grenzverletzer ist die Schusswaffe anzuwenden.«

Erken alias Müller lief aufgeregt um den Konferenztisch herum wie ein Dressurpferd an der Longe. Sein Gesicht war dunkelrot angelaufen und er hatte Schweißperlen auf der Stirn.

Maschke nickte devot.

»Grenzverletzer haben wir zwar nicht mehr, aber einen Verräter. Siegbert hat sich klammheimlich aus dem Staub gemacht. Dieser feige Wichser von Anwalt!«, fluchte er in einer unangenehmen Lautstärke.

Hohlmann blätterte derweil desinteressiert in einer Akte.

»Erzählt der mir doch einfach, er steigt jetzt aus. So mir nichts, dir nichts. Ihm sei die Sache zu heiß geworden. Und seitdem ist er einfach nicht mehr zu erreichen«, redete Erken sich immer mehr in Rage.

»Was regst du dich so auf?«, meldete sich Hohlmann endlich zu Wort. »Der Kerl kommt an kein Bankkonto ran. Der kann uns überhaupt nicht gefährlich werden.«

»Sein Wissen kann uns schaden. Und außerdem kann man bei uns nicht einfach ein- und austreten wie bei einem Turnverein. Er hat von Anfang an mitgemacht und von allen Aktionen gewusst. Und jetzt hat er die Sache verraten, für die wir seit fast dreißig Jahren kämpfen.«

Der Ex-Oberst schlug mit der Faust fest gegen einen Holzbalken, an dem er gerade vorbeilief. »Also Maschke, Sie versuchen herauszubekommen, wo Kröger sich aufhält. Und denken Sie bei Ihrer Suche daran, der spricht außer Deutsch nur bruchstückhaft Englisch«, befahl Erken seinem Adjutanten in normaler Tonlage.

Erken hatte die Gruppe kurzfristig noch mal in ihr konspiratives Büro in die Speicherstadt beordert, nachdem er mit Grausen die Unterlagen durchgesehen hatte, die dem toten Oberstaatsanwalt sprichwörtlich aus den Händen genommen worden waren. Fillinger hatte gute Arbeit geleistet, musste Erken im Stillen zugeben. Irgendwie hatte er schon immer befürchtet, dass Maria Sagowski damals belastende Dokumente über seine Aktivitäten in der Stasi-Zentrale gesammelt hatte. Aber dass ausgerechnet die Bestandsliste der Staats- und Parteifirmen, die er in der wirren Zeit von 1990 für Modrow erstellen sollte, durch ihre Hände gegangen war, war extremes Pech.

Doch es gab auch einen positiven Aspekt. Die Identität des ›IM-Schweizer‹ war bisher noch nicht aufgeflogen, wie es schien. Allerdings fehlte eben auch noch der dritte Teil von Fillingers Unterlagen. Nicht dass mit deren Auftauchen dann die letzte Bombe platzte.

Allerdings war die Sache auch jetzt schon zum Kotzen. Gundlach, Hohlmann und er waren wegen dieser dämlichen Kick-Back-Zahlung über die *Beluga-Stiftung* nicht raus aus der ganzen Nummer. Sie hatten damals im Zuge der Betriebsprüfung bei der *Mellinger GmbH* gar keine andere Wahl gehabt, als Fillinger auffliegen zu lassen, denn jeglicher Versuch einer Kontaktaufnahme war erfolglos geblieben. Fillinger war wie vom Erdboden verschluckt. Irgendwo in Mittelamerika, hieß es.

Das mit der beabsichtigten Selbstanzeige hatte Fillinger

gerissen inszeniert, fand Erken. Die Idee hätte glatt von ihm sein können.

Dieses Thema konnte er mit Hohlmann leider nicht hier und jetzt vor den Ohren Maschkes besprechen. Der hatte von dieser Aktion keine Ahnung und dabei sollte es auch bleiben. Jeder hatte schließlich seinen bestimmten Platz im Leben.

»Wir hatten ziemlichen Dusel, dass wir Fillinger noch erwischt haben, bevor der bei der Staatsanwaltschaft die Hosen runtergelassen hat«, urteilte Erken, nachdem er seine Kumpane über den Inhalt der brisanten Dokumente ins Bild gesetzt hatte. »Jetzt gilt es, einen klaren Kopf zu bewahren. Wir haben ja immerhin noch Simone.«

Hohlmann stand auf und ging in die kleine Teeküche, um sich ein Bier aus dem Kühlschrank zu holen. »Ja, vielleicht kann die das Schlimmste verhindern. Aber wir müssen an die Originale kommen. Außerdem scheint es doch noch einen dritten Teil zu geben, wenn ich dich richtig verstanden habe?«

»Ja«, sagte Erken und wandte sich an seinen Adjudtanten. »Maschke, die Schonzeit für die Anwältin ist vorbei. Als Erstes stellen Sie sicher, dass weder in den Kanzleiräumen noch bei ihr zu Hause weiteres Material zu finden ist, das uns belasten kann. Und dann nehmen Sie sich die Frau vor. Wir müssen wissen, wo die Originale sind! Spätestens Anfang nächster Woche muss das Problem vom Tisch sein. Haben Sie verstanden?«

Maschke nickte zackig. Natürlich hatte er verstanden.

»Informierst du den Schweizer? Der muss jetzt ziemlich schnell ein Notprogramm entwerfen«, sagte Hohlmann.

»Den rufe ich gleich an und werde ihn bitten, die notwendigen Schritte in die Wege zu leiten.« Erken verschränkte die Arme vor der Brust.

»Zwei Jahre müssen wir noch unbeschadet im Hintergrund bleiben. Dann machen wir Kasse. Und in Europa wird sich eine neue sozialistische Partei mit einem gigantischen Vermögen erheben. Wir werden vieles anders machen als früher und ganz bestimmt werden wir auch alles besser machen.« Er musterte seine Kampfgefährten und ballte die rechte Faust.

Maschke hatten die bewegenden Worte seines Obristen aus dem Stuhl gehoben und er starrte ehrfürchtig zurück.

Dr. Peter Hohlmann blickte indessen auf seine Schuhe. Er konnte sich ein heimliches Grinsen nicht verkneifen.

43

»Ich geh ganz bestimmt nicht in diese doofe Familie.«

Der Löffel flog quer durchs Esszimmer und landete mit einem Scheppern in einer leeren Messingvase auf der Fensterbank.

»Ramón! Bitte, bleib ruhig!«, schimpfte Katharina.

Friedemann Hausner zuckte zusammen und musterte die Messingvase prüfend.

»Du kennst die Leute doch noch gar nicht. Probier es erst einmal aus. Wenn du nicht mit ihnen klarkommst, reden Sophia und ich natürlich mit dem Jugendamt«, versuchte sie, den Jungen zu beruhigen.

Ramón lehnte sich zurück, verschränkte die Arme vor der Brust und schmollte.

Sie hatte es geahnt. Den ganzen gestrigen Tag hatte sie gegrübelt, wie sie es Ramón schonend beibringen konnte. Doch es gab einfach keinen ›schonenden‹ Weg.

Heute hatte sie sich dann gleich nach dem Aufwachen an Ramóns Bett gesetzt und dem Jungen eröffnet, dass er am Montag zu einer netten Familie ziehen würde. Und ab Mittwoch dürfe er auch wieder zur Schule gehen. Fußball könne er selbstverständlich weiterhin spielen. So habe es das Jugendamt bestimmt. Und das würde in Deutschland die Entscheidungen treffen, wenn ein Kind keine Verwandten mehr hätte, die es aufziehen könnten, hatte sie ihm erklärt.

Ramón hatte still auf seinem Bett gesessen, zugehört und dabei aus dem Fenster geschaut. Am Ende hatte er den tapferen Kampf gegen die Tränen verloren.

Katharina hatte es das Herz zerrissen. Ein langes In-den-Arm-Nehmen hatte dann zwar die erste Trauerwelle geglättet, aber in Ramón arbeitete es, das war unübersehbar.

Friedemann Hausner saß vor seinem Frühstücksei und zog die Stirn in Falten. Man sah ihm an, dass der Wutausbruch des Jungen nicht zu der Art von menschlichem Fehlverhalten gehörte, mit welchem der Anwalt gewöhnlich umzugehen hatte.

Er legte die Serviette beiseite und verschränkte ebenfalls die Arme vor seinem mächtigen Bauch. »Mein junger Freund …«, fing er umständlich an.

Trotz ihrer Verzweiflung musste Katharina gegen einen Lachreiz ankämpfen.

»… ich mach dir einen Vorschlag. Du isst dein Müsli auf, machst ein freundliches Gesicht, und wenn die Frau Ten… äh … Katharina ins Büro gefahren ist, werden wir beide im

Keller einen Schießwettbewerb mit der Luftpistole austragen. Was hältst du davon?«

Wortlos klaubte Ramón den Löffel aus der Messingvase und fing langsam an zu essen. Ein freundliches Gesicht war allerdings noch nicht zu erkennen.

Lasse Hamran erschien vereinbarungsgemäß um elf Uhr mit einem prall gefüllten, braunen DIN-A3-Umschlag im Büro.

»Wiedersehen macht Freude«, sagte er mit einem Grinsen und gab Katharina die fünfzigtausend Euro.

Auch er würde sich um zwölf Uhr in der Nähe des Eingangs zum Apple Store aufhalten und die Szenerie beobachten. Eine doppelte Absicherung war nicht verkehrt, fand Katharina.

Hoffentlich kommt es nicht zu irgendwelchen unüberlegten Kurzschlusshandlungen Irinas, wenn sie merkt, dass ihre Felle davonschwimmen, dachte sie im Stillen. Andererseits vertraute sie der Erfahrung Jansens und seines Trupps.

Hamran verabschiedete sich und sie wartete nervös an ihrem Schreibtisch, bis die Uhr Viertel vor zwölf zeigte.

Der Jungfernstieg war an diesem Freitagmittag so belebt, als wenn in den nächsten Minuten der Schwimmwettbewerb des World Triathlon Hamburg beginnen würde. Mehrere eingetroffene Kreuzfahrtschiffe hatten schon am frühen Morgen gnadenlos ihre Menschenmassen über der Stadt ausgeschüttet. Das milde Wetter tat sein Übriges.

Katharina war auf die Minute pünktlich. Sie trug ihre große Umhängetasche über dem Arm und wanderte aufgeregt vor den riesigen Glaswänden hin und her. Immer wieder schaute sie sich vorsichtig um, ob sie irgendwo in der Nähe ein ihr bekanntes Gesicht sah, aber sie konnte weder Jansen noch Hamran entdecken.

Es war schon zehn nach zwölf, als eine Frau mit langen schwarzen Haaren aus dem Apple Store trat und sich neben sie stellte. Erst jetzt erkannte Katharina Irina Demotchovina, die eine auffallende schwarze Perücke unter einem weißen Käppi trug.

»Haben Sie das Geld?«, fragte die Deutschrussin mit leiser Stimme und blickte nervös auf den etwa zweihundert Meter entfernt stehenden Würstchengrill. »Und machen Sie bloß keine Zicken, mein Mann wartet da hinten.«

Nachdem Katharina zustimmend genickt hatte, holte Irina einen weißen Briefumschlag aus der Manteltasche und hielt ihn der Anwältin halb geöffnet hin. Darin befand sich ein silberner USB-Stick; er sah genauso aus wie der, den sich Beate Fillinger um den Hals gehängt hatte.

Katharina öffnete ihre Umhängetasche und gewährte einen kurzen Blick auf den großen braunen Umschlag. Dann zog sie den Reißverschluss wieder zu.

»Woher weiß ich, dass das der Stick ist, den Bernhard Fillinger Ihnen geschickt hat?«, fragte sie schroff.

»Mit der Frage habe ich gerechnet«, sagte Irina Demotchovina und winkte zum Würstchenstand hinüber. Ein ungepflegt wirkender Mann mit Stoppelbart und einer ordentlichen Wampe schälte sich aus der Menschentraube vor dem Grill und näherte sich den beiden Frauen. In seiner Hand hielt er eine lederne Aktenmappe.

Der Mann nickte kurz in Katharinas Richtung, öffnete die Mappe und zog ein kleines Tablet und ein Steckkabel hervor. Dann verkabelte er den Stick mit dem Tablet und nach einem kurzen Moment konnte Katharina auf dem Display die ihr schon bekannte Eingabemaske erkennen, mit der der Benutzer nach dem Passwort gefragt wurde.

»Mehr kann ich Ihnen nicht bieten«, sagte Irina Demotchovina.

Katharina zog die Schultern hoch. »Na gut«, erwiderte sie schließlich und griff an den Reißverschluss ihrer Umhängetasche.

Der Begleiter von Fillingers Haushaltshilfe hatte gerade den Stick vom Tablet abgekoppelt, da trat Hauptkommissar Jansen aus dem Store und zückte seinen Dienstausweis.

Obwohl Katharina Bescheid gewusst hatte, erfolgte der Auftritt von Jansen auch für sie völlig überraschend.

Irina Demotchovina fiel wortwörtlich die Kinnlade herunter. Sie schaute auf den Polizeiausweis und dann auf ihren Begleiter. Noch bevor der Mann irgendeine unüberlegte Reaktion zeigen konnte, erschienenen zwei weitere Polizeibeamte, die die Deutschrussin und ihren Kumpan flankierten.

»Uns ist zugetragen worden, dass Sie Beweismittel in einem Mordfall besitzen«, wandte sich Jansen in einem ruhigen Tonfall an die Frau, schnappte sich den USB-Stick und ließ ihn in seiner Hosentasche verschwinden. »Den stellen wir vorläufig sicher. Einen richterlichen Beschluss reichen wir nach. Wenn Sie sich dann bitte ausweisen würden, meine Kollegen hier werden Ihre Personalien aufnehmen«, fuhr er fort und trat ein paar Schritte zur Seite.

»Was ist das denn für eine Sauerei?«, schrie die Putzhilfe Katharina an.

»Wenn Sie wollen, können Sie auch noch eine Anzeige wegen Erpressung oder Nötigung mit nach Hause nehmen«, blaffte Katharina zurück.

Gemeinsam mit Jansen machte sie sich auf den Weg zu ihrem Büro. Vor dem Aufzug trafen sie auf Lasse Hamran, der dem Hauptkommissar anerkennend zunickte.

»Das hat ja geklappt wie am Schnürchen. Und ich konnte bei der ganzen Aktion sogar noch ungestört eine Currywurst vertilgen«, sagte er schmunzelnd.

Katharina lachte und drückte ihm den braunen Umschlag in die Hand. »Mit bestem Dank an den Seniorchef zurück.«

44

Ausgerechnet *Irina,* dachte Katharina, als sie nach Eingabe des Passwortes auf *OK* geklickt hatte und sich die Datenbank öffnete. Bernhard Fillinger hatte zum Glück konsequent Passworte gewählt, die den Personen entsprachen, denen er die Datenträger anvertraut hatte.

Sie hatte Frau Peters gebeten, für zwei Stunden keine Gespräche durchzustellen, sie wollte nicht gestört werden.

Mit einiger Verblüffung las sie jetzt die Überschrift der Hauptdatei: *Teil 2 – Die Schwester.*

Eine Stunde später war alles anders.

Katharinas bisheriges Leben hatte sich wie eine Nebelschwade verzogen und eine Armada von Fragen hinterlassen. Fürchterliche Gedanken an ihre Kindheit und Jugendzeit türmten sich wie dunkle Wolkenberge vor ihr auf.

Sie war ›die Schwester‹.

Die Schwester von Bernhard Fillinger.

Ihrem ehemaligen Mandanten.

Jetzt war ihr natürlich klar, warum er sie als seine Anwältin ausgesucht hatte.

Den Akten der Stasi über Maria Sagowski war zu entnehmen, dass sie am 26. März 1986 im Bezirkskrankenhaus Stralsund ein Mädchen entbunden hatte, welches den Namen ›Katharina‹ erhielt.

Das war ihr Geburtstag.

Weiter hieß es, dass Maria Sagowski ab März 1986 als alleinerziehende Mutter und Ehefrau eines ehemaligen Republikflüchtlings wegen *asozialen Verhaltens* eine *Gefährdung der öffentlichen Ordnung* darstellte. Das hatte das Jugendamt auf den Plan gerufen, welches das Neugeborene bereits nach drei Wochen in ein Säuglingsheim nach Ostberlin verbrachte. Die Einweisungsverfügung trug neben dem Stempel des Jugendamtes in Stralsund ein Dienstsiegel des MfS. Wer diesen unterzeichnet hatte, war nicht zu entziffern.

Katharina rekapitulierte. Im März 1986 hatte sich Peter Sagowski in der *Sonderhaftanstalt der Staatssicherheit* in Bautzen das Leben genommen. Peter Sagowski war ihr Vater gewesen.

Für einen Moment musste sie innehalten. Die Situation war für sie nicht fassbar.

Irreal.

Eine Fiktion.

Nein.

Die Akten logen nicht. Sie wogte in einer Wechselstimmung zwischen Wut, Hass und unendlicher Trauer. Der Kampf ihrer Gefühle entlud sich schließlich in hemmungslosem Schluchzen.

Als sie sich etwas beruhigt hatte, zwang sie sich, die grausamen Dokumente über die staatliche Vernichtung ihrer leiblichen Familie bis zum bitteren Ende zu ertragen.

Bernhard, ihr Bruder, war damals nicht ganz sechs Jahre alt gewesen und hatte unglaubliches Glück gehabt, dass das

Terrorregime nicht auch ihn der Obhut seiner Mutter entzogen hatte.

In einem Ordner fand Katharina Nachweise, dass Maria Sagowski unmittelbar nach der Wende damit begonnen hatte, nach dem Verbleib ihrer Tochter zu forschen.

All das hatte die ehemalige KoKo-Sekretärin Sigurd Willemsen gegenüber in ihrem Liebessommer 1991 aber verschwiegen.

Hatte sie ihm nicht getraut?

Dann stieß Katharina auf die Adoptionsurkunde, die der Familie Tenzer aus Greifswald ausgehändigt worden war. Dr. Hans-Jürgen Tenzer hatte sich Anfang der Achtzigerjahre als inoffizieller Mitarbeiter des MfS unter dem Decknamen *IM Stefan* bis zum Oberarzt am örtlichen Klinikum emporgearbeitet. Über zehn Jahre lang hatte er drei- bis viermal jährlich quälend lange Beobachtungen über staatsfeindliche Aktivitäten bestimmter Kollegen zu Protokoll gegeben. Tenzers Führungsoffizier hieß Oberst Julius Erken.

Als besondere Anerkennung erhielt das kinderlose Ärzteehepaar aus Greifswald 1986 ein Neugeborenes zur Adoption.

Katharina wurde übel.

Das Fundament ihres Lebens wurde unter ihren Füßen weggezogen. Ihre Gefühle befanden sich im freien Fall zwischen lieben Kindheitserinnerungen und Hass. Warum hatten ihre … Adoptiveltern … ihr niemals etwas gesagt?

Das Wort ›Adoptiveltern‹ bohrte sich wie ein vergifteter Pfeil in ihren Schädel und verhinderte jeden klaren Gedanken. Sie stand auf und öffnete das Fenster.

Auf dem Rathausplatz begann sich ein Demonstrationszug zu formieren. Sie sah ein Schild mit der Aufschrift *What the fuck is Abendland* und erinnerte sich, dass vor Kurzem in

Hamburg die Pegida-Bewegung eine mehr als spärlich besuchte Kundgebung auf dem Gänsemarkt abgehalten hatte. Die Hamburger Journaille war in Ekstase ausgebrochen.

Auch das war Realität und half Katharina, ihre Gedanken zu ordnen. Sie fasste einen Entschluss. Als Erstes würde sie ihre Mutter zur Rede stellen.

Brauchte sie noch eine Bestätigung dessen, was sie soeben gelesen hatte?

Nein. Die Auszüge aus den Stasi-Akten waren nicht zu widerlegen.

Sie wollte eine Erklärung von ihr, warum sie sie so lange im Unklaren über ihre tatsächliche Abstammung gelassen hatten.

Mehr wollte sie gar nicht hören.

Vor allem keine Entschuldigung. Es gab Dinge, die waren einfach nicht zu entschuldigen.

45

Hauptkommissar Jansen hatte für den späten Nachmittag eine Besprechung anberaumt. Der Inhalt des USB-Sticks war das letzte Puzzleteil einer bewegenden deutsch-deutschen Geschichte, die wieder einmal am Ende nur Verlierer hervorgebracht hatte. Ohne Frage offenbarten die Dateien eine menschliche Tragödie, die aber juristisch wohl nicht mehr aufgearbeitet werden würde.

Die junge Anwältin tat ihm leid.

Wie es wohl jetzt in ihr aussah? Hoffentlich unternahm sie nichts Unüberlegtes. Vielleicht sollte er sie über seine nächsten Schritte informieren? Aber er traute sich nicht, bei ihr anzurufen.

Nur für ihre beiden Mordfälle, die sie aufzuklären hatten, gab der Stick nichts wirklich Neues her. Die ehemaligen Stasi-Leute um Müller alias Erken hatten sich hemmungslos am ehemaligen Staats- und Parteivermögen bereichert. Und dass diese Taten jetzt aufzufliegen drohten, stellte ein mögliches Mordmotiv dar. Ohne Frage. Aber mehr hatten sie zum jetzigen Zeitpunkt eben nicht.

Steenken und Dr. Stange betraten den Raum. Er hatte die Staatsanwältin schon telefonisch über den Inhalt des letzten Teiles von Fillingers Geheimnis in Kenntnis gesetzt.

»Ich wollte Sie bitten, kurzfristig einen Antrag für die Telefonüberwachung von Robert Müller und Dr. Hohlmann in die Wege zu leiten«, begann Jansen das Gespräch, als die beiden sich gesetzt hatten. »Die Verdachtsmomente, dass die beiden Geschäftsführer in beide Mordfälle verwickelt sind, lassen sich gut begründen. Und außerdem ist da ja noch diese Kick-Back-Zahlung von Fillingers Provision. Das dürfte die Kollegen von der Steuerfahndung brennend interessieren.«

Seine Chefin machte einen unentschlossenen Gesichtsausdruck. »Nun ja, die Steuersache interessiert uns nicht, das wissen Sie doch, Herr Jansen. Das Verfahren gehört in die Abteilung von … äh … des verstorbenen Kollegen Mankowsky. Und ein mögliches Verfahren, in dem die verschobenen Firmenbeteiligungen beschlagnahmt werden, geht uns auch nichts an«, sagte sie und hob beide Hände in die Höhe. »Was die Mordfälle betrifft, bin ich skeptisch. Es gibt keinerlei Anhaltspunkte, dass einer der beiden Geschäftsführer der *Mellinger GmbH* an einem der Tatorte gewesen ist. Motiv hin oder her. Hat denn die Spurensicherung im Fall Mankowsky irgendetwas herausgefunden?«

Jansen blickte seine Kollegin fragend an.

»Nein, leider nicht. Wir gehen davon aus, dass Mankowsky seinen Mörder selbst ins Haus gelassen hat«, antwortete Steenken.

»Was ist mit der Auswertung seines Handys?«, wollte die Staatsanwältin wissen.

»Auch nichts. Wir wussten ja schon von Ihnen, dass Sie am späten Nachmittag noch miteinander telefoniert haben. Fünfunddreißig Sekunden hat das Gespräch gedauert. Ansonsten hat er nur einige private Anrufe getätigt«, sagte Steenken.

»Ja, wenn ich an das Telefonat mit ihm denke, wird mir jetzt noch ganz anders. Er tat sehr geheimnisvoll und wollte sich gleich um acht Uhr am Donnerstagmorgen mit mir treffen. Und zwar alleine«, sagte die Staatsanwältin sichtlich bedrückt.

Jansen stand auf und schüttete sich einen Becher abgestandenen Kaffee ein.

»Sag mal, Jan, was ist eigentlich bei deinen Recherchen über den Mord an Fillingers Mutter herausgekommen? Das hast du doch weiterverfolgt?«, fragte Steenken.

»Nichts. Auch da bräuchten wir einen konkreten Verdächtigen, um weiter nachfassen zu können. Zum Beispiel für einen DNA-Abgleich mit der alten Zigarettenkippe. Aber im Moment haben wir niemanden, den wir mit diesem Fall in Zusammenhang bringen können«, sagte Jansen gequält. Er setzte sich mit dem Kaffeebecher wieder an den Schreibtisch und schaute seine Chefin an. »Ich habe da noch ein anderes Problem mit diesem Fall, Frau Staatsanwältin«, sagte er zögernd. »Wir, also Inga und ich, gehen mittlerweile davon aus, dass interne Ergebnisse unserer Ermittlungen nach draußen gelangen.«

Die Staatsanwältin hob die Augenbrauen. »Wie kommen Sie denn darauf?«, wollte sie wissen.

Jansen erläuterte ihr die Hintergründe, erwähnte den Drohbrief, den die Rechtsanwältin bekommen hatte, unmittelbar vor ihrer Vernehmung.

Frau Dr. Stange schwieg zunächst. Dann fragte sie: »Wollen Sie die Abteilung Interne Ermittlungen einschalten?«

»Die Entscheidung liegt bei Ihnen. Sie, Inga und ich sind bis jetzt die Einzigen, die von dem Verdacht wissen.«

Die Staatsanwältin nickte. »Lassen Sie uns nichts übereilen. Ihren Verdacht halten Sie zunächst noch unter der Decke. Ich werde am Montag beim Richter vorsichtig vorfühlen, ob wir bei dieser Beweislage und angesichts Ihres Verdachts die Telefone der beiden Geschäftsführer anzapfen können«, entschied sie und verließ den Raum.

46

Ihre Mutter saß stocksteif auf dem Küchenstuhl, nachdem Katharina den Grund ihres überraschenden Besuches offenbart hatte. Sie hatte jegliche Gesichtsfarbe verloren. Wortlos stand sie auf und ging zum Kühlschrank. Sie holte eine eiskalte Flasche Kümmel aus dem Gefrierfach.

»Willst du auch einen?«, fragte sie.

Katharina verneinte.

»Mama …«, das Wort kam ihr unerwartet schwer über die

Lippen, »... ich will nur wissen, warum ihr mir nie etwas gesagt habt. Auch nicht, als ich volljährig geworden bin. Ich glaube, ich hätte ein Recht darauf gehabt«, flehte sie ihre Mutter an.

Statt zu antworten, kippte die den Klaren mit einem Zug herunter. Dann schaute sie auf ihre Armbanduhr. Sie griff zu ihrem Handy und wählte eine Nummer. Der Angerufene war sofort am Apparat.

»Hallo Josef, du musst heute Abend alleine gehen. Es tut mir leid, aber meine Tochter ist überraschend aus Hamburg gekommen und wir haben Gesprächsbedarf. – Ich hoffe, du verstehst das. – Bitte frag nicht weiter. Ich rufe dich morgen an.« Damit legte sie auch schon wieder auf. »Der Josef versteht das, das ist ein ganz Einfühlsamer ...«, sagte sie und schaute ihre Tochter an.

Dann stand sie auf, verließ den Raum und kehrte mit einer zerschlissenen Ledermappe zurück, die Katharina noch von früher kannte. Darin bewahrte Familie Tenzer Urkunden, Zeugnisse und andere persönliche Dokumente auf.

»Falls du die eine oder andere Urkunde sehen möchtest«, sagte ihre Mutter und legte die Mappe auf den Tisch.

Urkunden hatte Katharina in den letzten Stunden genug gesehen. Sie wollte Erklärungen.

»Rede endlich!«, drängte sie mit ernster Miene.

»Wenn du wissen willst, warum wir dir nichts gesagt haben, kann ich dir eigentlich nur antworten, dass Papa und ich uns unendlich geschämt haben. Nach der Wiedervereinigung und der allmählichen Aufdeckung des Ausmaßes des begangenen Unrechts des gesamten Regimes, insbesondere das des Ministeriums für Staatssicherheit, kam uns unser altes Leben in der DDR wie eine einzige Schandtat vor. Du musst wissen, dass nicht nur Papa als IM für die Stasi gearbeitet hat. Ich habe es auch gemacht.«

Sie blickte Katharina ins Gesicht und erwartete eine Reaktion, die jedoch ausblieb.

»Ich habe über ganz bestimmte Kollegen im Klinikum Dossiers verfasst, damit am Ende die Staatssicherheit mit fadenscheinigen Gründen entscheiden konnte, wer befördert wurde oder nicht.« Sie holte tief Luft. »Ich weiß nicht, ob du das verstehst, aber dieses Bespitzeln gehörte damals einfach zu unserem Leben. Fast jeder, den ich kannte, war irgendwie ein IM.« Sie musste schlucken. »Und da jeder wusste, dass die Stasi sowieso über alles informiert war und auch unsere Wohnungen und Arbeitsplätze verwanzte, hat sich im Grunde niemand darüber aufgeregt. Es hätte auch gar keinen Sinn gehabt. Man wäre sonst selbst in Verdacht geraten, eine staatsfeindliche Gesinnung zu besitzen.« Ihre Stimme wurde ein wenig brüchig. »Ja, und dann war da dieser Oberst. Julius Erken. Papa kannte ihn irgendwie von früher, woher genau, weiß ich gar nicht mehr. Eines Abends forderte Papa mich zu einem Spaziergang auf. Das war bis zu diesem Zeitpunkt noch nie vorgekommen und dementsprechend muss ich auch geguckt haben. Papa legte den Zeigefinger auf seine Lippen und nahm mich an die Hand. Wir liefen eine geschlagene Stunde ziellos durch die Stadt.« Erneut stand sie auf und holte die Kümmelflasche aus dem Eisfach.

Katharina verzog das Gesicht.

»Du weißt, ich trinke eigentlich nie Schnaps. Die Flasche gehört Josef. Der trinkt ab und an gern mal einen Kurzen. Heute Abend mache ich eine Ausnahme. Möchtest du wirklich keinen? Du siehst aus, als ob du auch einen vertragen könntest.«

Katharina schüttelte erneut den Kopf und ihre Mutter schenkte das Schnapspinnchen randvoll.

»Papa erzählte mir bei diesem Spaziergang, dass dieser Oberst Erken ein ganz brutaler Vernehmungsoffizier war, dessen Opfer häufig bei ihm in der Notfallaufnahme landeten. Alle wussten, woher diese Patienten kamen, aber keiner hat sich daran gestört, dass in den Berichten immer nur von Arbeitsunfällen die Rede war. Irgendwann hat Papa sich dann wohl doch ein Herz gefasst und den Oberst auf die Ungewöhnlichkeit der meisten Verletzungen der angeblichen Unfallopfer angesprochen. Dieser sei total ausgerastet, hat Papa erzählt. Er habe damit gedroht, dass Papa sich sofort in der Klinikapotheke beim Einsortieren von Medikamenten wiederfinden würde, wenn er ein Sterbenswörtchen über diese Auffälligkeiten in seinen Arztberichten aufnehmen würde.«

Katharinas Mutter kippte den Kümmel erneut in einem Zug. »Nur wenige Wochen nach dem Spaziergang ist der Oberst wieder in der Klinik erschienen. Papa und ich saßen gerade in der Kantine beim Mittagessen, als er sich nur mit einem Glas Milch in der Hand zu uns setzte. Er war überaus freundlich und zuvorkommend. Vielleicht, weil ich dabei war. Aus den Erzählungen von Papa hatte ich mir ein ganz anderes Bild gemacht. Von irgendwem wusste er von unserem langjährigen Kinderwunsch und bot uns als vorbildliche Genossen an, kurzfristig ein Neugeborenes adoptieren zu können. Die Mutter sei die Ehefrau eines Republikflüchtlings und würde nach der unvermeidlichen Scheidung der sozialen Verwahrlosung entgegenstreben. Das Jugendamt hätte das Kind schon jetzt zur Adoption freigegeben.« Sie vergrub ihr Gesicht in beiden Händen. »Den Namen deiner leiblichen Mutter habe ich nie erfahren. Dass sie Maria Sagowski hieß, habe ich eben von dir zum ersten Mal gehört.«

Katharina schüttelte ungläubig den Kopf. »Und ihr habt mich dann einfach ...«, stammelte sie und brach erneut in Tränen aus.

Ihre Mutter legte vorsichtig den Arm um ihre Schultern, aber Katharina wischte die Berührung mit einer hektischen Bewegung weg.

»Das ist alles, was du mir zu sagen hast?«, schrie sie tränenüberströmt.

Ihre Mutter schwieg.

Katharina erhob sich und verließ grußlos die Wohnung.

47

Die Rückfahrt war die Hölle. Zweimal musste sie anhalten, um die aufkommenden Weinkrämpfe zu unterdrücken. Eigentlich hätte sie sich in ihrem Zustand niemals hinter das Steuer setzen dürfen, das war ihr bewusst. Aber bei ihrer Mutter hatte sie unmöglich bleiben können. Jedenfalls nicht im Moment. Ob sie überhaupt jemals wieder ein halbwegs normales Verhältnis zu ihr würde aufbauen können, wusste sie nicht. Vieles war zerbrochen.

Während der Fahrt hatte sie überlegt, ob sie Beat anrufen und ihm ihr Herz ausschütten sollte. Aber ihr Verhältnis zu ihm war in diesem Moment vollständig in den Hintergrund getreten. Die Balance in ihrem Leben hatte sich verschoben. Für wie lange, blieb abzuwarten.

War das vielleicht ein Zeichen dafür, dass sie für Beat doch noch nicht genug empfand?

Und dann kam ihr Ramón in den Sinn.

Ramón Fillinger war ihr Neffe. Sollte sie ihm die Wahrheit sagen? Wie würde er sie aufnehmen?

Und wie würde sich dieser Schicksalsschlag auf ihrer beider Leben auswirken?

Gegen zweiundzwanzig Uhr kam sie wieder bei Hausner an, der sich jedoch schon in sein Schlafzimmer zurückgezogen hatte. Frau Patzke, die vorübergehend ebenfalls Logis in dem großen Haus bezogen hatte, hatte Ramón zu Bett gebracht und war dann selbst schlafen gegangen. Nur Lasse empfing sie schon gleich an der Toreinfahrt. Er trug ein Pistolenhalfter und schwenkte eine gewaltige Stablampe hin und her. In jedem Fall strahlt wenigstens er ein gewisses Maß an Sicherheit aus, ging es Katharina durch den Kopf.

Sie betrat das Haus und setzte sich in das dunkle Wohnzimmer. An Schlaf war nicht zu denken. Sie musste mit jemandem reden.

Kurz entschlossen trat sie vor Hausners Schlafzimmertür und klopfte vorsichtig an.

Nach wenigen Sekunden öffnete er und sah sofort, dass mit seiner Kollegin etwas nicht stimmte.

»Gehen Sie ins Wohnzimmer. Ich komme in ein paar Minuten nach«, sagte er mitfühlend.

Bis tief in die Nacht saßen sie dann zusammen und Friedemann Hausner hörte zu. Ab und an schlürfte er an dem sündhaft teuren *Rémy Martin Centaure de Diamant*, den er extra aus seinem scheinbar unerschöpflichen Kellerreservoir geholt hatte. Und auch Katharina konnte jetzt einen Schluck vertragen.

Nachdem sie alles erzählt hatte, blieb es einen Moment lang still.

»Hm. Mir tut es unendlich leid für Sie, aber ich glaube, Sie werden darüber hinwegkommen.« Hausner tat sich schwer, die richtigen Worte zu finden. »Sie müssen die Geschehnisse der Vergangenheit irgendwie aufarbeiten. Ihr Bruder hat ja im Grunde schon damit angefangen. Führen Sie seine Recherchen weiter und versuchen Sie, die Schuldigen zumindest öffentlich zu machen. Vielleicht hilft es auch, darum zu kämpfen, dass Ihre leiblichen Eltern juristisch rehabilitiert werden. Das ist heute möglich, das weiß ich.«

»Sie haben natürlich recht, aber im Moment kämpfe ich mit dem Schmerz, den mir meine Adoptiveltern über die ganzen Jahre zugefügt haben. Das tut so unendlich weh«, erwiderte Katharina mit wackeliger Stimme.

»Und mit dem Jungen müssen Sie natürlich reden. Er hat jetzt eine waschechte Hamburger Tante bekommen«, versuchte Hausner, seine Kollegin aufzubauen. »Ich glaube, er wird sich freuen. Er mag Sie nämlich«, fügte er ernsthaft hinzu.

Nachdem sie die halbe Flasche der französischen Spezialität vernichtet hatten, gingen sie endlich schlafen.

Der nächste Morgen war erwartet hart.

Katharinas Kopf dröhnte und sie verfluchte Hausners kostbaren Tropfen. Wenn sie nur an Alkohol dachte, musste sie gegen ein aufkommendes Würgegefühl kämpfen. Sie nahm ein paar Schmerztabletten und stellte sich eine geschlagene Viertelstunde unter die heiße Dusche.

Die Lebensgeister, die das Besäufnis überstanden hatten, kehrten langsam zurück und sie entschied, es zunächst mit einem schwarzen Kaffee zu versuchen.

Ramón war schon mit dem Frühstück fertig und hatte sich Lasse Hamran angeschlossen, der im Geräteschuppen an einem Aufsitzmäher hantierte.

Von Friedemann Hausner war weit und breit nichts zu hören oder zu sehen. Sein Frühstücksgeschirr war noch unberührt. Anscheinend war auch an ihm die Verkostung seines Kellerschatzes nicht spurlos vorbeigegangen. Aber das tröstete sie nicht wirklich.

Ihre Gedanken trugen sie zurück zu dem Gespräch mit ihrer Mutter. Wie es ihr wohl heute Morgen ging?

Katharina hoffte nur inständig, dass sie nicht auf die Idee kam, bei ihr anzurufen. Sie fühlte sich immer noch außerstande, mit ihr einen Satz zu wechseln.

Sie versuchte, an etwas Angenehmeres zu denken. Das letzte Wochenende mit den drei Schweizern stand bevor.

Sie rief Beat an, der ebenfalls beim Frühstück saß und die *Neue Zürcher Zeitung* zerlas, wie er sagte. Sie verabredeten sich für vierzehn Uhr vor dem Haupteingang des Tierparks Hagenbeck. Am frühen Abend startete dort die berühmte *Dschungel-Nacht,* ein Event, das nicht nur die beiden Jungen faszinieren würde.

Es war jetzt kurz vor zehn und bis zu der Verabredung blieb ihr noch etwas Zeit.

Sie überlegte, zum Büro zu fahren und die Tagespost von gestern durchzusehen, die unbearbeitet liegen geblieben war. Sie könnte Ramón schon mal mitnehmen, um nicht noch mal hin- und herfahren zu müssen. Vielleicht konnte ihn die Aussicht auf ein paar neue Computerspiele ja von Lasses Rasenmäher weglocken.

Sie ging in den Geräteschuppen. Während Lasse unter dem Mäher lag, thronte Ramón auf dem Fahrersitz und kurbelte am Lenkrad. Zu ihrem Glück war er mit ihren Plänen einverstanden.

Um kurz vor elf betraten sie die verwaisten Büroräume und Katharina setzte Ramón mit ihrem Laptop in das Besprechungszimmer. Dann begab sie sich an ihren Schreibtisch, von dem vor lauter Akten und Gesprächsnotizen nur wenig zu sehen war.

Nach einer halben Stunde hörte sie, wie die Eingangstür der Kanzlei mit dem üblichen satten Schnappen ins Schloss fiel. Sie stand auf, um zu sehen, wer außer ihr am Samstag arbeiten musste.

Wahrscheinlich ist es Wolf, dachte sie. Der legte öfter einen Arbeitstag am Wochenende ein.

Sie erreichte die Wartezone der Kanzlei und das Herz rutschte ihr in die Hose.

Ein mittelgroßer Mann war gerade dabei, sein Einbruchswerkzeug in einer großen Sporttasche zu verstauen. Auch er schien überrascht, jemanden anzutreffen, denn er verharrte für einen Moment regungslos über seiner Tasche.

Er trug schwarze Handschuhe und einen dunklen Motorradhelm. Das Visier war hochgeschoben, sodass Katharina die funkelnden Augen sehen konnte.

Blitzschnell ließ er von der Tasche ab und zog das dunkle Visier herunter. Er griff in seine Jacke und hielt plötzlich eine Pistole mit einem ungewöhnlich langen Lauf in der Hand.

Katharina verstand nicht viel von Handwaffen, aber aus Krimis wusste sie, dass das ein Schalldämpfer war.

Der Mann kam jetzt auf sie zu und packte ihren rechten Oberarm. Sein Griff war eisenhart und Katharina schrie unvermittelt auf.

»Bist du allein hier?«, herrschte er sie an und hielt ihr den Schalldämpfer an die Kehle.

Seine Stimme klang durch den Helm gedämpft, die Worte waren aber dennoch klar zu verstehen.

Katharina überlegte fieberhaft. Hoffentlich bleibt Ramón im Besprechungszimmer, dachte sie. Die Tür befand sich etwa drei Meter hinter dem Einbrecher. Sie war zwar aus massivem Holz, aber nicht schallgedämpft. Ihren Schrei musste Ramón eigentlich gehört haben.

Der Eindringling ließ ihren Oberarm los. Wie eine Peitsche zischte sein linker Handrücken an ihre Wange und verursachte ein klatschendes Geräusch. Ein stechender Schmerz durchfuhr Katharina und warmes Blut schoss aus ihrem Mundwinkel. Erneut schrie sie auf.

»Antworte gefälligst, wenn ich dich etwas frage!«, herrschte der Mann sie an.

»Ich bin allein«, sagte sie gequält.

Das Sprechen verursachte ihr Schmerzen. Wie konnte sie diesen brutalen Kerl in den hinteren Kanzleibereich locken, sodass er den Eingang nicht mehr im Blick hatte?

Vielleicht würde Ramón die Chance beim Schopfe ergreifen und fliehen. Er musste mitbekommen haben, dass etwas nicht in Ordnung war!

Das Problem löste sich von selbst, denn der Mann nahm seine Sporttasche hoch und fuchtelte mit der Pistole den Gang hinunter. »Los, beweg dich in dein Zimmer. Wir haben einiges zu besprechen«, dröhnte es dumpf aus dem Motorradhelm.

Katharina ging voran und hielt sich immer noch die brennende Wange. Ihr Peiniger schloss hinter ihnen die Tür und zeigte auf den Bürosessel.

»Setz dich hin, die Hände hinter die Lehne.«

Katharina tat, wie ihr befohlen, und der Mann entnahm seiner Tasche zwei Paar Handschellen. Mit zwei Griffen hatte er ihre Hände hinter der Lehne fixiert und mit dem anderen Paar eine Verbindung zum Stuhlgestänge hergestellt.

Das macht der nicht zum ersten Mal, schoss es ihr durch den Kopf. Was hat er vor? Aber die Hilflosigkeit ihrer Lage ließ keinen klaren Gedanken zu. Die Todesangst, die sie verspürte, schnürte ihr die Kehle zu.

Sie versuchte, ihre Atmung zu kontrollieren, und lauschte dabei krampfhaft, ob die Eingangstür erneut ins Schloss fallen und Ramón die Flucht nach draußen wagen würde.

Aber sie hörte nichts.

Der Mann drehte ihren Sessel jetzt in seine Richtung und setzte sich auf die Schreibtischkante ihr gegenüber. Er legte seine Pistole ab und zog sich ganz langsam den rechten Handschuh aus.

»So, Frau Anwältin. Ich bin ganz schnell wieder weg, wenn du mir verrätst, wer außer dem dämlichen Oberstaatsanwalt sonst noch von Fillingers Unterlagen weiß und wie viele Kopien du angefertigt hast. Und dann will ich wissen, wo die Originale sind«, sagte er in einem normalen Tonfall.

Noch bevor er ausgesprochen hatte, zischte sein rechter, nackter Handrücken über ihre andere Wange.

Der Schmerz war noch schlimmer als beim ersten Hieb. Aus beiden Mundwinkeln troff jetzt hellrotes Blut auf ihre Kleidung. »Wahrscheinlich in Costa Rica, in Fillingers Haus, wo denn sonst?«, schrie sie ihn an, während sie merkte, wie die Tränen aus ihren Augen schossen und sich mit dem Blut zu einer klebrigen Masse vermischten.

In diesem Moment ertönte ein leises Brummen aus der Jackentasche des Mannes. Er streifte sich seinen Handschuh wieder über und holte sein Handy heraus. Er schien eine Nachricht bekommen zu haben, denn nach einem kurzen Blick nickte er und verstaute das Gerät wieder in der Jacke.

»Wie ich höre, hast du gestern auch den letzten USB-Stick von Fillinger bekommen. Wo ist der?«

Die nächste Peitsche folgte. Sie war etwas höher angesetzt und ihr rechtes Auge schwoll auf der Stelle an.

Katharina überlegte fieberhaft, wie sie Zeit gewinnen könnte, denn ihr war klar, dass ihr Peiniger sie nicht am Leben lassen würde, wenn er das, was er haben wollte, bekommen hatte. »Der Stick ist in einem Umschlag in der Akte Fillinger. Hinten im Aktenschrank.«

»Wo sind eure Aktenschränke? «, fragte er drohend.

»Links den Flur entlang und am Ende die linke Tür«, antwortete Katharina.

Der Mann griff sich die Sporttasche und verschwand aus dem Zimmer. Die Tür ließ er offen. Die Pistole lag immer noch griffbereit auf dem Schreibtisch.

Der Kerl scheint sich seiner Fesselung ziemlich sicher zu sein, dachte sie. Aber so, wie es aussah, konnte er das auch, denn Katharina hatte nicht den Hauch einer Chance, sich zu befreien.

Wo war Ramón? War er entkommen oder saß er noch in dem Besprechungszimmer?

Zum Glück befand sich das Aktenzimmer am anderen Ende der Kanzleiräume. Genau gegenüber vom Eingangsbereich.

Sie schaute auf ihre kleine Uhr auf dem Schreibtisch. Fünf Minuten vor zwölf.

Ihr Smartphone, das auf dem Schreibtisch lag, vibrierte.

Im Display erschienen vier Buchstaben: *BEAT*.

Ihre Mailbox sprang an, aber sie konnte nicht hören, ob Beat eine Nachricht hinterließ.

Plötzlich tauchte Ramóns Kopf im Türrahmen auf. Katharina schrak zusammen. Der Junge hatte ein kalkweißes Gesicht. Tränen kullerten über seine Wangen.

»Ramón, warum bist du nicht rausgerannt? Komm rein und geh von der Tür weg!«, flüsterte Katharina.

Der Junge schlüpfte ins Zimmer.

»Stell dich da neben den Schrank. Was machen wir jetzt nur … Siehst du die Pistole auf dem Tisch, Ramón? Nimm sie und hör mir zu …«

Der Junge nickte. Dann griff er nach der Waffe.

48

Beat Ferri hatte gerade den Mietwagen aus der Tiefgarage gefahren, da kam sein Sohn aus dem Hotel gerannt. Er hielt sein Handy in der Hand und fuchtelte wild damit herum.

»Sieh mal, Papa, was ich von Ramón für eine WhatsApp bekommen habe. Macht der Spaß?«, sagte Noah und gab seinem Vater das Mobiltelefon.

hallo noah ich binns.uberfall hier in buro. katarina wird gekwelt.Sreit immer.hab mich verstekt. hol polizei.bitte.bitte. ramon

Beat Ferri las die Nachricht gleich mehrmals. Die vielen Rechtschreibfehler fand er nicht beachtenswert. Ramón war zehn und vielleicht ja tatsächlich in Not …

Aber ein Versteck im Büro? Ein Überfall?

Er wählte die Nummer von Katharinas Handy. Nach wenigen Ruftönen startete die Mailbox. Er bat sie um dringenden Rückruf.

»Hm, ich weiß auch nicht, was ich davon halten soll, Noah. Wenn ich die Polizei rufe aufgrund so einer WhatsApp und es war am Ende Blödsinn, na dann gute Nacht«, sagte er zu seinem Sohn.

»Papa, das ist kein Blödsinn. Ich kenne Ramón. So etwas würde der sich nicht ausdenken. Nie im Leben. Ganz bestimmt nicht«, flehte Noah seinen Vater an.

Beat Ferri überlegte. Sollte er die Polizei verständigen? Der Kommissar, mit dem Katharina immer zu tun hatte, hieß Jan Jansen und war von der Hamburger Mordkommission. So viel hatte er mitbekommen. Aber eine Telefonnummer hatte er nicht.

Dafür hatte er eine andere Idee.

»Okay, Noah. Hol mal ganz schnell deine Drohne. Die Akkus sind beide hoffentlich aufgeladen? Ich gehe an die Rezeption und lasse Sigurd ausrichten, dass wir später in den Tierpark fahren. Er soll hier warten. Zisch ab«, spornte er seinen Sohn an.

Fünf Minuten später saßen sie im Auto und fuhren die wenigen Meter bis zu Katharinas Büro. Das Parken war zwar in der Innenstadt der Horror, aber Beat fand in einer Seitenstraße zum Rathausmarkt eine Abstellmöglichkeit im eingeschränkten Halteverbot. Das Ticket nahm er gern in Kauf.

Im Eiltempo liefen sie an das Fleet vor Katharinas Büro und Noah startete die Drohne. Summend hob das Fluggerät vom Boden ab und schwebte mit blinkenden roten Lämpchen an den Ecken in Richtung der Alsterarkaden.

»Weißt du, welches Fenster zu Katharinas Büro gehört?«, wollte Noah wissen.

»Hm, ich habe sie ja mal abgeholt. Das muss der dritte Stock gewesen sein. Von ihrem Zimmer aus konnte man auf diesen Platz hier blicken.«

Noah steuerte sein Fluggerät vor die angegebene Fensterfront. Inzwischen hatten sich mehrere Neugierige um sie herum versammelt und verfolgten staunend, wie der Junge die Drohne von Fenster zu Fenster schweben ließ. Die Bilder, die von der kleinen Kamera auf das Display des Steuerungsgerätes gesendet wurden, waren messerscharf.

»Da, sieh nur!«, schrie Noah plötzlich.

Sein Vater beugte sich über das Display. Sie konnten Katharina ganz deutlich erkennen, wie sie vor dem Schreibtisch in ihrem Bürosessel saß und die Arme seltsam nach hinten hielt.

Als sie sich zum Fenster umdrehte, drückte Noah auf den Zoom. Ihr zerschundenes Gesicht nahm fast die halbe Bildfläche ein. Neben ihr stand Ramón und hielt eine braunschwarze Pistole mit einem aufgesetzten Schalldämpfer in der Hand.

49

»Komm her zu mir, Ramón. Damit ich nicht so laut reden muss. Aber halte das Ding bitte in die andere Richtung«, flüsterte Katharina.

Ramón stellte sich neben sie und blickte immer abwechselnd von ihren Handschellen auf ihr entstelltes Gesicht.

»Ich hab Noah eine WhatsApp geschickt, dass er Hilfe holen soll«, flüsterte er ihr leise ins Ohr.

»Das hast du super gemacht! Aber ich weiß nicht, ob wir noch so viel Zeit haben, bis die Polizei kommt.«

In diesem Moment sah Katharina im Augenwinkel etwas vor ihrem Fenster schweben. Sie drehte sich mit ihrem Sessel um.

»Da. Noah!«, stieß Ramón hervor und hielt die Pistole in Richtung des Fensters.

Die blinkende Drohne befand sich direkt vor der Scheibe. Dann schoss sie seitlich aus ihrem Blickfeld.

Noah und Beat.

Jetzt würde Hilfe kommen! Sie mussten nur noch wenige Minuten überstehen.

»Hör mir genau zu, Ramón. Der Einbrecher ist ein ganz, ganz böser Mensch. Nimm die Pistole. Wenn er wieder reinkommt und dich angreift … schießt du. Ist das klar?«

Ramón nickte.

»Ich kann dir nicht helfen, wie du siehst. Die Schlüssel für die Handschellen hat dieser Schweinehund in seiner Tasche. Der Kerl ist hinten in unserem Aktenraum und durchwühlt die Schränke. Aber er kommt mit Sicherheit gleich zurück.« Sie blickte den Jungen an. »Wenn der Mann ins Zimmer kommt, erschrick nicht. Er hat einen dunklen Motorradhelm auf, das Visier ist unten. Sein Gesicht kannst du also nicht erkennen. Außerdem trägt er Handschuhe. Er sieht ziemlich furchterregend aus. Du kauerst dich jetzt am besten dort neben den Schrank in die Ecke, sodass er dich nicht sofort sehen kann.«

Sie deutete mit dem Kopf in Richtung des großen Schrankes, der sich unmittelbar neben der Tür befand.

»Und nimm die Pistole so, wie Lasse es dir im Schießkeller mit der Luftpistole gezeigt hat. Hast du das alles verstanden?«

Ramón nickte wieder. Seine kleinen Finger waren fast weiß, so fest umschlossen sie den Pistolengriff.

Dann hieß es warten.

Es gibt nur zwei mögliche Szenarien, überlegte Katharina. Entweder kommt der Kerl gleich zurück und wir sind auf uns allein gestellt, oder die Polizei verschafft sich vorher gewaltsam Zutritt zu den Kanzleiräumen. Dann kommt es hier auf dem Flur zu einem Showdown. Mit offenem Ausgang.

Minutenlang passierte nichts.

Dann ging es los.

Zuerst klingelte das Festnetztelefon im Sekretariat. Der Rufton drang bis in alle Zimmer.

»Ramón, pass auf. Der Kerl wird gleich hier sein«, flüsterte Katharina.

Doch es verging noch eine gefühlte Ewigkeit, bis sie leise Schritte auf dem Flur vernahm.

Das Telefon klingelte unaufhörlich und nervenzerreißend.

Der Mann betrat das Zimmer, seine Blickrichtung ging zu Katharina. Dann senkte sich sein Kopf, das dunkle Visier wandte sich zu der Stelle, an der eben noch die Pistole gelegen hatte.

Katharina sah zu Ramón und zerrte wild an ihren Fesseln.

Der Mann drehte sich um.

»Plopp, plopp«, ertönte es satt aus der Schrankecke.

Der Getroffene blieb wie starr stehen, kippte dann zur Seite und schlug im Fallen mit dem Helm krachend auf die Schreibtischkante.

Ramón öffnete die Augen und sah von Katharina zu dem am Boden liegenden Mann.

Im selben Moment gab es einen dumpfen Knall im Eingangsbereich. Das SEK hatte die Tür gesprengt.

Minuten später lag Ramón in Katharinas Armen.

Kommissar Jansen saß auf der Schreibtischkante und studierte die Ausweispapiere, die er soeben dem Angeschossenen abgenommen hatte.

»Jürgen Maschke. Wohnhaft im schönen Lüneburg. Kennen Sie den?«, fragte Jansen.

Katharina schüttelte den Kopf.

»Mich würde nicht wundern, wenn der Kerl auch eine DDR-Vergangenheit aufzuweisen hat. Mit der Makarow hier könnte jedenfalls der Mord an Bernhard Fillinger begangen worden sein«, stellte Jansen fest und hielt eine Plastiktüte mit der Pistole in die Höhe.

Dann blickte er auf den Jungen, der immer noch Katharinas Hals umklammert hatte. »Sie hatten einen heldenhaften Lebensretter«, sagte er anerkennend. »Ich glaube, da ist ein ordentliches Eis fällig.«

»Mit einem Eis werde ich da wohl nicht auskommen.« Katharina konnte schon wieder lächeln.

In diesem Moment blinkte Maschkes Handy, das Jansen zusammen mit dem Ausweis aus der Jackentasche gezogen hatte, und ließ ein nerviges Brummen hören.

Im Display leuchtete die Nummer des Anrufers auf.

Jansen stutzte.

Dann betätigte er die Sprechtaste. »Frau Dr. Stange, wie schön, dass Sie mich unter dieser Nummer anrufen. Ich glaube, jetzt haben wir Gesprächsbedarf.«

50

Katharina war erst einmal ins Krankenhaus gebracht worden, wo sie stationär aufgenommen wurde, um sicherzugehen, dass sie keine ernsthaften Verletzungen am Kopf erlitten hatte. Bei der Visite am heutigen Sonntagmorgen hieß es jedoch, alles sei in Ordnung und sie könne nach Hause.

Eine freundliche Stationsärztin hatte gestern noch versucht, ihr Gesicht einigermaßen zu renovieren, aber als sie jetzt in den Spiegel schaute, überkam sie das heulende Elend. Sie sah aus wie ein Preisboxer nach der zwölften Runde. Nur noch viel farbiger.

Sie verließ das Universitätskrankenhaus und blickte sich um. Beat hatte ihr versprochen, sie abzuholen und zu Hausner zu bringen.

Friedemann Hausner hatte darauf bestanden, dass sie sich zumindest Sonntag noch bei ihm von Frau Patzke verwöhnen ließ. Nicht ganz uneigennützig, denn er wollte aus erster Hand einen präzisen Bericht über die Ereignisse am Samstag.

Sie musste nicht lange warten, da bog der gemietete Golf um die Ecke und stoppte direkt vor dem Eingang.

Sie stieg eilig ein und Beat fuhr los, um auf dem nächsten Parkplatz schon wieder anzuhalten.

»Warum hältst du hier?«, fragte sie gequält. Jedes Wort fiel ihr schwer.

Beat beugte sich vor ihr Gesicht und grinste. »Ich wollte mir dich nur aus der Nähe ansehen. Schön bunt. Aber das wird wieder. Nächste Woche erstrahlst du in alter Schönheit. Dann schick mir bitte ein Foto«, ulkte er.

»Mir ist überhaupt nicht nach Scherzen zumute, Beat. Ich fühle mich hundeelend und möchte nach Hause«, sagte sie genervt.

Gehorsam startete er den Motor. Sie waren noch nicht weit gekommen, da klingelte ihr Handy.

Hauptkommissar Jansen war am Apparat und erkundigte sich nach ihrem Wohlbefinden. Dann teilte er mit: »Der Maschke wird durchkommen, sagen die Ärzte. Den kann ich vermutlich schon heute Abend mit Fragen belästigen. Ob er Antworten hat und diese auch von sich geben möchte, werden wir sehen.«

»Und was ist mit dieser Frau Dr. Stange, dieser Staatsanwältin? Die ist ja wohl das Leck in Ihrer Behörde gewesen?«, wollte Katharina wissen.

»Wie recht Sie haben«, sagte er kleinlaut. »Dr. Simone Stange, geborene Gundlach. Tochter eines ehemaligen Mitglieds des letzten Ministerrates der DDR. Sie sitzt in Untersuchungshaft und schweigt. Will aber auch keinen Anwalt. Ich bin allerdings optimistisch, dass die noch auspackt. Denn Erken alias Müller und seinen Mitstreiter Hohlmann haben wir inzwischen auch festgesetzt. Die beraten sich gerade mit ihren Anwälten. Und ich muss Ihnen ja nicht erzählen, wie es wahrscheinlich weitergeht. Wo doch mehrere an den Taten beteiligt sind und jeder seine Haut retten will …«, orakelte er.

Nein, das musste er nicht. Es war immer das gleiche Spiel. Wenn erst einmal einer anfing zu plappern, um die Schuld auf die Mitstreiter abzuwälzen, kam meistens ziemlich schnell eine größere Gesprächsrunde in Gang.

»So wie es aussieht, haben wir es mit einer Gruppe … äh … besser gesagt, mit einer Bande zu tun, die überwiegend aus alten Stasi-Leuten besteht und von Julius Erken angeführt wird. Sie wollten mit dem ehemaligen DDR-Vermögen eine europäische, neosozialistische Bewegung gründen.« Jansen machte eine kurze Pause. »Wir haben gerade ihr Nest ausgenommen«, fügte er etwas prahlerisch hinzu.

»Ihr Nest?«

»Ja. Stellen Sie sich vor, in der Speicherstadt haben wir ein Büro dieser Gruppe entdeckt. Die Möblierung sieht so aus, als hätten sie die damals aus Ostberlin mitgenommen. Und die Unterlagen, die wir dort sichergestellt haben, haben es in sich. Wir kämpfen uns gerade durch die Umzugskartons. Wir haben sogar Hinweise auf diesen ›IM-Schweizer‹ gefunden, von dem Maria Sagowski in ihren Aufzeichnungen gesprochen hat.«

Katharina spitzte die Ohren.

»Es muss sich um einen hohen Beamten des damaligen Ministeriums für innerdeutsche Beziehungen gehandelt haben, der nach der Auflösung des Ministeriums in die Privatwirtschaft gewechselt ist. Er scheint Erken nach 1990 gedeckt zu haben. Wie wir glauben, nicht kostenlos. Er soll sich allerdings inzwischen in Südamerika aufhalten, was die Ermittlungen nicht einfacher macht.«

Damit droht wohl der nächste Politskandal, dachte Katharina.

»Wenn Sie wieder voll auf dem Damm sind, müssen Sie noch Ihre Aussage zu Protokoll geben. Ansonsten halte ich Sie auf dem Laufenden, was die Ermittlungen bezüglich … äh, Ihrer Familienangehörigen angeht«, sagte der Hauptkommissar und beendete das Gespräch.

Mittlerweile hatten sie Hausners Anwesen erreicht. Das Tor stand offen, aber Beat stoppte den Wagen vorn an der Straße. Er stellte den Motor aus und blieb wortlos hinter dem Lenkrad sitzen. Sein Blick sagte alles.

Sie streichelte zärtlich seine Wange. »Ich kann dir keinen Kuss geben, denn jede Berührung im Gesicht würde ich momentan als Angriff werten«, sagte sie mit einem gequälten Lächeln.

51

Der Abschied in der Abflughalle fiel mehr als herzlich aus. Irgendjemand ließ die Worte ›Sommerferien‹ und ›Weihnachten‹ fallen und alle nickten.

Ramón hatte Noah versprochen, draußen auf der Besucherterrasse so lange zu winken, bis das Flugzeug nicht mehr zu sehen war. Noah sollte ihm dann schreiben, wie lange er ihn hatte erkennen können.

Nur wenige Menschen hatten sich an diesem Montagvormittag auf die Besucherterrasse des Flughafens verirrt. Langsam rollte der Airbus der *Swiss Air* zur Startbahn. Ramón nahm sein Käppi ab und schwenkte es hin und her.

Katharinas Telefon signalisierte den Empfang einer E-Mail. Hauptkommissar Jansen teilte die Neuigkeiten mit: Maschke hatte gleich bei seiner ersten Vernehmung am Krankenbett gestanden, Bernhard Fillinger erschossen zu haben. Mit dem Tod von Oberstaatsanwalt Mankowsky wollte er aber nichts zu tun haben. Jansen vermutete, dass Simone Stange für diese Tat verantwortlich war. Sie hatte als Erste gewusst, dass Katharina Mankowsky die Unterlagen gegeben hatte. Zum Schluss schrieb Jansen, dass Maschke seinen Oberst beschuldigte, der Mörder Maria Sagowskis zu sein. Möglicherweise ließ sich das durch den DNA-Abgleich mit den Spuren auf der Zigarettenkippe bestätigen.

Katharina schauerte es. Nur knapp war sie selbst den Mördern ihrer leiblichen Mutter und ihres Bruders von der Schaufel gesprungen. Dank der Hilfe zweier tapferer Jungen.

Das aufheulende Dröhnen der Turbinen kündigte den endgültigen Abschied von den Schweizern an.

Endgültig? Nein.

Sie war sich ihrer Gefühle jetzt sicher und konnte es kaum erwarten, wieder in Beats Armen zu liegen.

Während die *Swiss Air* den Himmel erklomm, schwenkte Ramón sein Käppi immer noch wild hin, als wollte er Schmetterlinge einfangen.

Sie verfolgten den immer kleiner werdenden Jet, bis er nach einer großzügigen Kurve in Richtung Westen nicht mehr zu erkennen war.

Katharina nahm Ramóns Hand und schaute ihn lächelnd an. »Ramón, ich muss dir noch etwas ganz, ganz Wichtiges sagen.«

»Was denn?«

Sie beugte sich zu ihm hinunter und strich ihm über das Haar. »Ich bin in Wahrheit deine Tante. Dein Vater war mein richtiger Bruder. Aber das alles habe ich erst am Freitag erfahren. Ehrenwort. Sonst hätte ich es dir längst erzählt.«

Ramón überlegte nur einen kurzen Moment. »Cool! Und weil du meine richtige Tante bist, brauche ich jetzt auch nicht in diese doofe Familie«, sagte er lachend und setzte sich sein Käppi wieder auf.

Nachwort

Das staatlich begangene Unrecht in der ehemaligen DDR ist seit der Wiedervereinigung nur teilweise und mit sehr unterschiedlichem Erfolg aufgearbeitet worden. Die juristische Aburteilung der Mauerschützen und ihrer Befehlsgeber gilt trotz relativ milder Strafen seit vielen Jahren als abgeschlossen. Viele politisch Verurteilte von damals haben mittlerweile zumindest juristisch eine Rehabilitation erfahren. Die juristische und politische Aufarbeitung von Zwangsadoptionen in der DDR steckt hingegen noch in den Kinderschuhen.

Auch die Aufklärung der Geschehnisse rund um die fast schon sagenumwobene Gestalt des ehemaligen Leiters des Bereichs ›Kommerzielle Koordinierung‹, Dr. Alexander Schalck-Golodkowski, hat manchen faden Beigeschmack hinterlassen. Der Verbleib des immensen Staats- und Parteivermögens seiner Abteilung ist bis heute eines der letzten unaufgeklärten Geheimnisse der frühen Nachwendezeit geblieben. Und er wird es nach meiner Auffassung auch immer bleiben.

Die damals zweifelsfrei begangenen Veruntreuungen stellten eine Plünderungsaktion immensen Ausmaßes eines bankrotten Staates dar und waren der Anstoß zu dem Roman *Fillingers Erbe‹*

1994 wurde ein parlamentarischer Untersuchungsausschuss eingesetzt, der aufklären sollte, welche Rolle gerade die KoKo und ihr Leiter im System der SED-Führung und in der Volkswirtschaft der DDR gespielt haben.

Die nachfolgend dargestellten Auszüge aus dem Bericht dieses Untersuchungsausschusses des Deutschen Bundetages sollen den politisch und historisch interessierten Lesern ergänzende Informationen zum geschichtlichen Hintergrund der Handlung des Romans *Fillingers Erbe* um die deutsche Wiedervereinigung im Jahre 1990 liefern. Die Auswahl der einzelnen Feststellungen und Ermittlungsergebnisse erfolgt rein subjektiv.

Die folgenden Originalzitate stammen aus dem Bericht des 1. Untersuchungsausschuss der 12. Wahlperiode des Deutschen Bundestages – Drucksache 12/7600 – vom 27. Mai 1994 und sind kursiv gedruckt:

Der Abgeordnete Dr. Jürgen Rüttgers hat die Einsetzung des Untersuchungsausschusses für die CDU/CSU-Fraktion vor allem mit der Notwendigkeit einer zügigen Aufarbeitung der dunklen Machenschaften des Bereichs Kommerzielle Koordinierung begründet: »… uns interessieren die Arbeitsweise des Bereiches KoKo und die Verbindungen zur SED und zum Ministerium für Staatssicherheit; uns interessieren aber auch die Verbindungen zur PDS und zur DKP. Wir wollen wissen, was dort erwirtschaftet wurde, wie es erwirtschaftet wurde und was mit den Erträgen geschah. Weiterhin interessiert uns, was aus den vermutlich mehreren hundert Unternehmen und Unternehmensbeteiligungen geworden ist und wer heute darüber verfügt.«

(Bericht des Untersuchungsausschusses Erster Teil, Vorgeschichte, S. 17)

Hauptsächliche Aufgaben der sogenannten Parteifirmen des Bereichs Kommerzielle Koordinierung war die Erwirtschaftung von Devisen. Dabei sollte der wahre Eigentümer der ›Parteifirmen‹ nicht erkennbar sein, damit der Zweck der Devisenbeschaffung für die DDR – jenseits der offiziellen Verschuldung, des offiziellen innerdeutschen Handels und der Inanspruchnahme des ›Swing‹ – nicht nachvollziehbar wurde.

(Bei dem ›Swing‹ handelte es sich um den an die DDR gewährten Überziehungskredit im innerdeutschen Handel, Anm. d. Verf.)

Außerdem herrschte in der DDR die Furcht, dass bei erkennbarem DDR-Eigentum an Unternehmen in der Bundesrepublik Deutschland und anderen westlichen Staaten »deren Geschäftstätigkeit … Grenzen gesetzt werden könnten … Für ›Parteifirmen‹ wurden mehrere Konstruktionsvarianten verwendet, wobei soweit möglich auf bestehende Verbindungen und Vertrauenspersonen zurückgegriffen wurde. In seiner 1970 zusammen mit dem Offizier des Ministeriums für Staatssicherheit, Heinz Volpert, verfassten Dissertation machte Dr. Schalck-Golodkowski dazu eine Reihe von Vorschlägen.

Im Einzelnen nannte er zunächst die Gründung von DDR-eigenen »abgedeckten Handelsfirmen, die auf lange Sicht auf dem internationalen Markt wirksam sind bzw. abgedeckte Beteiligungen in führenden Handelshäusern«. Mit dem Begriff ›abgedeckt‹ war gemeint, dass der Bezug zur DDR nicht erkennbar sein sollte.

Weitere Vorschläge lauteten:

»Abgedeckter Kauf bzw. Beteiligung an lukrativen Produktionsfirmen im kapitalistischen Ausland;

Gründung von abgedeckten DDR-eigenen Handelsfirmen, die unter Einsatz von wenig Grundkapital speziell für risikoreiche Geschäfte eingesetzt werden;
Briefkastenfirmen – die ausschließlich zur Abdeckung risi koreicher Geschäfte Sonderoperationen eingesetzt werden.«
Was Dr. Schalck-Golodkowski in seiner Dissertation für ›zweckmäßig‹ hielt, fand in den Aktivitäten des Bereichs Kommerzielle Koordinierung seinen Niederschlag.
(Bericht des Untersuchungsausschusses Zweiter Teil, Geschäfte mit Hilfe von sogenannten Parteifirmen, S. 238)

Der Verbleib und die Sicherung der Vermögenswerte des Bereichs Kommerzielle Koordinierung seit der Flucht Dr. Schalck-Golodkowskis am 3. Dezember 1989 ist eine der zentralen Fragen der Beschlüsse zur Einsetzung des Untersuchungsausschusses gewesen.
Der Untersuchungsausschuss hat Vermögensbestandteile des Bereichs Kommerzielle Koordinierung in beträchtlichem Umfang identifizieren können. Es ist ihm nicht gelungen, in umfassender Weise präzise Daten über die Höhe der Vermögenswerte zu ermitteln, die dem Bereich Kommerzielle Koordinierung und den ihm unterstellten Unternehmen zuzurechnen waren.
Der Untersuchungsausschuss hat die Erkenntnis gewonnen, dass die politischen Veränderungen in der DDR im Herbst 1989 den Bereich Kommerzielle Koordinierung und seinen Leiter Dr. Schalck-Golodkowski zunächst nicht nur unbeschadet ließen, sondern eher stärkten. Der Nachfolger des am 18. Oktober 1989 zurückgetretenen SED-Generalsekretärs Erich Honecker, Egon Krenz, setz-

te auf seinen langjährigen Freund Dr. Schalck-Golodkowski. Er unterstellte sich den Bereich Kommerzielle Koordinierung unmittelbar und unterstrich damit dessen Bedeutung.
Die Reaktionen der Regierung der DDR auf die Flucht Dr. Schalck-Golodkowskis waren widersprüchlich. Einerseits sollte eine Bestandsaufnahme vorgenommen und sichergestellt werden, dass weder Vermögen noch bedeutsame Unterlagen beiseitegeschafft werden konnten; andererseits wurde durch Weisung von Ministerpräsident Dr. Modrow ein wesentlicher Teil des Bereichs Kommerzielle Koordinierung, die Hauptabteilung I, »aus Gründen der nationalen Sicherheit« ca. drei Wochen lang einer staatlichen Kontrolle entzogen …
(Bericht des Untersuchungsausschusses Zweiter Teil, Verbleib und Sicherung der Vermögenswerte des Bereichs Kommerzielle Koordinierung nach 1989, S. 482)

LETZTE MELDUNG:

Dienstag, 24. April 2018, 16:49 Uhr
SPIEGEL ONLINE (mit Material von dpa und Reuters):

Die Schweizer Bank Julius Bär kann im Streit um altes DDR-Vermögen einen weiteren Erfolg gegen die Bundesrepublik Deutschland verbuchen. Das Zürcher Obergericht hat ein erstinstanzliches Urteil zugunsten der Bank bestätigt. Dies teilte Julius Bär am Dienstag mit. Das Urteil in zweiter Instanz ist noch nicht rechtskräftig.
Der Rechtstreit läuft bereits seit 2014. Deutschland hatte die Schweizer Privatbank auf Schadensersatz für verschwundenes

DDR-Staatsvermögen in Höhe von 97 Millionen Franken verklagt. Dazu kamen seit dem Jahr 1994 aufgelaufene Zinsen. Insgesamt soll es laut Berichten um rund 200 Millionen Franken (167 Millionen Euro) gehen. Bereits im vergangenen Dezember hatte das Bezirksgericht Zürich die Klage aus Deutschland abgewiesen.

Die Bundesanstalt für vereinigungsbedingte Sonderaufgaben (BvS), eine Nachfolgerin der Treuhand, hatte den Angaben zufolge geltend gemacht, dass die Privatbank als Rechtsnachfolgerin der ehemaligen Bank Cantrade, die Bär 2005 übernommen hatte, vom Schweizer Konto einer DDR-Firma unzulässige Auszahlungen und Überweisungen veranlasst hatte. Die Richter am Bezirksgericht sahen hingegen keinen Grund, an den Befugnissen der Bank für die Geldtransfers zu zweifeln.

Deutschland bemüht sich seit der Wiedervereinigung, in der Schweiz versteckte DDR-Millionen wiederzubekommen. Es sollen große Beträge über die in Wien ansässige DDR-Außenhandelsgesellschaft Novum auf Schweizer Konten transferiert worden sein.

Die Alleingesellschafterin der Firma war die österreichische Kommunistin Rudolfine Steindling, die gute Beziehungen zu SED-Chef Erich Honecker hatte und lange Treuhänderin der österreichischen Kommunistischen Partei war.

Olaf R. Dahlmann, September 2018

Der erste Fall für Katharina Tenzer

Olaf R. Dahlmann

Das Recht des Geldes

ISBN 978-3-89425-467-4
Auch als E-Book erhältlich

Sie will nur ihren Job machen.
Doch sie soll eine Marionette sein.
Also beginnt sie ihr eigenes Spiel …

Ein ermordeter Anwalt in Liechtenstein, verschwundene Steuerdaten und ein handlungsunfähiger Chef: Katharina Tenzer absolviert ihr Referendariat in der angesehenen Hamburger Kanzlei Friedemann Hausner und soll unverhofft die Unternehmerfamilie Koppersberg gegenüber der Steuerfahndung vertreten. Doch Hausner sagt seiner jungen Mitarbeiterin nicht alles.

Als Katharina begreift, worum es wirklich geht, ist es schon zu spät. Längst verfügt sie über Wissen, das sie eigentlich nicht verheimlichen darf. Und das sie zum nächsten Ziel des Mörders macht …

»Dahlmann ist ein Insider, er weiß, was alles möglich ist in der Welt der Steuerzahler, und das macht seinen Krimi sogar noch ein bisschen gruseliger. Das Thema Steuern kann also richtig spannend sein.« Anja Keber, Bayern 2

»Ein echter Pageturner. Weglegen geht nicht vor der letzten Seite.« Benedikt Stubendorff, NDR Welle Nord

Geklaute Steuerdaten, riskante Selbstanzeigen und die Folgen: hochspannend, topaktuell, von einem Insider geschrieben

grafit

Ein Strafverteidiger in Nöten ...

Ingo Bott

Das Recht zu strafen

ISBN 978-3-89425-495-7
Auch als E-Book erhältlich

»Sie sind ein Arschloch, Faber.«
»Ja, aber eins von den guten.«

Strafverteidiger Max Faber ist ein Supertyp – findet zumindest er selbst. Er leitet eine erfolgreiche Kanzlei, kommt bei Frauen an und die Presse liebt den smarten Juristen. Dass er vor allem finanzkräftige Klienten mit fragwürdigem Background vertritt, stört ihn nicht. Schließlich hat jeder Mensch ein Recht auf Verteidigung.

Als ihm das Mandat für den sogenannten Philosophenmörder angeboten wird, zögert Faber keine Sekunde. Die Medien berichten in Dauerschleife und die »heißeste Staatsanwältin Berlins«, Anna Sánchez-Amann, verantwortet den Fall – es läuft, findet Faber. Doch als sein One-Night-Stand mit Anna öffentlich wird, bricht ein medialer Shitstorm über ihn herein. Währenddessen plant der Serienkiller bereits den nächsten spektakulären Mord …

»Ein lesenswertes Debüt.« Fränkische Nachrichten

»Ein Fall, der außergewöhnlich konstruiert, temporeich erzählt und mit einem überraschenden Finale beendet wird.«
Michael Schulte, Westfälische Nachrichten

»Botts Story hat alles, was der vollendete, atemlose Thriller braucht. Keine Wendung ist vorhersehbar.«
Manuela Behrendt, Badisches Tagblatt

»Vergesst Schirach: Der Stafverteidiger Ingo Bott hat einen verführerisch gut erzählten Debütkrimi vorgelegt.«
André Weikard, Junge Welt

grafit

Eine hochgefährliche Gemeinschaft

Marc-Oliver Bischoff

Die Sippe

ISBN 978-3-89425-478-0
Auch als E-Book erhältlich

Ökologie, Tradition, Gemeinschaft –
eine perfekte Idylle?

Katharina Hoffmanns bisheriges Leben gerät aus der Bahn, als sie Opfer eines Überfalls wird. Fast zeitgleich erreicht sie ein Hilferuf ihrer Schwester Sara – die dann spurlos verschwindet. Katharina begibt sich auf die Suche. In Rostock, wo Sara als Gerichtsvollzieherin arbeitete, stößt sie auf einen Hinweis, der sie weiter nach Grantzow führt. Ein Dorf, in dem scheinbar die perfekte Idylle herrscht …

»Ein lohnender Roman. Denn er führt gut recherchiert in eine hochgefährliche Szene, von der die allermeisten gar nichts wissen. Mit den Augen der ahnungslosen Katharina blickt er tief hinter die Kulissen. Und da ist gehörig was im Busch – wobei im Buch der Verfassungsschutz eine ähnlich miese Rolle spielt wie im richtigen Leben bei den NSU-Terroristen. Ein brandaktueller Roman, der die Dinge zu Ende denkt.«
Udo Feist, WDR 2

»Ein brisanter Thriller, hochpolitisch und erschreckend realistisch.«
Main-Echo

»Mit Die Sippe *legt Bischoff seinen bisher besten und politisch am stärksten aufgeladenen Roman vor.«*
Annerose Kirchner, Ostthüringer Zeitung

»Dieser starke, aber nicht effekthascherische Roman lässt den Leser mit einem sehr mulmigen Gefühl zurück.«
Krimi – Das Magazin

grafit